程康年 程昊 —— 著

父子两重奏

文汇出版社

序　一个情字，一种传承

郑玉君

　　为书作序，是第一次。而且和第一作者程康年先生素未谋面，因此颇有些勉为其难。但承程昊先生所请，又有不可推却之理由，所以只好不顾才疏笔拙，写写感受或者叫作感触。

　　其实我和康年先生算是认识的。

　　如程昊所言，康年先生的文章十之六七发表在上海一家不那么知名的财经媒体——《上海金融报》，而这其中的十之八九又发表在2006年—2009年间，而这个时间段里我是这家媒体的总编辑，在审稿的过程中多次读到收在本书里的文章。所以从这个角度上，我是认识康年先生的。所谓不可推却之理由，此为其一。

　　时隔十余年，因要作此序，又重温了一些当年读过的文字，却又勾起了久已尘封的一点记忆。当年读到《那件短大衣》，读到作者的母亲为了养育远在异地插队的子女，多次"献血"，而将自己用鲜血换来的点点积蓄，变作新婚儿子身上的那件短大衣时，我的眼睛湿润了。这是三年总编辑生涯唯一的一次。65元，那个年代的一笔巨款。为了儿子试穿短大衣时那个喜爱的眼神，为了儿子即将举行的婚礼，母亲悄悄买下那件衣服，放到儿子的床头。如今再读到这篇文章，眼睛又一次湿润。所谓不可推却之理由，此为其二。

　　没有惊天地泣鬼神的描写，没有任何炫技式的表现手法，平静、平淡、平和而又娓娓道来的文字，却有打动读者内心的力量。这是真情的力量。

　　读《曾有怡园》，看到那个小小庭院，看到那些白的墙、绿的竹、黄的枇杷，看到庭院主人的怡然自得以及信手拈来的生活感悟，你会不由自主被作者流畅的文字带得渐入佳境，体味出《浮生六记》

001

的那种情趣，但是更真实，更能展露作者悠然见南山的人生态度。这是文字的力量。

读《钻石婚》，看到相濡以沫的两位老人，看到母亲为了父亲，父亲为了母亲，父母为了子女，在一生的时间里所做的一切，平凡而生动，平淡而隽永。简单的描述却有着十分精到的概括，随意的写法却有着十分合理的结构，缓急得当，疏密有致。你能充分体会到作者内心的某种丰足。这是家的力量、爱的力量。

读康年先生的文字，既有细水长流，又有静水流深，涓涓汩汩，不觉间沁人心脾。既有与长辈的父子情深、母子情深，又有与伴侣的举案齐眉、伉俪情深，也有与子辈的循循善诱、舐犊情长，读之不由得有所感，有所悟。通读全书全篇，真情实感，以一个情字贯之，也可以一个情字观之。见情，见心，见慈，见孝，见爱，且有一种传承。此时，再读起康年先生之子程昊的那些文字，你又不能不暗暗感叹这是传承的力量。

程昊是小我许多的好友，一个优秀的金融从业者。读此书发现，他的优秀是有传承的。

久未动笔，但行文至此自觉还不是十分迟滞。因为以上的粗浅文字，确是带着一份感动和一份尊重写下来的。

流年似水，总是要在每个人的脸上纵横出沟壑；文字如水，却能浸润人心，少生一些世俗的皱纹。

是为序。

2018 年 12 月

（作者系《上海金融报》原总编辑）

前记　三尺讲台教语文

程康年

　　这本随笔专著是我们父子的合集，是生活思想的交集，是一曲父子"两重奏"。

　　我发表文章是在三十岁出头，在江西乐平一个煤矿子弟中学任教，这是七千字的专业论文——《试论图像模式在语文教学上的应用》，发表在《上饶师院学报》（1982年文科版），而儿子则在小学五年级时在《小主人报》（1988年第19期）发表了《深深的小巷》一文，约六百字，且有一名叫沈骊的女孩帮他绘插图。他放学回家拿着报纸兴奋地对我说："看，这儿有国内统一刊号，是全国性刊物吧？"当时旁人都以为是我这个当语文教师的父亲帮儿子一改再改的，其实我一丁点儿也不知道他写文投稿一事，且他面对评议神色平静，令我诧异。

　　曾在三尺讲台教语文，我写的以教学教育的论文居多。

　　我写随笔是五十岁以后，儿子成年工作也笔耕不辍。我们父子交集处触发灵感，或他或我随手写下，将此思想的火花凝固成文字，全没有那种苦思冥想的苦恼，常常一挥而就再润笔修正，一挥而就是怕思路中断，润笔修正是对文字的崇敬，因为著文是"不朽之盛事"。

　　这部经年累月的随笔，大多数发表在报刊上，就是这种交集的产物。

　　归纳一下集子内容：

　　孔子曰"食色性也"，民以食为天，"咀嚼岁月"是变相的说法，但无论是咖啡、茶酒还是各式菜肴，无论是在何处何地，国内国外都浅尝辄止，咂出三味，嚼出感受，品出情感，悟出历史。

　　曰"乱弹理财"，只是在经济金融大潮边涉涉水，或者说"湿湿水",从岸边看水上潮起潮落,从旁观者的角度看,不是有种说法叫"旁观者清"吗,清也?不清?只是从历史、哲学、心理角度写状态、写心态的琐碎短文。

行走天下,眼之所见,心中所思,文之所述,所评,所感,聚集着风土人情,奇景异色,情发而辞动,继之化而为文,所写都是小角度,从一个侧面来赏看此景触发此情。

有些随笔有些哲理,所发评论不免随意。读书、过节、礼品等都会落于笔端,行于文字,正如上海俗话所言"瞎三话四""瞎话连气",反正自说自话,自以为理,大家也不妨读读、想想。故为"漫议世象"可也。

凡此二十余万字(包括儿子之文),集腋成裘,攒成一书。

此书是对生活的感悟,是生活的原貌,原味,原情,也是父子一路走过的人生痕迹。这是流年之积累、也是时尚之趋势。

元月是一年的起始。在这辞旧迎新的日子,春天的脚步已越来越近。

于二〇一九年元旦

目 录

序：一个情字，一种传承 ············ 郑玉君 001
前记：三尺讲台教语文 ············ 程康年 001

流年依稀············ 程康年 001

第一辑 咀嚼岁月

餐桌上的时尚 ············ 003
长沙开胃鱼 ············ 004
成都吃家常 ············ 005
大壶春的生煎 ············ 007
东北酸菜饺 ············ 009
河南吃面 ············ 010
河南洛阳吃水席 ············ 012
江南好，苏沪杭 ············ 014
江西乐平狗肉 ············ 016
今日早餐 ············ 018
腊八说粥 ············ 020
老广喝汤记 ············ 022
旅游点菜有招数 ············ 024
魅力桂北菜 ············ 025
难忘碱水粽 ············ 027
年糕团 ············ 029
情系湘菜 ············ 031
徽州土菜 ············ 033

烟熏肉 …… 035
苏州煮鱼汤 …… 037
香味溢成都 …… 038
韩国吃烧烤 …… 040
夏令凉拌菜 …… 042
学烧芙蓉蛋 …… 043
沙园豆腐 …… 044
鱼趣记 …… 046
腌桂花 …… 048
也说"大汤黄鱼" …… 049
喝酒在希拉穆仁 …… 050
早茶喝的是情调 …… 052
自酿葡萄美酒 …… 054
歌如岁月 …… 055
碑林偶得 …… 056
兵马俑的气 …… 058
达摩塔林之想 …… 060
苍山洱海好风光 …… 062
大石浪之观 …… 064
淡妆浓抹总相宜 …… 066
翰海无边 …… 068
关林记事 …… 070
过阴山 …… 072
羊肉唛祭 …… 074
河南地名皆历史 …… 076
凯恩斯的蝙蝠 …… 078
跨越国门 …… 079
绿岛呼吸 …… 081
那金色的长龙 …… 083
那一朵朱槿花 …… 084
声色满蓉城 …… 085
相会敖包 …… 087

夜宿"九寨天堂" …………………… 088
运河之思 …………………………… 090
在凯恩斯早餐 ……………………… 092
在太行山上 ………………………… 093
"郑声淫"辩 ………………………… 094

第二辑　乱弹理财

心中要有投资者 …………………… 096
从捐助看商道 ……………………… 098
房市销售之乱象 …………………… 100
股市基金又一态 …………………… 101
股市有几比 ………………………… 102
第二个房客 ………………………… 103
横下来，竖起来 …………………… 105
换个角度谈"势利" ………………… 107
牢骚太盛防肠断 …………………… 109
"老军"的投资战略 ………………… 111
理财要有理念 ……………………… 113
理才亦理财 ………………………… 115
大智若愚"孟老土" ………………… 117
磨砺心态 …………………………… 118
脑袋决定口袋 ……………………… 120
牛眼看熊市 ………………………… 122
"心中无股"难矣 …………………… 124
投资理财看机遇 …………………… 126
当年买房 …………………………… 128
我与银行 …………………………… 130
风险演义 …………………………… 132
投资理财讲诚信 …………………… 134
"患"不合理 ………………………… 136

第三辑　杂议世象

黄山茶城说联 …………………… 138
节日的底蕴 ……………………… 140
历史不语 ………………………… 142
楼名的心慰 ……………………… 144
跷起你的大拇指 ………………… 146
说"吃" …………………………… 148
说"和"解"谐" …………………… 149
晚年的风 ………………………… 150
我生何年 ………………………… 152
苏州话 …………………………… 153
负载命运的词典 ………………… 155
曾有怡园 ………………………… 157
钻石婚 …………………………… 159
故乡，深深的小巷 ……………… 161
过年忆旧 ………………………… 163
花痴 ……………………………… 165
戒烟 ……………………………… 167
那件短大衣 ……………………… 169
五味之外 ………………………… 171
责任 ……………………………… 172
祝你平安 ………………………… 174

时尚行踪 ………………… 程　昊　177

第一辑　理财杂说

从银行金卡说起 ………………… 179
和气生财 ………………………… 181
机缘缘来缘去 …………………… 183
经商的义利荣辱 ………………… 184
礼品是一杆秤 …………………… 186

理财三戒 …………………………………… 188
输赢寻常事 ………………………………… 190
平常心看铜钱 ……………………………… 192
淘金心态 …………………………………… 193
戏说"贝"字旁 …………………………… 195
中国的儒商和我们的理财 ………………… 197

第二辑 文化之旅

深深的小巷 ………………………………… 199
谈读书 ……………………………………… 200
长伴长相知 ………………………………… 202
读书的本色 ………………………………… 204
二胡一样的贫民 …………………………… 206
红房子的随想 ……………………………… 208
壶有生命 …………………………………… 209
欢乐英雄 …………………………………… 210
结婚要我 …………………………………… 211
落雪了 ……………………………………… 213
日历随想 …………………………………… 214
商业文化中的茶文化 ……………………… 215
我的"六一"礼物 ………………………… 217
偷闲 ………………………………………… 219
王开的婚照 ………………………………… 221
相遇是种缘 ………………………………… 223
存感激 ……………………………………… 225
学而时尚之，真亦悦乎 …………………… 226
学会接受 …………………………………… 228
也说"傍" ………………………………… 230
一字之差 观念之异 ……………………… 232
成都喝茶谈茶馆 …………………………… 234
古城街巷院 成都家春秋 ………………… 236
楚音森漫 …………………………………… 238

005

德夯散记 …… 239
涤荡尘世的神仙池 …… 241
凤凰之歌 …… 242
感遇土家 …… 244
高昌神游 …… 246
格桑花开 …… 248
爱在青岛 …… 249
策马塔公 …… 250
天籁之音 …… 251
呼喊 …… 252
寂寞可以如此美丽 …… 253
看遍大漠孤烟 …… 255
马头琴声悠远 …… 258
闽东惠安女 …… 260
观乌尔禾魔鬼城 …… 262
哈萨克姑娘 …… 264
青岛的街路 …… 266
上善若比九寨水 …… 268
踏破贺兰山 …… 270
桃坪羌寨 …… 272
天山上的过客 …… 274
汀州古街 …… 276
唯楚有材 …… 278
文化凤凰 …… 280
我住鼓浪屿 …… 282
湘西赶场 …… 284
醒也川腔,醉也川腔 …… 286
夜宿塔下 …… 288
龙门伊水之思 …… 290
印象挑夫 …… 292
与鹰相会 …… 293
雨中秋霞圃 …… 295

肇兴侗寨偶遇 …………………………… 297

第三辑 味蕾之趣

外婆的汤团 …………………………… 299
阿娘的菜 ……………………………… 301
Coffee，咖啡 ………………………… 303
阿娘的鳗鲞 …………………………… 305
春茶之韵 ……………………………… 306
淡出大味 ……………………………… 308
话广东凉茶 …………………………… 309
谈茶 …………………………………… 311
汀州吃饭 ……………………………… 312
厦门小吃的大小早晚 ………………… 314
镛记烧鹅 ……………………………… 316
莜麦诱语 ……………………………… 317

后跋：父亲深蕴的寓意 …………… 程　昊　319

流年依稀

程康年

第一辑　咀嚼岁月

餐桌上的时尚

我国饮食文化源远流长。其中，饮食器具一直被视为是饮食文化的重要内容。古诗云："葡萄美酒夜光杯。"足见"美食"与"美器"的唇齿关系。

精美的食物就要有精美的器具搭配，这是一种时尚。

菜肴与器皿在色彩纹饰上是一定要和谐的。一般来说，凉菜和夏令菜宜用冷色器具，给人一种古朴典雅的文化气息和情致；热菜和冬令菜、喜庆菜宜用暖色器具，给人一种暖和与饱食的感觉。

在纹饰上，食物的料形与器皿的图案更要相得益彰，菜肴与器皿在形态上更要和谐。例如，平底盘是为爆炒菜而来，汤盘是为熘汁菜而来，椭圆盘是为整鱼菜而来，等等。

菜肴与器皿在空间上要和谐。

一般来说，平底盘、汤盘、鱼盘中的凹凸线是食和器结合的"最佳线"。用盘盛菜时，菜不漫过此线为佳。用碗盛汤，则以八成满为宜。

菜肴掌故与器皿图案也要和谐。糖醋鱼、茄汁鱼、红烧鱼盛在饰有"鲤鱼跳龙门"图案的鱼盘中，会令人情趣盎然。寿桃糕装在饰有"青松白鹤"图案的果盘中，会叫人愉悦赏心。

饮食文化中的餐具变化有一显著特点，是单一化向组合化、成套化方向发展，现在我们在挑选、择取陶瓷餐具时，开始对用材、规格、花色、图案等方面要求协调统一。饮食文化的变化进步，其本质是近年来人民生活水平的提高，是温饱向小康的转化，是不仅要吃得饱，更要吃得好的进步。

长沙开胃鱼

  长沙不少饭店菜单中有"开胃鱼"一款,其实就是我们经常在菜单上看到的"剁椒鱼头"。端上此菜只见盆中鱼头上摊撒着绿黄的腌剁辣椒,一点儿也不起眼;上海各川湘店中的"剁椒鱼头",鱼头上摊撒着鲜红的剁椒,弹眼落睛,令人食欲大开,大快朵颐。有道是:四川人不怕辣,湖南人是怕不辣。湘菜当然会辣,于是我小心翼翼地用筷拨去摊撒在鱼头上的剁椒,挑了一小口雪白的鱼肉入口品咂:鱼头经常扇动腮页,故而是活肉而有特质;剁椒之辣入里透辟,其辣让人咋舌;细感辣中有鲜美,有滋味。俗话说:"辣椒鱼虾下饭冤家。"虽是伸缩着舌头,呷着饮料来压辣,但欲罢不能。虽是汗满额头,还是擦了汗水还举箸。众位长沙朋友大笑,我亦笑。问是何种鱼为?答:雄鱼。末了,朋友叫了半斤干捞面,全倾进剩余的剁椒鱼头上拌和,一阵"哧溜"的吸吃面条声后,盘儿碗儿里全光光了。

  回沪后,老叨念那"开胃鱼"。曾到好几家湘菜馆去品尝"开胃鱼"抑或"剁椒鱼头",总不得其要领,往往形似而神韵未到,其滋其味亦不到。自己也在超市买了形形色色的"剁椒"蒸煮,也不能领略其风采。去"伊妹儿"问询请教长沙朋友才知:此"开胃鱼"还非长沙"贺福记"的傻瓜型鱼头剁椒调料不可。他们寄了一打给我。后来我在"欧尚"超市看到过,6.60元一瓶,想吃可即买,不必再烦朋友了。

  其做法如下:第一步,将胖头鱼(湖南长沙朋友所谓雄鱼,江浙的花鲢)鱼头剖开,去腮,洗净,沥干,放入盘中。第二步,将"贺福记"剁椒调料均匀铺在鱼头表面。吃辣的,一瓶可蒸鱼头一公斤;吃不惯辣,可用半瓶;也可按口味自己灵活添加减少。适量添加食用油,一般两调羹即可。第三步,将盛鱼盘放入蒸锅中(忌高压)蒸8至10分钟,到鱼的眼珠发白,用筷子挑得起鱼肉即可。

  有时,我就买一条三四斤重的花鲢,吃剩的鱼将骨拆了,倒入碗中,天热放进冰箱,做成鱼冻后下饭,也是"打耳光也不肯放"。夏日胃口不好,倒不妨用此开胃,想来长沙人起"开胃鱼"之名,很有道理了。

成都吃家常

无论是川、京、扬、粤菜，还是宁、鲁、晋、陕帮，菜还是家常好。

成都"盘飧市"有一副对联"百菜还是白菜好，诸肉还是猪肉香"，说的就是此理。鸡鸭猪鱼、白菜萝卜都是家常菜，饭店将此经营好，何愁顾客不盈门？

四川人"尚滋味，好辛香"的饮食习惯习俗很浓，成都更甚，盘飧市的卤货正是迎合了这种消费习俗。卖的是卤肉、卤猪舌、卤猪尾、卤猪蹄、卤鸭子等，还要加添调配的辣酱做作料。盘飧市卖的是泡菜、猪肉，没有山珍海味却顾客盈门，关键在于选料精，不"捣糨糊"，讲究火候，配料用到位。因此，深受食客青睐，味香物精，定位百姓，价格低廉，下班随买，携带方便。草根平头有谁日日鲍鱼海参，熊掌燕窝？普通居民家常菜嘛。

"盘飧市"在华兴正街，上楼切一盘卤肉，斩一只卤鸭，炖一个麻婆豆腐，炒一个宫保鸡丁，要一瓶"水井坊"，摆一通龙门阵。菜只要五十多元，不成为工薪的负担。尽兴而来，微醺浅醉，消疲劳，除烦恼，除郁结，而后快快乐乐回家，明天高高兴兴上班。

周末下班，三五知己聚聚，去永陵路的"带江草堂"。雅士陈践石借用老杜诗"每日江头带醉归"，遂使"带江草堂"名闻遐迩。传统名菜是：邹鲢鱼、清蒸青鳝、红烧足鱼、奶汤鲫鱼、太白鱼头。足鱼即甲鱼也。何谓邹鲢鱼？其实就是"大蒜鲇鱼"之别称。郭沫若曾有诗《赠邹鲢鱼》曰："三洞桥边春水深，带江草堂万花明。烹鱼斟满延龄酒，共祝东风万里程。"此菜蒜香去腥，肉嫩入味，少骨无刺。问酒家何名邹鲢鱼，其也支支吾吾，不知所言。好在艺留，菜在，味存，香余，足矣。

"野田观鱼稼，溪边饮酒来。"郭沫若、陈毅等一代名士的赞誉，把带江饮食文化推向了新境界；文化名人巴金、沙汀、李劼人、欧阳予倩、王朝闻、关山月时聚于此，因而声名远播。今日我辈来锦官城，也慕名前往，菜也家常，人也平常，品尝一番，也不枉为赴蓉城一遭。既尝口味，又沾带文化，欣欣然蔚蔚然，何乐不为？

同样，1943年开在华兴正街的"市美轩"，更是来自民间的菜肴。市美轩制作崇尚传统，菜品朴实无华，各种炒菜、烧菜、蒸菜、拌菜具有浓郁的家常风味，以价廉物美、经济实惠而享有盛誉。该店著名菜品是蒜泥白肉与锅巴肉片。

我在成都吃家常往往是望着招牌去，冲着特色来，跟着感觉走。其实家常菜用料平常，充其量不过是五果为助，五畜为益，五菜为充。关键在五味要适口，定得味为本，刀为要，料为真，配为当。那么不管是川菜的东坡肘子，还是扬菜的狮子头或干丝，抑或浙菜的宋嫂鱼羹都是极品美味了。

大壶春的生煎

我喜欢吃咸点心,咸点心中最喜欢生煎馒头,生煎馒头就最喜欢吃大壶春的。

大壶春生煎馒头店,位于四川南路与福州路交接的西南角。店面占了三间,三上三下,靠福州路有一间门面,转弯角一间门面,四川南路一间门面。店面招牌由四川南路到福州路,雪白的底色上,用行书写着墨绿色的三个大字"大壶春"。干干净净,笔画苍劲,不枝不蔓,有那么一股笔力与底蕴。这三个字出自哪家之手,就不得而知了。

大壶春永远顾客盈门。楼上楼下永远座无虚席,走道、门口上街沿似乎永远排着队。

大壶春的门口摆着四只煎生煎的炉子,六口平底锅,有两口锅是煎熟的生煎,师傅装盘铲着,忙碌着,开票师傅在不断叫嚷"三两——牛肉汤一碗——""二两——光汤一碗""半斤——装袋——",尽管大壶春永远熙熙攘攘,吵吵闹闹,但煎生煎的师傅决不会搞错。间或他还要往那正在煎的两口平底锅浇上两勺水,锅里马上腾起一阵扑鼻好闻的热气。另外,还有两口锅的生煎,正在油里煎着,吱吱地响着呢。

大壶春门口永远热气萦纡,雾气氤氲,香气四溢。大壶春的生煎馒头在煎时从锅盖的缝里透出那么一丝气味儿,被风随带,带着一股芝麻、葱花与肉香,袭入你的鼻孔,使你不由得深深汲吸,这味儿犹如勾魂的迷药。大壶春的生煎馒头在煎时还带有那么一丝儿的焦香,味儿非常好闻,犹如馋虫爬进了你的胃囊。我是怎么也熬不过那一关的,只要袋中有钱,就会在门口排队,欣赏着师傅的手艺,观赏着食客的吃相,想象着大壶春生煎的美味。有口福,有景致——那是乐事,也是趣事。

大壶春的生煎当然以味取人,以质取胜。大壶春决不像别家生煎店做生煎那样敷衍了事。大壶春的生煎皮薄,馅厚,汁多。当装在白色细瓷盘里的生煎端上,还会吱吱作响,还会冒着金黄的细细的油泡，发出诱人的香味。夹一只，蘸蘸米醋与辣虎酱；咬一口，汁多肉嫩，细细品来，咸中带酸，鲜中带辣，软中带脆，焦中带香，其味无比。此时才真正体会到上海人讲"打耳光都不肯放"是怎么回事了。

我当时住在虹口的海宁路吴淞路路口，到大壶春吃生煎，那是一件隆重的事。那时常带丈人，陪岳母，偕妻子，领儿子齐去。17路电车到福州路，吃完生煎，沿着外滩，江风习习，春意浓浓，汽笛阵阵，漫步回家。此乐融融，此情恰恰，此景历历在目。

现在，为生活计，忙忙碌碌，家又搬远，不知大壶春可在？不知大壶春如故？现在，忙碌之余也去吃生煎，虽有吴胖子、丰裕、友联、新亚，但在我的心里却永远是"大壶春"。那是我的美味，我的回忆，我的情结，我的所爱。

东北酸菜饺

　　同事老杨是黑龙江北安人，去年寒假（其实也在 2007 年），去他那儿。我特别想睡炕，想过过东北的瘾。可是北安城里几乎没有了炕，只好到离北安十里远的老杨表弟家。表弟很热情，只是连连说："不知你们来，也不事先打个手机，没菜招待，咱就吃饺子吧！"老杨一扬手道："行，酸菜饺子。"

　　东北人家的酸菜在深秋就腌了。他们把整棵的大白菜先晾干，有太阳也无妨。然后整棵整棵地放在大瓦缸里，加盐。盐不需很多，否则成腌咸菜了，一两百斤菜就是斤把盐，压上一块大石头。水分自会从白菜中渗出，慢慢与大瓦缸边沿满齐。如此，过一个月就可以食用了。老杨到了上海后也依旧做酸菜，依旧用大白菜为料，不过考究了许多：菜要洗净晾干，腌的时候还要放辣椒蒜子，时间缩短为半个月。

　　那天我盘腿坐在炕上，炕烧得暖暖的。可腿脚盘着，时间长了，真不习惯，还有些麻。我们就着酸菜饺，喝着"北大荒"。"北大荒"烧口辣嘴，进肚轰暖。酸菜饺当然是老杨弟媳妇翠花揉的面，拌的馅，擀的皮。面揉得劲韧，馅拌得入味，皮擀得边薄中厚。包的时候馅足料多，皮胀而不破，面光而透亮。上桌时热气腾腾，个个晶亮。咬开酸菜饺，猪肉鲜嫩滋润，酸菜爽口清新。入口咀嚼，叶脆汁润，鲜味满嘴，菜香溢口。

　　东北酸菜不等同于湖南、四川、贵州用作酸菜鱼的酸菜。湘、蜀、黔的酸菜与东北酸菜相较，太酸太辣，适合作为作料和鱼相配做菜，东北酸菜，微酸爽口生脆，宜和猪肉相搭做馅。凡天下之事，往往一物配搭一物，一荤一素，一开一合，仿佛浑然天成，相和相谐。吃食如此，其余亦然，天道自然之理呀！

　　菜是真的没啥。除了酸菜饺子，就是猪肉炖粉条儿、鸡蛋搁葱花儿。菜不在多，有味，有特色就行。酒逢知己，三杯下肚，脸涨通红，天南海北，古今中外。

　　酒喝多了，菜吃多了，话说得也多了。只是觉得胃胀肥腻。老杨的表弟忽地大喝一声："翠花——上酸菜！"

　　我与老杨几乎异口同声，有腔有调地扯着嗓子："翠花——上酸菜！"

河南吃面

面条是河南人除馍之外的另一大主食。我到河南郑州、洛阳、开封旅游，馍一次都没吃，面条倒是吃了不少。一是喜欢吃，二是河南的面条确实做得好，花样多。要说河南的面做得好，无非就是面的本身质量好。

中原本产小麦，经过五千年的培育，改良，那麦的韧性、吃口不消说了。再无非就是在制面过程中，揉面有劲，醒面要透，擀面适宜，道道工序到位。

要说河南面做得好，还数面条的制作方法因季节更替而不断变化。

现时夏季犹如上海人吃冷面一般，河南人多吃捞面条。面条煮熟后捞出，放在凉水或阴阳水（开水掺凉水）中过一下水。绝不似上海吃的冷面早早煮好冷摊好，而是现煮现过水，所以面的柔性、嚼头、口感更好。拌以蒜汁、苋菜和黄瓜丝等，吃时清凉爽口，防暑降温。上海的冷面似快餐，求简单方便快捷，是适合上海城市，如易中天所说的上海滩的生活节奏与习惯。河南洛阳也好开封也罢，那种吃法是传承了几千年的历史与文化。

春末秋初季人们多吃卤面。到了蒜薹和豆角收获的季节，家家户户都喜欢用蒜薹和豆角做卤面，因为这些菜是做卤面最好的作料。相当于我们上海人喜欢的拌面，我想这种面应该源于河南而变种适应于上海。

冬天季节寒冷，人们多吃汤面条、拉面条、烩面条。反正这些面条端上时，满满一大碗，热气腾腾，上面放以各种作料，荤素皆宜。一般还撒上碧绿的香葱或芫荽，一勺红红的辣油，油汪汪的。呼啦啦一气吃下喝下，就会头上冒汗，浑身暖和起来。河南最有名的是"萧记三鲜烩面"，总店在郑州郑汴路与货栈北街交叉口。哪怕是清水面，也爽口滑溜，香留齿间，余味无穷，一如上海的阳春面，只是上海多机制面，少原汁原味的手工操作。

河南还有一种"洛阳浆面条"。它那特殊的原料和做法，使浆面条与普通面条的味道截然不同。

　　浆面条的主料是面条但配料是关键。因为煮面条的水，不是常用的清水，而是一种特制的面浆，所以做浆尤其重要。听河南朋友介绍说：做浆时，先把绿豆或豌豆用水浸泡，膨胀后放在石磨上磨成粗浆，用纱布过滤去渣，然后放在盆中或罐里，一两天后，浆水发酵变酸。把酸浆倒在锅里煮至 80 摄氏度的时候，浆水的表层泛起一层白沫。这时，要用勺子轻轻打浆，浆沫消失后，浆体变得细腻光滑，再放入香油等调料。浆水煮沸时，把面条下锅，勾入面糊，再放入盐、葱、姜等作料。浆面条看似上海"烂糊面"，但口味不同，用汤水不同，属于不中看却中吃，看似丑陋却味美。

河南洛阳吃水席

　　品尝水席拌和着历史故事与传说，那是真正的物质与精神大餐。从水席菜的本质而言，用一句俚语来概括："热冷焦软稀稠干，海河荤素甜辣酸。"到河南不能不去洛阳，因为洛阳的牡丹，也因为龙门的石窟，更因为洛阳的水席。吃水席是非上"真不同"不可。民间有"不进真不同，未到洛阳城"一说可以佐证。

　　真不同饭店始创于1895年，迄今已有一百多年历史，是中华老字号。洛阳作为华夏文明的发祥地，作为全国七大古都之一，从五千年前就酝酿着美食文化。洛阳水席已有一千多年的历史，是迄今为止最古老、最有特色、保留得最完整的一套筵席。

　　真不同饭店坐落在洛阳中州路369号，大门有联曰"天下第一席，水席真不同"，店名由此而来。饭店的立面装潢当然是仿唐古建筑，犹如洛阳的牡丹，犹如强盛的大唐，亦如龙门石窟的佛，透出富贵与豪迈，却不喧嚣与张狂。饭店的廊道、雅室无一不古色古香，雍容典雅。最有意思的是把包间命名为历史帝王谥号和朝代都邑名：武帝、隋唐、汉魏、东周、夏都；为洛阳牡丹名：白玉、豆绿、赵粉、墨魁、脂红。在这里每个朝代的地图、帝王像、文物都陈列有序，演绎、叙说着曾经有过的辉煌。在这里每个服务员都会耐心地为你解说水席与每道菜名和典故传说。

　　洛阳水席始于唐，当时仅作为宫廷国宴之用，唐后此筵离开宫廷，官府和商绅也可以享用。到了宋以后洛阳风流散失，此筵传入民间方能保留至今。水席的含义为：一是该大筵有别于南北各路菜系，是一道一道往桌子上端，吃完一盘撤下再上另一盘，如行云流水一般。二是大凡名菜，在汤上最为讲究，事厨者无不怕汤，可是洛阳水席偏偏在汤上大做文章，几乎道道菜都带汤，干稀有致，汤随菜走，因为汤多了即显得汤汤水水。

　　洛阳水席全席以序分为：前八品（冷）、四镇桌、八中件、四扫尾，八四八四，二十四道菜，喻示了武则天执政二十四年历史，风光无限。前八品也称下酒菜，象征着武皇"服""礼""韬""欲"

"艺""文""禅""政"八大特征。从"四镇桌"上起的十六道热菜,每道菜都有一个美丽的传说。至于刀功,有一说:1973年周恩来总理和加拿大总理特鲁多共品牡丹燕菜,看到菜如牡丹花形,周总理风趣地说:"洛阳牡丹甲天下,菜中也能生出牡丹花来。"大家会意地大笑。

还有一道点心,不在水席菜谱之内,你一定要点:浆面条。凡是喝过浆面条的人都会觉得余香满口,回味无穷。

洛阳水席才是真正的"贵族的享受,平民的价格",如此这般的菜,人均消费才50元左右。不信的话,有机会去试着品尝。

江南好,苏沪杭

"江南好,风景旧曾谙",江南水好,土好,吃的自然也好。江南好,好就好在苏沪杭,也就是常说的长三角地区。

一说起江南苏杭,马上就会想起映照在斜阳之下的灵秀水乡,船篙橹桨,山塘青石板路,黑瓦白墙的民居,"君到姑苏见,人家尽枕河"。枕河酒肆,河鲜当然少不了,"秋风响,蟹脚痒",那是品尝河蟹的好日子。一盘清蒸阳澄湖大闸蟹,只只红黄满腔,白膏肥腴,持螯赏菊,生姜香醋为佐,和酒花雕做酢。或是一盘清炒凤尾虾仁,剥河虾壳时故意留尾,虾仁爆炒,虾壳变红,那白肉金尾,青葱黄姜,煞是夺目好看。虾仁肉质新鲜而富弹性,只只挺括清爽。我居苏州十年,对吃想来鞭辟入里,细致入微了。苏州是个精致的城市,怪不得陆文夫能写出《美食家》这样的大文。

"淡妆浓抹总相宜"的西湖,商女歌吹,灯红酒绿,船随水荡,一桌酒菜,那最宜吃湖鲜。"西湖醋鱼"是天下第一。做此菜,鱼是猛火蒸熟决不能煎,一煎鱼肉就老。糖醋汁料浇上,吃鱼时要蘸着酱汁,才入味,味觉上才感受到鱼的鲜嫩。我旅杭州十月,屡屡喜好此菜。再是"东坡肉",当数"楼外楼"。稻草捆扎,紫砂小罐煾熟,原汁原味,赤酱浓郁。剪开捆扎的禾草,香气四溢,晶莹剔透。入口细品:肥美不腻,软绵香嫩,回味无穷。吃上,杭州也浓淡相宜啊。青黛绿水,蓝天皓月,杭城美食,天上人间。

走进深宅庭院的大户人家,走进古朴的大门,满是荷花飘香;棂格木窗外,湖石绿叶翠竹相映,紫檀木桌上,青花瓷具,八冷八热。坐在里面,仿佛是到沈万三家里或是柳亚子门户做客,同江南绅士一般。端上那精致的点心,不能不叫绝。一客小笼,皮薄馅满,汁多而鲜美,蘸上黄姜丝米醋,解腥解腻更解馋。咬上一小口,破包吮吸,小笼包汁,尽入口舌,味蕾花开,尽润其滋其味。点心点到即可,俗话说"少食多滋味",可我全忘,尽心尽欲罢了。孔子曰"食不厌精",得其所矣。

一说起上海,马上会记起十里洋场与小资。暗黄的色调笼罩着老式的电话和周璇、胡蝶的画报,留声机里传来了低回哀婉的歌声;或者爵士乐队在沙逊大厦的酒吧大厅吹奏着,大马路上霓虹灯闪烁、跳动、变幻,像苏丽珍身上旗袍那样经典。大餐桌上,剔透泛光的高脚酒杯,斟满闪着光亮的琥珀色的葡萄酒。刀叉勺擦得锃亮,整齐地摆放在铺着洁白桌布的餐桌上。似乎三四十年代的上海滩,是最经典的上海,是最充满幻想与激情,最优雅与慵雍,最绅士与淑女。

而今上海其实也不乏那样的雅致,在金茂"天庭"坐着,慢慢搅动着杯内的咖啡,闲适而又幽静;在正大广场前浦江边的"星巴克"遮阳伞下,倚着藤椅,用勺羹舀着"冰激凌",甜甜的,凉凉的,一直透到心里。复兴中路、茂名南路、淮海西路那法国梧桐遮盖的花园洋房里,阳光和煦,庭院青青,那曾经是茅盾、巴金等文化名人聚会相谈的地方。坐下用心去细细品尝,缓缓道来,感受传统与氛围,咀嚼历史与文化,那滋味是一辈子都能感受到的啊!

江西乐平狗肉

江西乐平在景德镇的西南，在江西是一等大县。乐平产红辣椒、金黄色的稻米、蓝靛、白棉花、黑煤炭，简称红黄蓝黑白，但乐平的狗肉亦有名。

乐平盛产稻米，因此做狗肉生意的都是自己轧米吊谷酒。酒醇色清，百斤谷子三四十斤酒，就看吊酒师傅水平的高下了。酒是吊出来的，决不勾兑。

乐平狗肉清煮白切。煮时放入大量的茴香、八角、大蒜、生姜，注入谷酒，水开后还要放入些许萝卜、红枣。一般要用文火煮焖一夜，天光微亮，捞出狗肉，放在竹匾上摊凉。然后一副担子，前狗肉、谷酒，后小桌、板凳、作料，走街串坊，到村去镇，特别喜欢到煤矿边，拉长了嗓子吆喝道："刚出锅——狗肉。"见有生意便论斤称两出售。一般先称后切，放在盘里，撒上红辣椒粉，也有要加上蒜泥的，当然这是粗浅的吃法。随后摆在小矮桌上，一口谷酒，一口狗肉，说上一通不着边际的话题。卖狗肉的只在有空时，不是听上两句，就是插上两句，他怕生分怠慢了顾客。一般矿工出井，半斤狗肉半斤酒，活血壮阳，正得其时。

乐平狗肉皮糯、肉香、骨酥。没有皮的狗烧煮出的肉不凝；猪肉肥、牛肉腥、羊肉膻，唯独被狗肉占去"香"；只有骨酥之时，狗肉与骨可脱，因此乐平的狗肉是带皮去骨。江西乐平狗肉与四川花江狗肉烹制不同，花江狗肉是放在火锅上涮，蘸着作料吃；也与延边朝鲜族狗肉吃法不同：延边的狗肉肥腴，一般与冻豆腐煮着吃。乐平狗肉清煮白切，尽得狗肉之本色原味。尽管做此生意的都是小本买卖，一副货郎担即可，但乐平的狗肉生意一直不错。食者往往是图狗肉香糯，也图谷酒醇厚。乐平狗肉一年之中只在深秋到翌年清明上货供应，这正体现中国人朴实的饮食天人合一思想。

雅自有雅的高贵，但俗亦有俗的可爱，吃乐平狗肉无疑是市井风俗。其实狗在古时候便排入六畜之列，吃狗肉定是地方风俗。似乎粗俗武人为多：汉刘邦帐下的樊哙在当时就是一位不错的杀狗师傅；

《水浒传》中的花和尚鲁智深是在吃了一条狗腿、喝大量谷酒后才一膀子掀倒了半山亭。也似乎是吃狗肉才长力气,前面樊哙、鲁智深是例,矿工喜好狗肉也是信此如此。矿工累了一班,酒足肉饱醺醺然乐陶陶地搭着衣服,回家了。

今日早餐

今天我很早回到养育我的虹口。

我在1969年3月离开上海,到江西井冈山插队,往后在山坳里扶犁吆牛,插秧割稻,挑担砍柴。风里雨中,烈日溽暑,寒风雪地过了整整三年。山里老表一日两餐,早餐米汤,佐以霉豆腐,不多时饥肠辘辘,肚皮贴后背,难熬难过,总感到日不中天。

以后上井冈山铁路一年,扛铁轨,肩枕木,担道砟。倒是一日三餐,早餐日日只发两个馒头,几根咸菜,水壶里灌一壶水。三口馒头,一口咸菜,就着水喝,有滋有味。馒头耐饥,出工出力,深明"井冈山道路通天下"的道理。

火车汽笛"呜——呜——"鸣响。民工的任务结束了,打起背包走向煤矿。煤矿作业三班倒,无所谓早、中、晚餐,食堂二十四小时开着,餐餐吃饭,最多最常见的菜是辣椒。在井下幽黑的作业面打眼放炮,推筒子,刨杆子,空闲休息时,却想到小时候吃的早饭。最难忘还是泡饭、油条蘸蘸玫瑰乳腐汁,最好是蘸蘸腌制的黄泥螺汁了。可是在江西,在当时,那是个梦。一个出身不好的上海知青,有口饭吃已经不错了,夫复何求?

终于可以高考了,终于我可以走出大山,走出矿井。大学的食堂早餐有稀饭(粥)、馒头、包子供应,偶尔食堂也炸油条、煎饼,很知足了,虽然脑海也会倏地闪过生煎馒头、小笼馒头、大饼、油条和豆浆。

以后在中学教书。结婚后,和妻谈起泡饭、油条,当然能办到。吃时总寻不到小时候的那种感觉,我知道:这样做只能解馋却不能解心结。即使回到上海工作,也还是这样。

今天我一早回到虹口峨眉路看到还没拆迁的老石库门房子,看到年糕团摊,看到泡饭粥摊,看到放在长条桌上装在塑料瓶里的酱油、玫瑰乳腐汁、腌制黄泥螺汁,下意识地坐了下来。一碗开水一汆(cuān)的泡饭,米粒在洁白的瓷碗中粒搭粒地清清楚楚,宛如珍珠一般晶莹,水汽氤氲;一碟折拗过刚从油锅汆(tǔn)出的油条,油条在青花瓷盘中,金黄颜色,焦香阵阵扑入鼻进入胃,引发蠕动,开启食欲。泡饭有嚼头,又清香爽口;油条松脆,蘸满了玫瑰乳腐汁或腌制黄泥螺汁的滋味,混合着焦香,异香满口,一嘴生滋。因为泡饭的清口,才会感觉汁液的滋味;因为在故里,才会有如归的感觉,才会安心静心;心结解开了,灵魂才会安稳,心灵才会得到抚慰。犹如远航的水手踏上大陆,才觉安稳;婴儿在母亲的怀抱,才能酣睡。

今日早餐,解了我四十年的结,四十年的追思;圆了我四十年的梦,四十年的怀念。这是一种心灵的回归。世上诸多思念的事物,归根结底是情思,物象的本质还是情思。我心里想了四十年的不仅仅是泡饭油条,更是少年的情结。

今日早餐难忘,难忘今日早餐。

腊八说粥

又一个十二月了,又一个腊八了(2008年为1月15日)。

史书说:汉朝时,每年农历十二月必定要举行年终腊月祭,因此农历的十二月又叫"腊月"或者"蜡月"。在腊月初八所煮的粥,就取名"腊八粥"。

父亲说:那是古代不知节俭而又懒惰的人,到了农历十二月初八那天,家中揭不开锅,东搜出点米,西捞出点豆,拼拼凑凑,煮了点粥,这大杂烩就叫"腊八粥"。

佛家说:释迦牟尼逃出王宫到珈都山当了和尚以后学习经典,在深山之中苦度了六年。他学经完毕的时候,正是腊月初八,也就是佛教所说的"释迦牟尼得道日"。那是古印度人民"斋僧"和救济穷人而施舍饮食的日子。

何种传说正宗无妨,关键是腊月初八喝粥。

过去,有钱人家的腊八粥要用几十种米豆果料熬成,亲朋好友之间还要互相赠送。穷人也要在这一天用小米、红枣熬一锅粥应应时令。传说"腊八不喝粥,明年会更穷"。清朝时,皇宫里喝的腊八粥是雍和宫的喇嘛熬好后进贡的。

小时候,父亲很重视腊八粥。甜的腊八粥取种种果脯,再加赤豆、花生米、芸豆熬成。当然豆要先煮,其次是米,糯米粳米都行,北方往往用大黄米。再次是加果脯,最好切成丁。20世纪60年代供应紧张,材料要慢慢筹集。现在回忆起来,父亲更偏重对我们子女的教育。咸的腊八粥,取黄豆、花生米、豆腐干、各式蔬菜,熬好后盛在大碗里,还要滴上麻油,或加上一勺猪油。那香,那滋,那味,我四十年后还未走味,还记得。那是至亲,至情,至爱呀!

其实粥最养胃,最易消化。释迦牟尼六年苦行,得道之日也最宜喝粥适胃养身;那个不知节俭而又懒惰的人,瑟瑟冬日,一粥暖身,想来亦有感悟吧!

而今社会对粥的认识更深更广。君不见:"粥天粥地"的连锁店,以及各式粥铺。君不见:到各式早茶店,正大广场的"唐宫"也好,万达广场的"兴旺"也罢,产品单上的"心满意粥"。现在人吃食,既怕上火又怕油腻,那粥是首选了。与亲朋在粥气蒸腾中天南地北地畅谈,实乃人生一大快事。这样茶餐厅一般的粥底,都是师傅精选靓米与骨头汤一起特别熬煮数小时而成,香绵软滑,清淡适口;也可以加料:芫荽生鱼片、葱花生鳝片、爽口猪心、窝蛋牛肉……有的茶餐馆还提供自助粥服务。服务员会推着小车,在顾客中走动,车上有炉、粥底,食客可以自由选择加料,像打边炉一样,上自海鲜,下至杂蔬,放什么都可以,充分发挥你的 DIY 创意。

老广喝汤记

广东人爱吃,广东人会吃,广东人更爱煲汤喝汤。当然,作为省会的广州更甚。

说是:广东处于岭南,气候湿热,以汤养生,地使之然也。

我不以为然。

一则是广东煲汤唯独在夏。春天温寒,夏天炎热,秋天燥热,冬天湿冷;春去秋来,广州人煲汤炖汤也随季。春可喝半莲炖鱼尾,可以清解毒热,猴头菇煲瘦肉能补脾益气;夏天自然要喝冬瓜荷叶熬水鸭,能消暑润肺;秋冬季节来一盅南北杏川贝炖鹧鸪或者冬虫草炖水鸭就绝对滋补。在广州这个城市,每天喝上一碗老火靓汤,已经成为生活中不可或缺的一个部分。

二则汤易滋补,以汤养生,药理使之。广东人煲汤既取中药之效,又增添口福。老广把淮山杞子、枇杷叶、猫抓草、雪梨、南北杏、川贝都入汤。阴阳相错,寒暖搭配,汤之性如季而变,随节而化,正似冬藏、春萌、夏发、秋敛,天人相应相和。用汤滋补,无药之味,犹大隐于市,大德无形。特别是秋冬,收敛养藏,格外益补。

当然,眼下不免商业炒作。老火靓汤的招牌打得天下皆知。简直无汤不成粤菜了。广州越秀区康王北路华业大厦一带,或荔湾区芳村花地荣兴路一带的"妈子靓汤"更享其名:门口四排八十多个蜂窝煤炉,很有气势地排开,从早到晚,一个个装了汤料和水的汤煲就架在这些煤炉上,被慢火炖上三四个小时,热气腾腾同时开煮。隐约可闻"咕咚,咕咚"的冒泡声和在煲盖边缘慢慢溢出的香味,轻而易举地勾起了食欲。与工夫茶的"工夫"一样,这是煲汤熬汤炖汤焖汤的细工夫。要花时间,让药发性于水,让菜散味于汤;炉子的火候决不能做"二猛子""愣头青",猛地开滚,那么无论药或菜的精华都会凝固锁定,必无滋无味。一定是要功到自然成的呀。

汤的滋味当然各有不同,人的需求当然也各有不同。用料上乘的价贵汤,如龟甲汤、鲍鱼鸡炖翅,适合嘴刁或者有备而来的食客;也有普通的家常汤,来个核桃煲猪尾补胃健脾,或者深山红菇雪耳熬乳鸽清毒护肝，几十元可以搞定；或者更随意来个鹧鸪无花果汤，价廉物美，清肠解毒，那就又好喝又保健了。广州荔湾区宝源路的"老火靓汤"店、龙津西路荔枝湾路的"食养坊"店都比较有名。

老广喝汤更在乎"头啖"，好比我们苏沪地区头汤水下的面，清爽。"头啖汤"粤语就是第一拨出锅的汤，或者第一口就喝的汤。老广都是餐前喝汤，因而喝第一口汤时，味蕾还未受到其他食物的刺激，此时的味觉最为敏感，最能品出汤水的原味。老广对汤的要求可谓挑剔，不仅用料十足，而且耗尽工夫。一煲老火汤，少则两三个小时，多则十几个小时，文火慢慢煲，硬是将一大煲水熬成几小碗，十数种汤料的精华浓缩在汤水里，容易吗？因此在喝汤的方法上，一定要"头啖"了。

当然，老广十分注意饮食环境。稍好一点的店，装修一派岭南风格，尽得西关民居遗风。中式桌椅，镂空花窗，胡桃廊柱，处处可见广式木雕的精髓。回廊转角处的竹子、石山、小桥，为含蓄的布局增添了活泼。

如果你有机会去广东千万别忘了喝汤。

旅游点菜有招数

掌握点菜的原则，任你是天花乱坠口吐莲花，还是东西南北风紧刮，我自岿然不动。

信夫！

常在江湖走，常吃江湖菜，那么旅游点菜着实是一门学问。

旅游吃菜如果走过路过错过了，以后很难再补偿到那时的心境，环境与人境。同游数人，志同而道合，好不容易凑在一起同眠同食同乐；好不容易路过此处，风景如画，远山阔水或小巷首尾，街肆市楼；好不容易大家开心，宠辱皆忘，把酒临风。如果点菜不当，被宰被骗，那心境破坏，气氛全无，岂不哀哉？既然如此，那么点菜大有学问，旅游点菜招式必学一两手。

基本路线是不能走错。地方特色菜更多地在特色菜馆。装潢现代、流光溢彩的星级宾馆坚决不进，在那里，即使有地方特色菜也乔装打扮，变得高贵了，小巧了，华丽了，丧失了本色本相本味。要往小街老街走，要到当地人进的菜馆饭店去，要与旅游团队背道而行。

基本原则是品尝地方特色菜，看透菜谱，打破砂锅问清楚。

饭店坐下后，决不能都听老板的话，老板的话决不能都当真。老板更多是考虑利润，常常挑价格贵的介绍。要听临座吃客的介绍，要看炒出的菜的质量。你可以问问，听听，看看。一日，在湘西凤凰"老房子"饭店点"血粑鸭子"，就是邻座重庆游者介绍的，他已吃在前，同是游者，利益往往一致。

特别要仔细看菜单菜谱，花里胡哨的菜名不要点。你知道"翡暖翠润"是什么？雪菜拌青豆！哪里不能吃？你又知道"纵横四海"啥花样？蟹籽扒海参，价格298元，到高山深谷，不食山珍却吃海味，难道不是南辕北辙，缘木求鱼？倒不如实实在在点他一个"侗乡酸辣鸡""石板鱼香豆腐""山里面""船上糕"。

酸辣香臭，各有特色，过口不忘，舌尖永记，印象深刻，才有价值。自己拿定点菜的主意，掌握点菜的原则，任你天花乱坠，口吐莲花，还是东西南北风尽刮，我自岿然不动。信夫！

魅力桂北菜

广西习惯上将桂林、柳州一带称桂北。桂北菜一如西南菜，或清淡，或酸辣。清淡如"桂北萝卜酿"。做法简单，却因为厨师的精致选材和独特工艺而变得格外出彩。端上一大碗白得晶莹剔透的萝卜片，每两片萝卜"衔"着一小片甜美的肉馅。萝卜片上撒着些许青葱红椒，白底之上红绿相间，煞是"弹眼落睛"。萝卜用老母鸡汤熬到了位，但片片成型，不松不散不酥不软。"萝卜酿"散发着悠悠长长的萝卜清香，弥散开来。细细闻来，还可以感觉夹杂的丝丝辣香、辛香。还未入口，便沉醉其中。用勺舀上一口汤，送入嘴，感到似乎萝卜因素都分解到了汤汁之中，清香满口，滋滋入味，其鲜无比；用筷夹起一"组"酿萝卜，舌齿立刻觉得清甘爽滑，层次丰富，先是萝卜后是肉。不腻不油，入肚后，胃肠舒坦，神清气爽。物质功效与精神感觉同享。如果窗外有婆婆的竹影，潺潺的流水；座上有盈盈的笑脸，呢呢的话语，谈诗论词，说文道章，那，怎一个"清淡"（清谈）了得哇！那是自然优雅的山寨情调，家味乡肴的精制美味。

酸辣典型莫过"酸辣脆肚"和"锅仔酸辣禾花鱼"。

这两道菜，都要选用桂北特有的酸辣椒。酸辣椒，鲜香艳丽，如同冬天里的一把火、春天里的映山红，点燃你的热情，撞击你的味蕾，开启你的胃口。酸辣椒，上海超市少见，但桂林、柳州、南宁都有。凡广西桂北酸辣皆用酸辣椒。决不如上海求酸用醋，要辣再用辣椒。

"酸辣脆肚"关键肚要脆，那就要大火快锅热炒。肚子用开水滚过，要细切；热锅爆炒后，随即装盆就吃。看：白肚，红椒，绿芫，光"色"就夺人眼球。酸辣香浓烈，直冲鼻喉，直接刺激肠胃蠕动，令人垂涎欲滴。细细嚼来，慢慢品味：肚丝鲜嫩崩脆，丝丝入扣，当肚丝与唇舌相交一瞬，唇已添香，舌亦浸润酸辣，天下五味，尽得其三；天下五色，也占其三。悦乎！此菜不宜久留。

"锅仔酸辣禾花鱼"一菜。禾花鱼乃栽稻禾水田之鱼，鱼不大，以禾花为生，肉细嫩。将鱼两面煎黄，放酸椒其下，锅仔慢炖。

"噗——噗——"，汁开沸腾，香随水汽，氤氲升腾、扩散。鱼味渐渐弥散汤汁中，汤汁浓郁芬芳起来了，鱼表皮香酥而肉质鲜嫩。鱼性味甘、温，有补虚、利尿、止痢的功效，也有开胃增欲、祛热除湿的作用。此菜最下饭，一菜足矣。特别是稻花开之时，是吃禾花鱼的最佳时节。如有可能放点笋丝，更吊鱼鲜，更增其美了。

难忘碱水粽

　　现在端午粽子品种繁多，咸味的有火腿粽、咸肉粽、鲜肉粽、蛋黄粽；甜味的有赤豆粽、豆沙粽、栗子粽、红枣粽。白米粽也有，但少见。最难觅的是碱水粽了，可我最爱吃的偏偏是最低廉的碱水粽。

　　碱水粽的箬壳与普通粽子的箬壳不同，它不用通常的芦苇叶，而用宁波箬壳，过去南货店有买。较之芦苇叶，宁波箬壳很大很宽，包一个偌大的碱水粽，最多只用两张足够。宁波箬壳呈淡褐色，上面有黑色的圆点。

　　包碱水粽先将宁波箬壳用开水泡过，洗净后备用。将食用碱用水泡开后也备用。包碱水粽的糯米要随包随洗，否则糯米涨开，包出的粽子过于松散软塌而失风味。过去母亲包粽子时，父亲打下手淘米，如今妻子包粽我淘米了。碱水粽的关键在于加碱水，碱水太少，呈淡黄色，煮熟后糯米粒打粒；碱水加得太多，味涩难入口；碱水适宜，煮熟凉后的粽子为褐色，色泽光亮剔透，糯米粒间有边界却已不清。咬上一口，只觉得清凉爽心，清香溢口，满嘴糯性，咬上去"阴笃笃""糯嗒嗒"的。过去没有冰箱，碱水粽经久耐放，放上十天半个月也没问题。

　　碱水粽一般都包成三角粽，个大，一般吃一个就饱了。我还不喜蘸糖，似乎蘸了糖就破坏了碱水粽的原本原质原味。过去物质匮乏，端午包粽吃粽是一大乐趣，故而节日的气氛愈发浓厚。家中碱水粽总要单煮一锅，总是放在最后煮，起到清锅的作用。煮碱水粽也要一夜睡不安稳，锅小粽多，用的又是煤球炉子，要将粽子上下内外翻动调整，白天母亲包粽辛苦，晚上只能劳累父亲了。端午的气氛是包粽子、煮粽子做出来的，不做不浓。粽子往往要煮一夜，越煮粽香越浓，端午的味也就越浓了。那碱水粽由此充满了浓浓的亲情。

　　包粽子的技术妻子要比母亲强。妻子包粽技术是跟隔壁魏家娘娘（绍兴余姚人称祖母）学的，小脚粽、三角粽包出来只只都饱满，粽脚里糯米都塞得结结实实。碱水粽一定要达到这样的内外观，煮出来剥箬壳后才"挺括"，才有嚼劲咬头，不然就是软塌塌糊答答。

我插队在江西期间还吃过别有风味的江西"碱水粽"。此粽先用草木灰在水中沸煮半小时,然后滤去灰渣,再煮包好的白米粽。煮熟后的粽子黄色,或棕黄。色泽由草木灰性质而定,禾草灰煮出的粽子多为黄色或蜡黄色;松木灰煮出的粽子多为棕黄或浅褐。粽子味爽质糯而富有弹性,也可以保存较长的时间。我想许是草木灰是碱性,乡人善用自然环保资源罢了。老表知道我喜食"碱水粽",过端午那天,东家五个,西邻八个,让我享用了半个月。不是家乡,却也胜似家乡。那江西风味的"碱水粽"满溢着浓浓的乡情人情。

而今物质丰富了,过节却简化了。现在端午有假期,我们真的应该让自己高兴高兴,让孩子高兴高兴,该是去调制节日味儿的时候了。

年糕团

一九六九年我到江西插队以后，每次回上海，我都要到乍浦路近海宁路口的虹口糕团厂门市部去排队买年糕团吃。此门市部市口好，在当时解放剧场隔壁，虹口大戏院正对面，过海宁路是胜利电影院，拐过乍浦路还有国际电影院；附近又都是居民聚集区域。因此，排队的人特别多，生意特别好。冬天老北风顺着乍浦路由北向南，一路溜来。哪怕你穿着当时时髦的"风雪大衣"，也冻得瑟瑟发抖。可是排队的人，不减反增。四十年前，那绝对是美味的小吃。如今年糕团已难觅踪影，即使偶尔让我碰到了，首先糯米粉团已掺和了过多的粳米。其次，包的馅心过于花哨，加肉松、咸菜之类反失其真。再次，油条不是现炸现包，失脆失香。

那时候，我宁愿排上一个小时的队，去等候掺杂着乌黑的芝麻、糖粉的年糕团。仿佛故乡就是那年糕团，就是由无数令人回味的种种吃食与点点滴滴的亲情构成。

年糕团比粢饭团好吃，全在于年糕团外包用蒸熟擂打过的糯米粉，而粢饭团外包仅是用蒸熟的糯米。所以，年糕团的外包要比粢饭团的细腻，柔滑，黏糯。咬上一口就能品出松脆的油条，透出焦香；甜甜蜜蜜的是芝麻糖粉的味儿，这丝丝悠游的香甜一直钻到心田胃底。糯米粉与油条、芝麻糖粉在口腔咀嚼，舌头绞盘，那味儿特别经久，特别难忘。

小时候都是父亲去排队买来给我们吃。稍大，就问父亲讨了几角钱，自己带着弟弟妹妹去。那时候排队也是乐趣：每进一步，就增加一分希望，每靠近营业窗口一米，就增添一分喜悦。那是一个物质贫乏的时代，但现在回忆起来，感到并不缺少情感与精神，乐趣和欢快。到了营业窗口柜台，不看蜡黄的金团、晶亮的条头糕、花哨的松糕一眼，直嚷："三只年糕团！三只年糕团！"而后，恭恭敬敬递上钱。看着师傅随手从冒着热气的糯米粉团上揪下三团，快速用手揿平摊大。他拗着油条时，就问："要芝麻的，还是黄豆的？"当时掺和的粉料有芝麻粉与黄豆粉两种。"芝麻芝麻！"我赶紧回答。瞬间只见师傅撒上了芝麻糖粉，手腕一推，三个年糕团已就。

于是我们拿着年糕团，边走，边吃，边说笑；天也亮了，地也宽了，感觉也不冷了。妹妹还闭着眼，美美地长长地"哎——"了一声。于一个孩子而言，那难道不是天大的美食？看到弟弟的嘴角残留的芝麻糖粉，我笑了；但弟弟指着我的嘴角也笑了。我们三个都笑了，我们体会到了那甜，那香，那糯米的柔滑，那油条的松脆。那滋那味深深地烙印了我一生。

啊哦，年糕团！

情系湘菜

到湘西旅游回沪后最难忘的还是湘菜。

湘菜之所以难忘全在于酸辣，特别是苗家菜与土家菜。

凤凰"老房子"饭店就坐落在东门外，临街一面和凤凰城门洞斜对着，相隔不过十米；临沱江一面可以欣赏虹桥与江对岸的吊脚楼；所以这是既看得见风景，又开在吊脚楼里的饭店，这地点本身就是卖点，也就是顾客盈门的原因。阁楼靠沱江的饭桌只有两张，我们等了好一会儿才轮到。坐在饭桌旁，看着暮色四合，沱江上弥散着淡淡的水汽，体会着"烟笼寒水月笼沙"的感觉，可谓"秀色可餐"了。

"老房子"是苗家菜的饭店，门口灶上就挂着腊肉，每天烟熏火燎，散发出诱人的香味。这腊肉本身就是饭店的特色菜和招牌，所以蒸腊肉是不能不点，不可不吃的。此道菜是苗家家常菜，散发着竹香与松香，肉皮有嚼头，肥肉油而不腻，瘦肉入滋入味，味道十分清香可口。食酸是苗家人独特的饮食习俗，苗家人有"三天不食酸，走路打踉跄"之说。"老房子"最拿手的一道名菜是糯米腌酸鱼，这道菜的糯米有鱼的鲜味，还兼有酸菜的特质，应了一句老话："风味独特"，吃了还想吃。上海吃的酸菜鱼，绝不能与之相比。还有一道凤凰的名菜叫"血粑鸭子"，是鸭子和鸭血拌糯米粑粑合在一起烧煮，既有鸭肉的鲜美味浓，又有血粑的清香糯柔，端上一大锅，够饱餐的了。再要上一斤米酒，慢慢地品着，坐喝。有苗家女前来唱山歌，唱上两三首，我总觉得苗家的山歌有些哀怨。歌为心声，是苗家历史上的种种不幸，抑或是先祖蚩尤南逃后的怨气脉延？望江饮酒，沱江上是星星点点的心愿灯，随江水漂荡着犹如天上的点点星星。不胜米酒的酒力，有些陶陶然醺醺然了，酒醉了，心更醉了。

第二天的午饭是在一家"大使饭店"里吃的。那是因为这家饭店接待过黄永玉老先生与他的德国大使客人。黄永玉老先生是土家族人，这家饭店烧的就是土家菜，店堂内有旧照为证。这家饭店虽不占天时地利，却拥有人气，在凤凰也是名头浪响。更有意思的是这家饭店门口的一副对联：上联是"大展宏图物美价廉酬座客"，下联是"使君满意湘风土味醉乾坤"。下联的"使君"意含双关，既指德国大使又有你我之意。此联为黄永玉老先生所书。店堂内还有一联，为"忆昔日报纸糊墙地板露眼，小店居然来大使"；"老铺面今索太平喜近城楼，名烟火春雨杏花"，也为黄永玉老先生所题。"大使饭店"最抢人的一个菜是"剁椒鱼头"。当然"粑粑酸肉"也很入口。

在吉首的德夯苗寨，我还有在百年水冲石碾坊边，在苗家人屋前，面对陡崖清溪，听着吱吱呀呀石碾碾压稻谷的声响，坐在小板凳上吃饭的经历。天虽然热，但山谷的风挟带着碧溪绿树的清凉令人快哉异常。

其实真正系湘菜的情还在于那饮食的氛围、环境、性情，那饮食之于文化，或者文化之于饮食的种种作用。回到上海后我还到了正大广场八楼的"爱晚亭"湘菜馆，点了获金奖的招牌菜"剁椒鱼头"，颜色很好看，红红的剁椒铺满鱼头，但与"大使饭店"的"剁椒鱼头"相差甚远。我也曾带回了一块腊肉，但也吃不出在"老房子"饭店的那个味了。难道"橘生淮南则为橘，生于淮北则为枳"？

徽州土菜

细品之下味鲜而微辣,<u>丝丝</u>入口,有滋有味,韵味与口味相合,不使你吃徽州土菜的价值最大化?

到皖南旅游无非是"徽居徽菜徽文化,古色古香古韵味"。徽菜品类繁多,这儿说的是吃徽州土菜。无论是屯溪的"老街口饭店",或是宏村的"宏村饭店",还是绩溪的"文苑酒店",哪怕是公路上的小饭馆都有:炒蕨菜、炒藕丝、扁尖炖鸡这三道菜。此乃真正的徽州土菜,不似石鸡、石耳、石溪鱼。石鸡难抓,石耳难采,石溪鱼捕了也难养,因此三石金贵,难以飨客。而蕨菜、竹子在徽州山区是贱物,莲藕村村落落湖荡水塘尽是,只是看厨师手艺的高下了。

屯溪老街口饭店数炒蕨菜到家:这家饭店的炒蕨菜,配以猪肉<u>丝</u>、豆干<u>丝</u>、红椒<u>丝</u>;粗看红、白、褐相间,煞是可爱;细品之下味鲜而微辣,<u>丝丝</u>入口,有滋有味。鲜的是猪肉入味蕨菜,香的是豆干、蕨菜弥散植物的清新芬芳,辣的当然是红椒。此菜佐以冰镇啤酒最佳,啤酒清洌稍苦,那便是绝配了。面对皓月,大有"把酒临风,其喜洋洋者矣"的感觉。这时心中突地冒出"此菜亦贱入口入味",勉强也应老街口饭店门楹中"老街虽窄四海闻名"了。因为贱,所以分量也足。满满一大盘,足以果腹解馋。饭店在老大桥桥堍下,滨江西路东,老街1号,西临新安江。

宏村饭店就在宏村村口。宏村村前本有南湖,村中有牛肚塘(此塘不种莲藕),附近多水荡,故而多产莲藕。宏村饭店炒藕丝,仅以雪白的莲藕切丝而炒。生脆脆,甜微微;生脆却不带土腥,甜微却没有糖味。入厨敬烟,笑问大师傅何故如此之妙。答案其实很简单:微甜是莲藕本身之甜,生脆全在于边加水,边不断翻动锅铲,直至锅水起黏,即刻起锅,炒此菜需要旺火。此时再多炒,藕必糯软而不生脆。调料非常简单,只加盐而已,盐的分量合适与否,全在大师傅的感觉了。选材亦有讲究,一定要当年新藕,中间段节。

要数扁尖炖鸡价格稍贵,但这菜最好烧。先煮鸡,后放扁尖。千万记住:扁尖一定要上乘的,不要多浸泡,以免烧好后扁尖无味;鸡一定要选肥鸡,因为扁尖吸油,否则扁尖无滋味。这两点是绩溪文苑酒店厨师的再三关照,皖南旅游回家后屡试不爽,次次成功。笔者教书匠一个,非专业厨师,这道菜一定"我行,你也行"。

　　其实在皖南徽州吃菜吃饭本身除了徽州菜文化外,你还得注意饭店的装潢。基本上都是一派古色古香的风格。特别要留心饭店的走道、大厅、间隔、楼廊,往往间有徽派特色的砖、木、石三雕,有些还是饭店老板不知从何觅来的珍宝。也要留心自己坐的桌、椅,附近的几、案。韵味与口味相合,不使你吃徽州土菜的价值最大化吗?!

烟熏肉

应该是寒冬腊月的季节了,可天还不冷,但腊肉已经上市应季了。看到悬挂摆放在超市、南货店或肉铺里的云腿、腊鸡、板鸭、香肚,总惦着烟熏肉,总记得那烟熏的香味。

一般腊制品是"风干",入冬以后将腌制的鱼肉鸡鸭悬挂在北向,集中一段时间,日日被老北风吹,让干燥而凛冽的寒风抽干水分。但一到回春,天气渐渐热了,就容易"耕""潏"。

烟熏绝无此病。过去,特别在云贵、湘赣、闽粤一带民间杀了年猪,腌了肉后,将其悬挂在灶头上,烟熏火燎,让热烟干气逼走其间水分,日日熏逼。一年三百六十五天,要吃的时候就切割下一块。余下的又受餐餐做饭炒菜时,灶上柴火的烟火逼迫,再失水分,又日日干燥。所以天热之季也不"耕"不"潏",香味依旧。

我第一次吃烟熏肉是在江西永丰县龙岗。那是欧阳修的故乡,是他写《龙岗阡表》的龙岗。那年冬日,在老表家吃派饭。端上一碗热腾腾的清蒸烟熏肉,夹上一块带皮、连膘、有瘦肉的熏肉。只见比巴掌小的一块:皮带褐红,肥膘透亮,瘦肉紧密;只感一股淡淡的竹的清香,直钻鼻孔,直接刺激胃的蠕动与欲望。咬上一大口咀嚼,只觉:皮带韧,有嚼头,竹香透出,鲜味滋现,肥膘滋润,舌尖感觉明朗,丝丝入扣,慢慢回味。那个年代,有如此尤物滋润口舌,仿佛整个身体也如同龟裂的土地得到了雨露的滋润,仿佛立马每个细胞被激活,每个神经元在跳跃。瘦肉紧密是失去水分的结果,每一次嚼动,每一次牙床的切割挤压,每一次舌头的翻卷,都将烟熏的精华尝透,而后才吞咽下肚,让胃去消化。那日我出于礼貌只吃了两块,但其间的色、香、味已深深烙印,这顿饭的烟熏肉于我,近四十年后还没齿难忘。

听老表讲,前后山都产竹,他的柴灶炒菜也就烧竹,火旺且快。熄火后,竹烟袅袅。肉就挂在上方,肉有竹香源于此。以后我在江西工作期间,自己也动手制烟熏肉:先腌肉,然后用松木木屑熏制,慢慢烟熏,功到自然成,却要一个月左右的时间。这样的烟熏肉有青松特有的香味。用果木木屑，那当然有果香了，但我没试过。以后我在湘西、川西旅游吃到过。只是现在想在市场上买到烟熏肉很难了。目下只有四川"后山老腊肉"用农家土猪腌熏制成，有此风味，蒸炒皆宜。

现在人们特别担心吃烟熏肉有致癌物质，于健康无益。那时候，一年难得一尝，根本不是问题；现在偶尔为之，想来也无妨吧。但我想，若千思万虑而失去一大美食于人生也是遗憾啊。

苏州煮鱼汤

苏州之"苏",繁体字为"草"字头,左为"鱼",右是"禾",字就显明了"苏州"是鱼米之乡。苏州城南面多山,藏书盛产山羊,藏书羊肉从苏州走到了上海,端上了淮海路餐桌。

苏州北面多湖荡,盛出水产鱼类,秋风阵阵,羊肥鱼也壮。深秋寒日,风萧萧雨瑟瑟,端上一大盆热气腾腾的煮鱼汤,只见汤清、葱绿、鱼白、肉红。盆上热气氤氲,鱼与肉的荤香和葱与姜的素香,扑鼻而来。拿上汤勺舀上一瓢进口,只觉鲜腴爽口,顿生温暖。萧瑟寒凉全消。说是鲜,那是鱼的滋味;说是腴,那是肉的味道。一个"鲜"字,不就是鱼肉(羊)之味吗?如此说来苏(州)南羊,苏(州)北鱼,将"鲜"字占全了。

"煮鱼汤"是湖荡渔民之食,草民之菜素不上酒席廷宴,但小民之食,得于自然。煮鱼汤原为渔民在深秋捕捞之时,没有闲暇,在锅内放几大片咸肉先煮,待到咸肉已熟,肉油逼出后,立马从捕捞上的鱼里挑一条肥大的花鲢,刮鳞剖肚去腮,拦腰为二,洗净,放进沸腾的锅内。再放几块生姜,浇上料酒,姜与料酒要足,要除腥吊鲜,盐也不要放,接着让它煮就是了,待到鱼眼发白即可。这时,鱼儿捕捞好了,肚子也饿了,人也冷了。于是开一坛绍酒,就着煮鱼汤,你一盅、我一盏、他一杯,再来几碗香稻米饭。汤热酒醉饭饱,一切了了,再睡他一觉,直到日头西斜。所以,即使你去苏州到饭店,要点"煮鱼汤"可能不一定会有,但你到苏州北面的蠡口、黄埭、黄桥一带肯定有此菜汤。蠡口为范蠡携西施出苏州之地,黄埭为春申君黄歇筑堤之地,黄桥也名黄土桥,为抗战新四军出没之处。

"煮鱼汤"数黄桥镇朱林水烧得最好。其父是渔民,参加过新四军,当过炊事员,他得其父烧煮的真传。朱老师曾是我的东邻,有机会品尝过他的手艺,果然名不虚传,只是他的正业为教书,没有在这方面发展。西哈努克一次来苏州,他被招去专烧"煮鱼汤"。结果将夹精夹油的咸肉改为火腿,鲜味是增加了但本色滋味反而不如。想来朱老师而今应该七十五了吧?"廉颇老矣,尚能饭否?"

香味溢成都

成都历来是美食的天堂。说起成都的菜与小吃仿佛就是麻辣，其实不然。川菜是中国的八大菜系之一，素来一菜一格，百菜百味。

川菜当辣才辣，辣得有度有分寸。

"东坡肘子"去骨切片后，浇上用温江上好的辣子，以及斩细用油酥过的郫县豆瓣、花椒面、芝麻粉混以熬炼的鸡油。调料汁液又黏又稠，既浓又香，似晶莹剔透，流光溢彩，色艳引胃。夹一块入口，细嚼品味，只觉不干不燥，微辣而上口，滋润而不腻，味辣但不掩肉滋肉味，主辅清晰。调料酱汁之浓，肉之鲜淡宛如密疏得宜，疾中有徐，紧凑中有平缓。品过"东坡肘子"才知"万三蹄"不及其十分之一。当然个人口味互不相同，同一菜，烧法也各有千秋。成都"东坡肘子"数"盘飧市"最好。"盘飧市"好比苏州的"陆稿荐"、上海过去的"金兰"，是腌卤熟食店，而今也烹炒川菜，店不大，在成都却蛮有名气。"盘飧市"取自杜甫诗《客至》："盘飧市远无兼味，樽酒家贫只旧醅"。

俗话说"辣椒鱼虾，下饭冤家"。一盘菜端上，辣味冲鼻，勾人食欲。辣的如陈麻婆豆腐，那是大众的菜，是要开胃下饭的菜。只有吃得饱饱的，才能下力作田、背篓、行路了。陈麻婆豆腐用菜油炒牛肉臊，配以豆豉、豆瓣等作料，麻、辣、烫、鲜、香、嫩的豆腐做成了。舀一勺羹入口，麻婆豆腐那辣的滋味回荡在喉间，辣香笔直抵顶上颚，麻辣滋味充盈五脏六腑。离了这麻辣，反觉百菜寡淡无味，索然无趣。麻婆豆腐是川菜中风靡世界的代表菜之一，揽尽风光，但此菜来自民间也盘根于草根，即使声望登峰造极也始终不失朴素天然。

香辣，是因为辣了才香。红绿辣椒抢人眼球，先声夺人。"咸、辣、甜、酸、苦"五味之一的辣，虽易上火，但适应成都潮湿气候，内燥外潮，天人物理，正相适宜。可见川菜辣有度，还适时适地合人合理。川菜神奇，巴蜀饮食文化更具韵质。

成都的食铺酒肆饭店近旁的街道充溢着浓浓的酒香，蓉城菜香酒更香。成都本身就有名酒"水井坊"，不远有"泸州老窖""五粮液"。天府之国,都江之堰,水旱从人;稻谷黍稷,酒艺酿造,流传久远。古人对此早有赞赏:杜甫在成都《江畔独步寻花七绝句》中有"应须美酒送生涯""谁能载酒开金盏,唤取佳人舞绣衣";李商隐《杜工部蜀中离席》名句"美酒成都堪送老,当垆仍是卓文君",文人的感怀把成都的诗酒生活写得让我再次入川。

我,于酒没豪量,但不妨小酌品尝。打开成都的"水井坊"就有一股芬芳的酒香弥散,不一会厚醇的酒香溢满四周。酒质清亮剔透,晶莹无瑕,犹如上品的水晶一般。抿一小口,舌尖甘洌,齿颊盈香,感觉馥郁幽雅。吞咽而下,只觉得热力沿喉管行走。至胃,顿生温暖。稍后,只觉血液活络起来,备觉精神爽朗,为之一振。此酒饮后,喉不燥,嘴不干。至此,真想扯喉大唱:"好酒——好酒——好酒"。酒其实是情感的体验,或者说酒承载了一种情怀,不然何以自古文人画士多喜浅斟雅酌或纵酒狂歌,饮酒吟诵或解酒明志?其实生活如饮醇醪,杯酒人生,自得其乐,悠然舒雅,不觉自醉。巴山蜀水,气韵悠扬,壶似世界,酒纳天地。成都的酒绵长,内蕴可能就在于此。

韩国吃烧烤

我在韩国吃烧烤时,《大长今》还在娘胎里呢。

一次在济州岛。饭店里,一群国内的随团旅客,闹哄哄的。吃烧烤时,将猪肉架在煤气炉的铁架上,火开得幽幽的,自己动手烤制。当时,时间很紧,导游又在催促。听到汽车发动的声响,心里也着实发急了,匆匆吃了还没烤透的肉,连作料也没蘸,塞到嘴里了事。本来随意不限量的烤肉,竟然没有尝出滋味,烧烤的乐趣也被时间冲得全无,只能带着遗憾离岛而去。

从釜山到首尔(那时叫汉城),当飞机降落时,我们一行看到了雪!此行不虚了,韩国滑雪,有雪便成,雪越大越好啊。上午滑雪"老夫聊发少年狂"。尽管在出国前,到七宝"银七星滑雪场"训练了两次,自以为基本要领掌握,还没有摔过一次呢。但在韩国滑雪场上,实际情况千变万化,结果筋斗连连,内里棉毛衫裤全湿透了,内心却舒畅无比。

时近中午,雪又纷纷扬扬了,我前肚皮贴后脊背,饥肠辘辘。

中午导游把我们带到了饭店,一进门,就要将鞋子脱在门口的鞋架上。不是炕,却像炕,装着地暖,立刻感到了温暖,我们把滑雪衫都脱了。盘腿坐着,前面一张小炕桌,中间下凹处,嵌着烧烤的盘架。盘面栏状设计,是为了让热力可以均匀发散,肉汁不会四处流走。每面对面两人中间,摆放着一盘用调料浸渍过的猪肉,一盘生菜,四碟泡菜:萝卜、白菜、洋姜、辣椒。全用洁白的瓷盘装着,令人感到清爽洁净。每人一钵盂带盖的饭,一碗菜汤,一盅清酒。虽然简洁,但有韩国特色,不限量,毫不铺张浪费。时间宽裕,下午活动安排只是在餐后自愿去"明洞"购物,也可以回旅馆休息。

店里老板娘通过翻译说:"火大小随意,但小火慢慢烤较好。"烤肉前一定要把铁板烤热,然后均匀刷一层油在上面。随后我夹了肉摊铺在烧烤盘中,不一会儿,肉吱吱作响地冒油,散发出诱人的肉香和调料的香味。当肉块两面焦黄时,先在空盘中垫上生菜,再放上烤好的肉,用生菜把烤肉包全。咬上一口,荤素相混,不腻口齿。肉的滋味、菜的滋汁；肉的耐嚼，菜的生脆，发挥到极致。佐以清酒助兴，游伴唱起了几句韩国歌曲，跳起了几步长鼓舞。偶有喜辣者，可以将泡菜中的辣椒或洋姜，夹在生菜中；偶有好素或偏咸者，可以将萝卜、白菜放在生菜里。韩国泡菜的作用，还在解荤释腻，烧烤中少了泡菜，就如生命中少了精神的支柱。过去，上海吃巴西烧烤就感到太厚实，几口下来就胃胀口腻，索然无味了，即使再饮水也无益。韩国烧烤无此之虑，无口忌，能尽心尽兴，套用一句上海话叫"适意"。

夏令凉拌菜

同事阿王邀我便饭，只见其妻小杨端上两盆凉拌小菜。

一盆碧绿生青的剁细的菜拌着浅褐与棕黄的丁丁粒粒。夹上一筷细品：剁细的芹菜细嫩爽口，满嘴清香。细细嚼来：浅褐的是用油氽过，剥了"衣"，拍碎的安徽小花生；棕黄的则是切成细丁的五香豆干。咀嚼之中又蔓生着浓烈的花生豆干的香味，一口咽尽却还回味无穷。

请教小杨得知：此菜关键在芹菜的选择，要新鲜，要嫩；用沸水焯，一氽头即可。多焯一会儿芹菜就会软塌变色。花生氽好后，用刀背拍碎。将原料加细盐和味精一起搅拌，最后淋一点麻油即可。

另一盆苦瓜提子。将苦瓜切成条后，依旧用沸水一氽头。撩起，沥干后，即刻放入备用的纯净水中，随即放入冰箱。（注意：不要放入冷冻室。）待苦瓜冰凉后，取出。此时苦瓜条的颜色益发清澈，色同豆绿，有着玉般的质感，清淡而雅致。再次沥干水，调以少量的细盐味精，装盘。再将提子对切剖开，点缀其间。（注意：千万不要拌和。）提子黄褐绛红，亦同玛瑙之色。观其色已令人食欲大开了。其间，苦瓜放入冰箱是不可或缺的重要一环，否则苦瓜不脆。淋点麻油也无妨，但我以为无油为佳。

此两款夏令凉菜，均有降血压、降血脂、凉血、去火消暑的功效。如果佐以啤酒，有三两知己畅谈，扇子摇摇，亦为人生一快了。

学烧芙蓉蛋

芙蓉蛋，蛋清如白玉，绿青椒，红火腿，色夺人目，香气撩人，口感滑爽、鲜嫩。

妻子的拿手菜"芙蓉蛋"，是她向婆婆学的。而今我也向她学这一招，这是个花工夫的菜。

取四个鸡蛋，不要用放过冰箱的鸡蛋。将鸡蛋磕开，放入菜碗，用调羹将蛋黄舀出，只用蛋清。把蛋清打透，直到起均匀的泡沫，注意打蛋清要顺着一个方向。

倒入一碗鸡汤。鸡汤最好选用老母鸡汤汁，撇去油腻，不用沉淀在下的浑浊汤汁。依旧沿着一个方向打透，也到起均匀的泡沫为止。倒入水淀粉，还是顺沿原方向打。加入的水淀粉量只凭手感，因为淀粉的质地往往不同，打时有感觉就可以。水淀粉少了，结不成；水淀粉多了，又如面疙瘩或糨糊。放入少许精盐、料酒。

开大油锅。油最好要用猪油，精制油也可以。但不能用菜油、花生油、橄榄油。只有猪油发出的蛋白才色白且香。油熟了，将打好的蛋清倾倒进油锅，如果油少，可分两次。倒入的蛋清会发起结块，就用漏勺撩起。

倒去锅里的油，将火腿丁（已蒸熟）、青椒丁（已烫过）快速翻炒，加些许鸡汁，放进已制备的蛋清翻炒几下即可。

沙园豆腐

我插队的山且村，庄户全姓罗。山且生产队只有四户姓周，全住在离山且村约莫一里路程远的叫沙园的小山村。

进山之道从沙园门口下边经过，一棵老樟树盘在路口门旁，据说这棵树是周姓明末迁来之时由祖宗所种。沙园门口两旁是土坯堆砌的齐胸矮墙，上面爬满了扁豆藤蔓，盛开着紫色的花。几树桃枝伸逸出，枝条上满是灼灼红艳的桃花。那桃树是周保根老婆从永丰街下嫁到沙园时所种，保根老婆就叫桃花。

桃花嫁给保根，是因为保根哥哥保生是将军。保生少时在藤田墟学裁缝，一次和师傅闹矛盾，怒从心起，随手将熨斗朝师傅扔去，转身逃出，随军吃粮。他所随之军，正是红军。于是阶级觉悟启发，作战勇敢，长征抗日，待到南下，已是师长了，以后官至通信部队司令。保根找过哥哥，想要外出工作，只奈无文化，为人憨厚；哥哥着实拿出了自己的积蓄给胞弟，保根还是回家赤脚作田。桃花嫁来后从不下田，只是将家传的做豆腐的手艺带到了沙园。桃花每日只做两板豆腐。随后，挑着叫卖：豆——腐。江西永丰人把"豆"（dou）念作"投"（tou）音。桃花发的"投"（tou）音，糯软饱满，勾人心魂，又仿佛号令一般。需要豆腐的人家就将黄豆抑或米面拿出来换。我们知青自留地种得不好，只得拿钱去买。桃花舀了豆腐之后，总在那白净的脸上，露出媚媚的笑：眯眯的眼，闪着快活的光。然后扭着细腰，迈着长腿，悠悠地走了。当时农村不下田，没有工分是分不到口粮的，但桃花就不怕。桃花做的豆腐只在附近的山且、枧头、罗家园、马形坑卖。那时候某人某家换了豆腐，旁人定会说一句："敬饭哦？"敬饭者，首敬的是下乡干部，其次才为亲戚。

我们不敬饭，要是买了豆腐也是自己吃。我们知青点就数小屠煎的豆腐好吃。小屠煎豆腐耐心，文火煎得两面金黄，然后一把蒜叶，送一把叶柴，旺火一滚，香气扑鼻，胃口大开。可惜这样的日子很少。生产队也会在收完早稻，栽下晚稻之后"洗禾桶"。杀一口猪，酿一桶水酒,煮两个菜,其中必有"豆腐烧肉",片片膘肥的猪肉,块块吸满了脂肪的豆腐,那美得老表"快快心"了。那豆腐当然是桃花做的。那段有豆腐吃的时候真是快活的日子。

鱼趣记

　　学校大修后，美丽如园。特别是西南边的艺术教育楼，窗前临扇形池塘，周遭杨柳垂塘。九曲一桥通幽，微风吹皱一池水，莲浮其上，蕊吐花绽，幽香飘远益清。学校放养了几十尾锦鲤，划鳍摆尾，嬉戏游荡其间。

　　秋来了，树叶飘零池面。我就自觉自愿撩捞枯叶，只怕来年春天，粘叶沉淀发醇，池水富氮缺氧时，鱼儿呼吸不畅。一日早餐过后，我拿着馒头，搓成条，掰成一小团一小团撒入池中。搓成条，是让面团结实，能渐渐沉入水中，鱼儿能有层次进食。掰成小团，能让鱼儿一口吞入口中。于是就有一群鱼儿团团围着争食。刹那间，仿佛花团锦簇，鱼鳞闪闪，清水悠悠，煞是好看。胆大力强的还会跃水而出，跃空抢食，鱼儿跃起"刺啦"的水声，格外悦耳动听。我喂食先近后远，定时定量，也关注弱小边缘者，决不厚此薄彼。鱼儿食毕，似乎恋恋不舍，人在不离，还有希望，还在等待。于是我稍退几步，锦鲤们才倏而远逝，往来翕乎，其乐无穷。日子久了，只要人影一现，鱼儿自会无食而至。生灵自有其性其情，鱼儿亦然。喂食鱼儿是一乐，也是一趣。

　　冬去春来，柳絮飞扬。经过一冬的休养生息，锦鲤鳞斑色彩越显艳丽，光泽明亮，春光照耀，斑纹变幻多姿。当我们生活节奏加快，心性生躁，不妨到池边坐坐，看到锦鲤尾鳍深厚有力的摆动，温顺平和地游荡，你会消解烦闷，舒展心境。此刻你可以细细观察，静静体味，锦鲤游姿潇洒而优美，躯体侧扁呈纺锤形，摇动鳍尾，洋洋洒洒。我总觉得锦鲤口似龙，色似凤：能溯潮而上，不畏逆流，奋身前行，到壶口，遇龙门，坚强一跳，舍上生命也绝不畏缩，这就是鲤的性情。可池中的锦鲤亦如此吗？那硕大的三色锦鲤雄健英武如潜艇，稳稳当当，不动声色，潜滑而来；那红白锦鲤，个儿还小，敏捷穿梭，摆尾之间已到眼前，舞划背鳍，又已远去；那两尾衣锦鲤一前一后，前者娇小，游姿活泼；后者头大眼亮吻厚须长，沉稳快速。互追互随，是互爱互助，抑或是相守相望？鱼儿似与观者相乐。如此赏心悦目，真是一份美的享受。其实每个人心中都有一池锦鲤，每一条锦鲤都会给你一个梦。观鱼静思也为一趣一乐。

　　暮春夏初，杜鹃谢了，莲花开了。与同事阿王闲坐九曲桥凳栏喂食、观望。阿王眼尖，看到了密密麻麻的小鱼苗儿游动。锦鲤有后代了！小鱼苗儿白肚黑背：看不出它们的父母是衣锦鲤，还是三色锦鲤，抑或是红白锦鲤，但那都是生命的律动，是新生的活力呀。池塘少天敌，按鱼的繁殖规律，自然后代众多。如以吉兆而言，有人称锦鲤为"好运鱼""水中活宝石"；如以风水而言，好的风水就是藏风蓄气，得水为上。藏蓄风气不易，而养鱼必蓄水，蓄水后有鱼得鱼，岂不是上上大吉，好风好水？

腌桂花

读公输于兰《吃桂花》一文，其中有言"南方喜糖桂花"，又言"北方善盐桂花"，似乎没有将腌桂花说清。笔者曾在苏州生活十五载，庭院植金桂一株。每到金秋风爽，香溢院庭，沁人肺腑，神清心怡。

金桂怒放之日，选干净床单铺于地，摇晃枝叶，落英缤纷，不一会儿树上桂花几乎尽落于床单。选床单而不用塑料布，全在于床单为棉织品，可以吸收桂花上的露珠水汽；塑料布按苏州人说法有塑膈气，腌制后，有失桂花香味，败气。将收拢的桂花倾倒在洗净擦干的搪瓷面盆中，注意千万不要去洗桂花，或者去阴晾，去暴晒。

公输于兰说："若要甜，加点盐。"此话极是，但加盐的功能主要还是去水去涩。所以腌制糖桂花先要用盐"搽"过。将少许盐（一脸盆桂花最多半调羹盐，一定要用细盐）撒入，用手轻轻拌动或者用筷子轻轻搅拌几下。待桂花干瘪，花中部分水分失去，将桂花轻轻握干，但不要用力去握，苏州话讲要用软硬劲，只是滗去涩水即可。

然后，最好用绵白糖将"搽"过的桂花腌渍，糖不宜太多，应该与"搽"过的桂花对等。用小瓶装比大瓶装要好，多分几瓶，以便将桂香锁定。

打开瓶盖，桂香四溢，那是可以储藏的香气。无论烧煮的是酒酿圆子、糖芋艿，还是藕粉、赤豆汤，只要挑上一点加入，就要冠以"桂花"二字，口味的感觉就会不一样了。

也说"大汤黄鱼"

晚报刊了一文说了咸菜黄鱼汤的烧法,此法黄鱼要煎,汤要煮得发白。我外婆是宁波舟山本岛人,恰恰与我妻子的外婆同乡但不同地,妻子的外婆为舟山金塘岛人。她们烧"大汤黄鱼"别有一法。我小时候吃过至今记忆犹新,妻子当然效法家传,有客从远方来时也捋袖上灶,露一手秀一次。

她们的"大汤黄鱼"烧法极为简便:将黄鱼洗净放入水中,急吃沸水也无妨。放入生姜数片,料酒少许。至鱼熟,再放入咸菜梗,稍滚即起。咸菜不取叶,只要梗,还要细细切。这种烧法与煎鱼烧汤有所不同,黄鱼肉嫩,咸菜梗爽脆,鱼汤清澄鲜美异常,而且低脂低碳。

听外婆讲这种"大汤黄鱼"烧法是渔民船上所为。出海捕鱼,肚肠饥饥,煮饭烧菜都取简便之法,海上工作饮食蔬菜缺乏,只能如此这般。至于现在烧汤咸菜取梗不用叶,那是后人改造所为,食不厌精之果。

由此想到,我也曾在报上登过《苏州煮鱼汤》一文。"苏州煮鱼汤"与此"大汤黄鱼"亦有同工异曲之妙,大凡美食其实都源于草根民间,都源于生活劳动,只是后人从中精益求精罢了。

喝酒在希拉穆仁

　　我既无酒量又不好此杯中之物，只一小口酒，就面红耳热；再啜一点儿，就浑身燥热，身上的瘢痕都红了，连脚底板也发热发红。因此每每节庆聚会，我只是一杯清茶在手，以茶代酒而慢慢酌饮。众友众亲，凡知我者，莫不理解谅解心解；不知我者，因我席始席终，点滴不沾，不招谁惹谁，也终和睦相待。

　　一生只有在内蒙古的希拉穆仁草原喝酒是个例外。

　　那是应朋友之邀去蒙古族朋友铁力家做客，车在公路的尽头，沿着车辙印，继续往前开。草色碧绿，才没脚跟，蓝天白云，秋风带刚。蒙古包如同朵朵白色蘑菇散落在草原平缓的山坡上，羊群如白云般梦幻。路仿佛没有尽头，要无止境地前往；车仿佛任意东西，只有老司机才能在这草原上辨别方向，正所谓应了"老马识途"一句。远远地望见山坡下的几座蒙古包，隐隐地听到獒狗的狂吠，司机指着说："铁力家到了。"

　　铁力的家有三座蒙古包，成品字形排列。夕阳西下，余晖还是如同利剑般刺透云层，直射草原。逆光而视，云层似是镶上了金边。那景那情，特别让人感伤、怀古，悲凉、厚重。草原的黄昏特别短，一会儿，天幕闭合，星空闪烁。草原的夜空特别清晰，星星特别明亮，空气中弥散着淡淡的青草清香。

　　烤羊已经熟了焦黄了，铁力已经在银碗中斟满了烈性的"蒙古王"，我极力申明自己不喝酒也没用。铁力先向我敬上了洁白的哈达，朗声说道："远方海边的客人啊，我表示衷心欢迎！"说完一口干了碗盏中的酒。我目瞪口呆，铁力的眼神中充满了期待，妻的眼神中充满了对我的渴望，我咬咬牙，一口闷了下去。从咽喉到胃仿佛燃烧了起来，片刻似乎一股热血直冲脑门，轰得脑袋几乎炸裂了，全身的血液开始沸腾了。当我晃动着将碗示意铁力，他拍了拍我的肩只说了两个字："朋友！"

　　铁力的儿子拉响了马头琴，辽阔高亢的蒙古族民歌将草原民族的豪情喷发出来，他们的情感和性格如同这广袤的草原与高远的天空。

我也拉开了被"蒙古王"燃烧着的嗓子,唱起了《嘎达梅林》:"南方飞来的小鸿雁啊,不落长江不呀不起飞,要说起义的嘎达梅林是为了蒙古人民的土地——"声调旷远哀怨,我全身热血沸腾,豪情顿生,声嘶力竭,满嘴喷着酒气,晕晕乎乎,仿佛策马随着嘎达梅林挥刀举枪。那种境界是我从未经历过的,也似是马失前蹄,我也失身倒下,瘫如烂泥,我还想唱,刚拉开嗓门"南方飞——",只感到胃部冲动,"哇——"将烤羊肉全部还给了草原。

当我酒醒之时,天已大亮,铁力笑着对我说:"你是朋友。"

时至今日,我还是怀念那次醉酒,这是我至今唯一的一次醉酒。

早茶喝的是情调

香港是个不夜城,白天的市面一般都要到十点才开始,哪怕是喝早茶的铺肆食店。只有公众假期才会有七点半开门的,但糖水甜食依旧要到上午十点后开始,晚上常常要到十二点,因此香港人的工作往往很辛苦。

位于九龙尖沙咀广东道海港城对面的"糖朝",从开门不久就开始有人排队喝茶。广州、香港人都习惯喝早茶,看到有人排队喝茶,我却是莫名,于是也"盲从"了一回。

大堂里都是摆放着硬木上漆的圆桌、圆凳:有适合三四人坐的,也有适合八个十个团围的。有丝竹弦琴在演奏着粤曲,与江南迥异,一派岭南风格风味:音响清脆明亮,旋律跳跃活泼,乐曲结构短小单一。眼下奏演的是《雨打芭蕉》,节奏顿挫,音乐时现短促的断奏声,犹闻雨打芭蕉,淅沥作响,摇曳生姿。

江南喝茶重的是茶叶、茶水,讲究的是茶味、茶韵,其实质是"皮包水",即使有茶点,那也聊以应景而已。

"糖朝"喝茶,先是每人冲花茶一杯,"菜单"一张,容你慢慢喝花茶,慢慢点点心。"糖朝点心菜单"共计293款。其中糖水(热)28款,广州、香港人相信甜汤能滋润降火,生津解渴平衡燥热及调节肠胃;同时遵从古训"人莫不饮食也,鲜能知其味"(《礼记·中庸》)。其味,表层指味觉之味、生津滋味,内层还指固本培元、炎夏驱暑、寒冬保重之意。最有代表性的是"原木桶豆腐花",计80港元。此点能供3~5人食用。豆腐花细细腻腻白白嫩嫩,浇上甜汁,甘甜扑鼻,入口滑爽,回味无穷。真有此食只应天上有,人间难得几回尝之感。此点现做现吃,否则不会有此口感,品尝此点需等15分钟以上。糖水(冻)38款,冻热饮品32款。

粥类更盛,计有68款:有朝廷极品御用粥,这是用极品燕窝、上等鲍鱼、新鲜虾球熬成,一份需150港元。大多是大众粥以鱼片、牛肉、猪肉等为主料的粥五花八门,花样无穷。一般价格在15港元至30港元之间,香港的物价与收入一般是内地的五倍,上海"肯德基"的一碗小小的皮蛋粥都要 5.5 元,以此相比香港的物价并不高。何况香港的粥都煮得非常地道,从不用味精,其味之鲜,是用高汤吊出来的。海鲜类的往往用鱼虾来吊,禽肉类的往往用火腿来吊,所以其鲜常常也不同,追求的是自然之味。

面类、河粉、米粉、伊面、米线类有上百种,特色小菜也有上百种,小点心五十余种,原盅甑饭十多种。

美食需要耐心。"原木桶豆腐花"原本就需要等 15 分钟以上,那心就急躁不得,否则就会破坏了好心情,所以心首先要静,这就叫作有"闲心"。这时你完全可以用三分情致去聆听那岭南风格的粤曲,听出其中三味音韵,感觉就会上来,情调也会上来;豆腐花端来了,你还是得不紧不慢地用调羹,慢慢地慢慢地去品出个中滋味,其间你还得用三分情致。余下四分全是个中的感受了。而且更应有情调与闲心。俗话说"心急吃不得热豆腐",全用吃豆腐花的方式方法还不够,要用四分耐心,三分情致,三分感受。美食需要情调,美食需要十分感受。

自酿葡萄美酒

秋天，吐鲁番的葡萄熟了，阿娜尔罕的心醉了。阿娜尔罕为丰收所陶醉，为葡萄美酒所喝醉了。

其实自己酿葡萄酒并不难。

取葡萄若干斤，洗净，自然风沥干，一般一个晚上就可以。然后放在脸盆里，用手将葡萄捏碎。为的是让葡萄能充分发酵。如果你想葡萄酒甜些，可以在捏碎葡萄后掺加砂糖或冰糖（冰糖必须敲碎），将葡萄和糖均匀糅合，一般十斤葡萄三斤糖。

而后，将原料放入净水桶内。一般外面通用的大净水桶可以酿四十斤葡萄。桶口用保鲜膜扎紧，让其自然发酵。你会看到气泡断断续续上冒，这正说明发酵正常。如果扎口鼓胀，有时还需要打开扎口，放掉些气，以免扎口胀裂，但扎口必须严密封住，避免空气进入，使酒发酸。如果初次尝试可以用大的雪碧或可乐饮料瓶，以及装黄酒等的罐桶都可以。注意：最好在酿造的桶罐上留有空间，以免打开封口，造成酒酸。

沉渣泛起，葡萄酒的发酵已近五成。当分层明显，下层酒色转红、清澄明亮之时，葡萄酒的酿造基本完成。这时你可以取一软管吸出，品尝。如果合你胃口，将酒取出，分开装瓶，严密封牢。最后一些酒与渣滓可以用纱布沥清，这酒要先吃。

酿造葡萄酒的时间：秋天一般一个半月的时间；冬天一般两个月。具体得由当时的气温而定。

葡萄酒渣可以洗鱼，特别能除腥味。

单位很多同事以酿酒为乐，互相交流，相互品尝，戏谑评定"品酒师"职称。笔者有幸被评为"特级"，故作一文，以飨读者，并继续发扬光大。

歌如岁月

学校组织教工合唱团,我、老沈、老刘、老冯、老黄都报名参加了。有同事开玩笑:"年轻人好多都没参加,你们是否有点鲜格格?""鲜格格?"是的,我等平均年龄已五十八岁半了,与学校的红男绿女相比似乎是有点鲜格格——但且聊发一回少年狂吧!

唱的第一首歌是李叔同的《送别》,声音凄凉、悲切萋萋悠长。"长城外——古道边——芳草碧连天——"眼前仿佛出现了凄凄原上草,一条小路曲曲弯弯细又长,一直通向迷雾的远方。那别离之人,长衫、雨伞、包挎肩,晓风吹乱鬓发,双眼凄迷。那是离乡别亲,漂泊流浪的悲凉之音。"天之涯——海之角——知交半零落——"人世沧桑,人事多变,或离、或弃、或散、或逝,我们五老都已经历:我们感情投入,唱出了岁月斑斑、斑斑岁月的沧桑感。这种感觉不到天命之年,不到"夕阳山外山"的时候是不会深切感悟的。所以,我们这些"老夫"歌声中不仅充满了对往事的回忆,还充满了人生的禅意。

唱的另一首歌是音乐剧 CAT(猫)中的 MEMORYA(回忆),美声唱法。指挥兼指导陆老师一再要我们拿腔拿调,提身提气,拉长嘴形。每天排练仿佛就在练气功,"依依啊啊,嗷嗷幺幺"。以致睡在床上,还满脑子是"7(西)……3(咪)……7(西)……6(拉)……"问问老沈、老刘他们,也都这样。这首歌是要雄浑的男声伴和来表现"旧梦""昔日""命运"的旋律的。我们五老的歌声一如秋风般的呜呜呻吟,恰和歌词中的"街上弥漫着寂静""留下孤独笑影""一片片枯叶飘落在地"的凄凉。我们以苍老的男低音衬托高腔的女声,两部相和如泣如诉。常说岁月如歌,歌又何尝不如岁月?歌声将如烟的岁月浓缩了……

在文化艺术节的闭幕式上,我们两首歌唱完,掌声不断……

碑林偶得

人们都说西安是中国的根,那么碑林可以说是西安的根。游西安碑林是非去不可的。西安的碑林是中国传统文化的浓缩,是中华民族发展历史的浓缩,是书法艺术的发展史与展示的浓缩。

走进碑林气氛自然肃穆,外界的车嘈马杂人喧,顿然消失。面对萃然成林的石碑,你在碑前叹为观止之时,会有一种历史的深沉厚重感觉;面对"卷帙浩繁"的石碑,你在为汉唐书法石刻的艺术魅力而倾倒之时,会有一种对我们祖宗先人景仰的心情。西安碑林与西安秦兵马俑不同,它没有宏大的气势却有漫长文化的积淀;它不是轰动一时的重大考古发现,却是我们祖先一代一代的累积。尽管我们的民族屡遭磨难,但西安碑林这份遗产却没有毁失,碑林的藏石就是碑林的历史,就是我们中华民族历史的见证,就是我们中华民族历史的辉煌,就是我们人类的文明。

碑林千年沧桑,沧桑千年。漫步于碑林就仿佛漫步于历史之间。

东汉《熹平石经》为碑林石刻之首,开中国经刻于石之先河,隶书为体,古文、篆文为辅,所以又称"三体石经"。

没有一部《开成石经》就没有西安碑林。唐石经刊刻历时四年,完成于开成二年(837年),所以一般称之为《开成石经》,这部卷帙浩繁的石刻典籍共刻114石,228面,每石高216厘米,宽83至99厘米不等,所刻经书要比汉、魏石经多。计有《周易》《尚书》《毛诗》《周礼》《仪礼》《礼记》《春秋左传》《公羊传》《谷梁传》,以及《孝经》《论语》《尔雅》12种经书。《开成石经》刻立之时,已经到了晚唐,大唐帝国的灿烂辉煌时期已经过去,藩镇割据,党争不已;石经刻成过后38年,便爆发了黄巢起义,接着五代战乱。《开成石经》与古老的西安,面临着一次又一次历史风暴的冲刷激荡。

纵观碑林的历史,北宋和清代是两个重要的发展时期,原因与当时的金石学的兴盛有关。北宋金石学的兴起,促进了碑林的形成与发展,这是碑林发展史上的峰期。金元两代碑林的发展处于低谷,在当时的历史条件下,碑林能够维持与延续,已属不易。明代虽然碑林藏石有所增加，但亦无明显发展，贡献平平。

两千年过去了，西安已失去了国都地位，碑林这一座文化殿堂，冷眼目睹了治乱交替、王朝更迭、兴衰轮回，默默地接受了，接受着思古忧伤者的凭吊。漫步于碑林，你不会黯然伤神，但你会沉思默想，你会深切体会我们民族历史的底蕴，你会深切品味我们民族文化积淀的精华。生活如此生生不息，历史如此展展不止；个体的生命会中止但留在石碑上的历史还在，见证历史的碑林还在。

兵马俑的气

走进西安秦兵马俑一号坑，心就被深深震撼。开阔敞亮的顶棚，雄壮威严齐整的兵马俑排开，那种气势气魄气度不是用语言所能表述，那种心灵震撼的感觉绝不是言语所能形容。

气是无形的却是可感的，那种气势是帝王的做派。秦始皇巡游之际，刘邦见了要说"大丈夫当如是也"，项羽见了雄心会勃发："彼可取而代也。"刘邦感觉到了这种气与势，如此他会历经苦难委屈登上帝座面南。项羽也感觉到了这种势与气，因此他会身经百战，别虞姬而自刎乌江，忾然献身。然而，嬴政毕竟是千古一帝，是始皇帝，是偌大帝国创世者。从兵马俑一号坑就可以看到这种席卷天下，包举宇内，囊括四海，并吞八荒的气势，此兵马俑的雄伟排列气势即使与古罗马共和国的军团相搏，恺撒大帝的军团也会退避三舍。今日看来"九国之师，逡巡而不敢进"是有其理了。只有这种气势才能一统中国，一统天下，使中华分久必合。也只有这种气势能"却匈奴七百余里，胡人不敢南下而牧马，士不敢弯弓而报怨"。这在两千多年前是何等的气势，凡与其气相违必折，凡与其势相抗必败。贾谊在《过秦论》中所说"致万乘之势，序八州而朝同列"，"气吞万象"就是说的此气此势。

军队的气势，国家的气势源于嬴政的气魄气概。秦国六位君主，只是到了嬴政才奋六世之余烈，才"振长策而御宇内"，才"履至尊而制六合"，至于"执敲扑而鞭笞天下"那是后事了。始皇要做始皇的事，他要有废先王之道的魄力，他要有焚百家之言的气概，他要一统，必要有魄力，有气概。他的概魄源于孕育他的山河与诸子之说，特别是商鞅、吕不韦、韩非、李斯的法家学说。兵马俑二号坑的地气中就透出这种谋略，这种气概与气魄。两千多年弹指过去了，即使出土的兵马俑二号坑色彩已氧化，但我们依旧可以感受到始皇帝下属将帅在他的授权之下"虎帐夜谈兵""运筹帷幄"的地气。令人不寒而栗，无言而威，默然而尊。

嬴政没有气度是不会有此气魄的。李斯一篇《谏逐客书》是秦始皇气度的佐证。"泰山不让土壤，故能成其大；江海不择细流，故能成其深"，虚怀若谷，海纳百川，招天下之贤士，容海内之圣人，秦所以能取由余，得百里奚，迎蹇叔，求丕豹，公孙支；用商鞅之法，施张仪之计，行范雎之策。如果没有包容不同意见的气度，没有包容个性不同人的气度，没有包容宽广的胸怀气度，那么秦始皇肯定不会有如此的气魄去一统中原，就不会有排山倒海、摧枯拉朽的气势而创下不朽的业绩，在中国的历史上写下浓浓的一笔，翻过重重的一页。

　　导游说："因为地下阴气太重，所以秦兵马俑上寸草不生。"我看是：地下英气冲天，因此地面不毛。都是由气而不生，只不过气是此"英"非那"阴"罢了。

达摩塔林之想

我对少林寺的名声与向往还是起源于电影《少林寺》：十三僧棍救唐王，李连杰的武功，"少林，少林——"的歌声，牧羊女的倩影。到了少林寺自然少不了参观寺院，瞻仰膜拜释迦牟尼大佛，细察推敲寺门前古柏上武僧练习"一指禅"留下的指洞，更不消说浏览少林特有的药局和瞻赏名闻现下的武功了。但于我，"达摩洞"与"塔林"更能让我感触，更能让我思想。

从初祖庵后，攀登而上，盘曲周折，约一里许，便到达摩洞。游人罕迹，因为世人皆爱繁华热闹，红尘世俗，求利求富求福。达摩与此何干？洞在五乳峰中峰上部南侧，为达摩面壁九年之处。石洞深约七米，高宽三米余，洞外有石坊，明万历甲辰年（1604年）造，正额题刻"默玄处"。这也正应了达摩今日的"默"与在世往日的"默"，他不希望别人干扰他，打搅他。他求的是天地之玄理，难得清净之地，正是求玄之处。"默玄"二字适当其分，恰是其里。后额题为"东来肇迹"。指的是达摩"一苇渡江"，自天竺而来，卓锡嵩山少林，面壁九年，影镂石壁。看来达摩是个耐得住寂寞，心静止水，得道有禅的人，是少林之祖，却又不在寺庙；始传禅宗，一花五叶（二祖慧可、三祖僧璨、四祖道信、五祖弘忍、六祖慧能），弘扬佛法，盛开秘苑。后人尊少林寺为中国禅宗祖庭，达摩却乏人参拜。世人世事往往于此，常常不能了解真正，为热闹的表象所惑，为利为富为福所迷。达摩不是这样，思想者不是这样。宋黄庭坚在《渔家傲·初祖》中有"只履提归葱岭去。君知否。分明忘却来时路"。想是对达摩境界的评说。达摩东魏天平三年（536年）卒于洛滨，葬熊耳山。

塔林位于少林寺西约三百米处，所以到塔林的人多，熙熙攘攘，打破了塔林应有的宁静。"塔"是印度"塔婆"的简称，意为坟墓，在我国专指僧人的坟墓。塔内一般安葬死者的灵骨或生前的衣钵。少林寺的塔林按佛制，只有名僧高僧圆寂后才设宫建塔，刻石记志，以昭功德。塔的形制层级，高低大小，除了各个历史时期的风尚和具体情况的影响,还体现逝者生前在少林寺的地位、成就和威望。如唐的法玩塔、元的古岩塔、明的坦然塔形制风格各异,铭文内容丰富,雕刻图案精美,是研究佛教史、少林寺极其珍贵的历史资料,也是研究我国古代砖石建筑、书法、雕刻的艺术宝库。可是不少旅游者攀上爬下拍照,登砖石,踏石雕,乱蹬乱踩,心痛者有几?难道就不能文文明明留个影?如此你的高香白烧,菩萨何以保佑你?你的虔诚、善心应该体现在为人待物的点点滴滴之中,不能普度众生,何以能独度自己?

所以当我离开达摩洞、塔林之时祈求芸芸众信徒众旅游者,慈悲为怀,爱护祖宗留下的遗产。当你们离开少林寺或者自然景物与历史遗产时不要有愧疚、遗憾。一花一叶一世界,于你于我,于历史于大千都是同样。

苍山洱海好风光

到大理是漆黑的夜了。

晨曦中醒来,拉开窗帘看到的是苍莽雄浑的苍山,其间云雾袅绕,云雾随太阳的升起而色彩形态多变。一早前往大理码头,一下车顿感心旷神怡,百里洱海,海水青蓝,随晨风送来清馨而带有新鲜水汽的空气,整个肺腑,仿佛顿时被清洗一新。那种透彻全身每个细胞的感觉,让人莫名兴奋,精神为之一畅,耳目为之一清,头脑为之一爽。

上了"苍山号"游轮,独立游轮船头,苍山洱海尽在眼前,山色苍苍,海色茫茫,云色七彩。记得《五朵金花》中有歌词"大理三月好风光",其实大理何时不风光?百里苍山脚下有"蝴蝶泉""大理古城""崇圣寺""三塔""喜洲白族民居""观音塘""将军洞""南诏德化碑";洱海之中有"金梭岛""南诏风情岛""小普陀"。苍山十八峰,峰间十八溪,峰峰奇异,溪溪清幽。且不论春、夏、秋的景致何等迷人,光是"苍山雪"就为大理"风、花、雪、月"四景之一;"云、石、雪、泉",又为苍山四大奇观。洱海其形如耳,海水清澈,似一块翡翠抑或蓝宝石镶嵌在高原之上,重山之间。碧海帆影,风光旖旎,清风拂面,神清气爽。

"苍山号"游轮中有专场"白族三道茶"表演。在大理每逢喜庆佳节或相敬贵宾,白族人民都要举行"三道茶"仪式,依次向客人敬"苦茶""甜茶""回味茶"。

头道茶的"苦茶"是以大理特产的散沱茶为原料,用特制的砂罐于炭火上焙烤到黄而不焦,芳香袭人之时冲入滚烫的开水而成。此道茶以浓酽为佳,香苦宜人。从药理讲,苦茶有怡神醒脑的作用。二道茶的"甜茶",系以大理名食乳扇、核桃仁片、红糖为作料冲入用大理名茶"感通茶"煎制的茶水,味香甜而不腻,能补肺健脾,除湿散寒。三道茶的"回味茶"用蜂蜜加入少许椒、姜、桂皮为作料冲入以"苍山雪绿"煎制的茶水,达到令人回味无穷的效果与境界。桂皮性味麻辣,在白族的话语中"麻"和"辣"又为"亲热"的谐音。"回味茶"香、甜、苦、麻、辣五味俱全。

其实,这民族风情浓郁的"三道茶"还有更深的意蕴。主宾相敬举杯齐眉"三道茶",不以解渴为目的而寄之于兴致和情感。"苦茶"意寓:为人要吃得起苦,年轻人要先艰辛受苦,吃得苦中苦,方为人上人;还说明生活本身就是艰苦的。"甜茶"的含义就明了了:生活本身也是甜美的;为人生活要先苦后甜,吃过了苦方能更深切体会到甜的不易,今后会珍惜那一息一丝的甜味。"回味茶"的本义就是回味人生三况三味,人生花甲,难道不尝遍世间的香、甜、麻、苦、辣?"三道茶"不也是苍山洱海的好风情?!

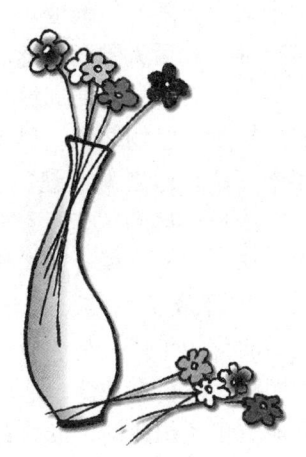

大石浪之观

在浙江安吉天目山有一个名叫深溪大石浪的风景区,这里是黄浦江的发源地,是原生态地质公园。

汽车沿着深山峡谷一路进去,路上农家饭店旅馆散布,旗幡扬扬,不由得使人想到"水村山郭酒旗风"的句子。其实这一路景色幽丽,于城市的喧嚣而言多了几分静谧,多了几分安宁。人需要调整自己的心灵:烦躁多了需要宁静,安逸多了却希望冒险;风浪经久了企盼平静的港湾,死水微澜却想起风起涛。生活与人生,精神与肉身往往是悖论,常常是矛盾的统一体,世事就如此。

深溪大石浪风景区其实就是占地近3 000亩的原始峡谷中的石堆,几十吨、几百吨的原石堆积成石浪,石浪所在的深溪裂谷位于天目山脉西段龙王山的中部。其实稍有地理知识的人都知道这是冰川遗迹。20世纪30年代,中国地质之父李四光考察此地,推断此系第四纪冰川遗迹。原在冰川上的巨石随着气候变化,冰消了水流了而巨石留了下来,形成了地质奇观,让后人赞叹,感慨。

朗朗晴空,炎炎烈日,巨石堆川而四周绿水青山,高岭深壑,林幽溪潺;山风阵阵,拂人撩发,览物之情,得无异乎?

地质年代,以亿年千万计,称之为"纪"。寒武纪也好,冰川纪也罢,那都是一个又一个漫长久远的"纪"。与之相匹配的生物而今形成了金、银、铜、铁、锌、石油、煤炭、天然气。桑田沧海,宇宙洪荒,大海变成了高原又演绎成了荒漠,而今观来,都是弹指一挥间。于今而言,那是地质演化的年代,是生命之舟成形之时,一切生物生生息息任其自然,潮涨潮落自有规律。地球上而今所利用的资源都是在这近五十亿年的地质年代积淀的,极其有限。可人类仅用五百年的时间就将五十亿年积累的财富挥霍殆尽,那是10 000 000∶1,多么令人震撼的比例!

人类历史,以千百年计,称之为"世"。有人类活动的历史不超过一百万年,有文字记载的历史五千年左右。大规模开采矿产资源不会大于五百年。在这深山峡谷中的大石浪是进入杭州的天险,天目山的门户,也是兵家进退攻守的必争之地,在此是否也演绎了大大小小的战争,可歌可泣的故事?此地自古是吴越之邦,江南富庶之乡,演绎了一幕又一幕的悲欢离合,说不尽的怨恨,道不完的遗憾,都随时光流逝而烟消云散。一切已成为历史,一切已变成文字,只能让今人去遐想猜测了。真正的历史能读,但很难读透。

个人生命,以百十年计,称之为"代",一代人仅以甲子计。即使四世同堂,四代相合,也在百年之内。个人生命与人类历史相比短暂有限,与地质年代相较更是转瞬即逝。人生百年,生命之光究竟在何方?俗话说"夫妻一场""母女一场",人生称之为"走一回"。场也好,回也罢,人生就是一个过程。那么我们在生活中、工作中的细枝末节有什么不能包容理解呢?于个人而言叫"看开"。

大石浪,冰川消融,巨石仍在。我个人已离此地,思绪尚存,化为文字。

淡妆浓抹总相宜

碧空晴天潋滟水色是她柔美的肌肤；空蒙山色绵延细雨是她娇嫩的胴体；艳丽如西施，温婉若处子，这就是苏轼眼中的西湖，纯美的本质，朴实的性情，使人迷离却又恋恋不舍。真实而美好的本色总是这么多姿多彩，无论淡妆，还是浓抹，始终是让人赏心悦目，回味无穷。

岳飞的本色是他的精忠报国，是他"莫等闲，白了少年头"的自勉，也是他立誓"饥餐胡虏肉，渴饮匈奴血"的激情壮志；秋瑾的本色是她的视死如归，是她一腔为国捐躯的沸腾热血，以及那宝刀上洒下的珍重的碧涛骇浪；霍金的本色是他的顽强不屈，如同金刚般的强韧的斗志和犹如磐丝坚韧的毅力，支撑他做出了硕大的学术贡献，成为伟大的科学家……惊涛拍岸，乱石穿空，时空在历史的长廊中来回穿梭，它带走的是记忆，但磨灭不去的是他们留下的烙印。虽然洒下的是血泪，遗留的是尸骨，可永存的是精神！英雄本色，与世长留，至纯、至美、至深。不论浓郁，不论深浅，勾画出的始终是永垂史册而恒久不变的本源！

本原是根，是底，是精华所在，更是思想精髓的全部集中。

孟子曰："舍身而取义，此乃谓其本心。"仁政才是治国之本。墨子云："苟亏人愈多，其不仁兹甚矣，罪益厚。"兼爱才是共进之道。荀子道："锲而舍之，朽木不折，锲而不舍，金石可镂。"学习就像走路，不积跬步，怎能至千里？一条小河，力量微薄，但积少成多最终能汇成气势雄伟磅礴的大海。百家争鸣，诸子蜂起，儒家的"仁"，道家的"顺"，法家的"严"，墨家的"爱"，正是这样的众派争流、百花齐放，才展现出那个时代的风采，放射出中华大地的光芒。也正是这样的思维活跃、火花相碰才构成了中华文明的本源，铸就了当今辉煌灿烂的建设成就。色彩斑斓也可，五光十色也行，中华的本色原来早就雕刻在这个伟大民族的额头上，跳动在心脏中，流动在血液里！这是我们的血统，中华的本源，国人的骄傲，民族的自尊！

记得中国女排五连冠，也记得 20 年的等待；记得百米的冲刺上从来没有黄皮肤的身影，也记得刘翔百米跨栏夺第一时欧亚大地的震撼！锲而不舍地努力终于有了回报，这种精神是值得每一个华夏子女珍藏和引以为傲的，历史赋予我们每一个人的使命与责任就是使我们的祖国更加富强，我们无可推卸，让我们的傲骨，让我们的信念，让我们的努力在今后的路上，一览无余！

朱熹的一句"问渠那得清如许，为有源头活水来"，印证了他的先知之明，同时也是万古不变的真理。只有拥有着本色，留有淳朴的源，才有"清泉"和"活水"。任尔春夏与秋冬，任尔浓妆与淡抹。天生的质是本色。提到本色，浮现出常在诗人著作中出现的梅花，在它的精神里，撑持着"凌寒独自开"的孤高和"不要人夸颜色好，只留清气满乾坤"的自赏，在它的性情中，注入着"愿借天风吹得远"的逍遥清高。腊月开花，没有惹人眼目的装饰，也没有盛大隆重的场面，只有在近似干枯的树枝中零星点缀些许嫩粉，嫩黄，嫩白，尽管娇小，却让人顿起怜爱之心，而感受到的却是她在寒风中透露出的令人敬畏的傲骨霸气和坚忍不拔的志气。我感叹，这小小生命的自尊，是这样伟大！

伟大的民族，让时代抹上了传奇的色彩，重新开始她的轮回。

时代变了，面貌变了，可唯一没有改变的是国之心，国之本。我们继承了一个民族最珍贵的精神，背负起一个国民最艰巨的任务，迈着铿锵有力的步伐向光明的未来走去。我知道我们会成功，因为我们流着和祖国母亲一样的血液，根系在了这片黄土地上，不论"淡妆"还是"浓抹"，我本依旧，我心依然！

翰海无边

包头西南鄂尔多斯的库布齐沙漠居中国沙漠的东端，可谓大漠龙头。

响沙湾在库布齐沙漠中，那里的沙子会唱歌。

响沙湾沙丘高110米，宽400米，地势呈弯月状，形成一个巨大的沙山回音壁，当人们顺着沙山往下滑，便会听到犹如飞机掠空而过的轰鸣声，顿觉妙趣横生，但使我心灵震撼的是那大漠翰海。

自然会向你展示她的无限魅力与妩媚。秀丽的漓江、多情的周庄、柔美的太湖、多姿的黄山；更不消说玲珑的苏州园林犹如小家碧玉，堂皇的北京皇城似大家闺秀。当汽车驶进库布齐沙漠的沙原，面对那无声无息起伏重叠、无际无垠的大漠翰海时，我被自然的伟力震惊了。这是大自然塑造的另一面，是我从未见过与感受过的那种荒漠，苍凉、雄浑与粗犷。自然在雕塑西北地貌的同时也雕塑了西北人，这是西北地貌的特色，也是西北人的性格与秉性。

赤脚爬上沙山顶是件不容易的事。平时登山，你的脚踩着的是坚实的土地与岩石，登沙山犹如踩棉花，你使十分的劲，才有登半步的力，花力多，见效少。但只有你赤裸着双脚，你脚上的肌肤才都能真切感受到沙粒与你的摩擦，人迹罕至的沙丘才知道与人友情的珍贵与不易，才知道机缘的难得，才知道留恋，她要慢慢地消受这难得与人亲近的机会。不信的话，你可以从沙丘表层被风抚过的波痕得到佐证。艰难地爬上沙山顶，回头望，你才会发现自己没登多高。面对茫茫翰海，你会从内心感到：在这个沙海里，在自然的伟力面前，人实在是太渺小了，人与自然和谐相处才是正道。

一行同人每人租了一匹骆驼，成了自然一队。都是双峰骆驼，骑在双峰间自然惬意。戴着墨镜，戴着遮阳帽，背着背囊，在骆驼背上，在烈日下骆驼队沿着沙丘默默地行走着。开始的新奇渐渐消失了，放眼望去是黄色的起伏连绵不断的沙丘沙山，无边无际，无垠无限，单调的感觉越来越大。然而，你想想：你胯下的骆驼不就这么默默地日复一日地承受担待着么？虽然骆驼没有奔驰的俊态，但它却能在陷脚松软的沙漠上忍饥耐渴,忍辱负重,一步一步去完成一次又一次的旅程,是它帮助我们的先人走出了一条"丝绸之路",是它帮助我们的先人畅通于"丝绸之路",将中原与西北沟通,与西方交流。骆驼真不愧为"沙漠之舟"。是这样的骆驼队在几千年的历史上承载着历史赋予的重任,在史书上写下了浓重的一笔。在自然伟力营造的沙漠翰海上,有着与之匹配的骆驼与人民。天人相应,天人和谐,天人合一。

骆驼队的驼铃在空旷、辽远的翰海沙漠中响着,回荡着。炽红的落日余晖把细沙染得一片金黄。

关林记事

洛阳的关林在洛阳东南，去时人迹寥寥，与上午去洛阳东北白马寺熙熙攘攘的信男善女形成了鲜明对照。洛阳关林是武圣关羽舍元之所，始于汉末，迄今1780余年。

关林大门前是一片大广场，南端是舞楼戏台。瞻仰当日，夕阳在空，广场仿佛铺洒成金，一片辉煌耀眼。大门更显端庄，仪门更显肃穆，两门院内古柏千章，葱茏回合，走道石栏皆雕有狮子。从仪门到拜殿、大殿、二殿、三殿、石牌坊、林碑亭、关冢，全在一条中轴线上，大殿巍峨，飞檐流丹，丰碑高冢，宝相庄严。从拜殿回望，只见山门重叠相合，南端舞楼戏台在目，更显森严威武，使人更生敬畏之意，正如右侧石牌正端所书"博厚高明"，这是建筑带来心理威压后的影响。在仪门与拜殿之间，左为鼓楼，右为钟楼，拜殿前是两个焚香炉。在大殿与二殿之间左为石刻长廊，右为碑志长廊。关冢前有两座石牌坊，前一座正额题"汉寿亭侯墓"，后一座正额题"中央宛在"。中央是指关羽之首，关冢至今无人敢盗，无论黑白两道，更无论儒、释、道三家，都尊关羽的"忠""义""仁""勇"。夕阳在山，松柏苍苍，1780余年后的今日，关圣中央宛在浩气犹存，光照千古。

世人尊孔从各地的文庙可见，也从教材中的"子曰"可见，儒家自孔子始，称为文圣；世人尊关，最简单从各家饭店可见。不少饭店有一龛，电子红烛永亮，关公威严地坐在当中，关公既是"忠""义""仁""勇"的代表，又是饭店的招牌；既是饭店的保护神又是财神。甚至我从香港电影电视中看到黑社会老大家中亦不乏关圣之像。商人参拜关羽无非是要标榜"义中求财"之意，无非要说明"君子爱财取之有道"之理。老大要尊关圣更是要用"忠""义""仁""勇"笼络党徒，要树立一个他们的道德标准。当然关羽被尊为武圣也应是当仁不让的了。

关林中的拜殿及各殿青石铺地，四周"回"纹镶边。最让我感到震撼的是大殿正中香案后的"关公夜读《春秋》像"，红脸绿袍，一脸正气，正襟危坐，神情肃然，双目炯炯，一手捋须，一手拿书，战袍盔甲，武身文心，威风凛凛，相貌堂堂，意气风发。与持刀挺立、挥刀催马不同，侧身夜读的关羽少了几分杀气，多了几分儒雅，也让关圣更加平民化，更具亲和力。当今天来到宏伟幽深的大殿内，当夕阳柔淡的光线从西侧流淌进来，这尊夜读的关圣塑像，是不是让你觉得别样亲切呢？

中国人对关公有一种特殊的感情，他是信义的化身，是心中的偶像，是保护神，是财神，"志在《春秋》心在汉，心同日月义同天"是关二爷最好的写照了。

过阴山

当飞机降落包头时，机上有人指着远处的逶迤苍凉的山脉说："那是阴山。"

有机会去乌兰察布盟的希拉穆仁草原，汽车是一定要翻越阴山山脉的。

由于干旱，烈日当空，阴山之南虽是葱茏一片，虽是"天似穹庐，笼盖四野"，但"风吹草低见牛羊"的景象不再。高度的现代化为阴山之南的四野勾勒出了工厂、桥梁、公路、架空的电线、高楼大厦。当车沿着阴山山脚的高速公路疾驶时，有一种历史在弹指之间的感觉，有一种时间幻化、岁月无情的感慨。阴山却仿佛没有着上现代化的色彩，由于三个月无一滴雨，阴山枯萎了、焦黄了，七月底就显出一派苍凉。

当汽车沿着盘山路翻越阴山时，荒草、乱石、沙化的山的脊梁，决不似江南的丘岗山峦青葱光泽，饱满圆润。荒漠的阴山从底子里透出一股悲凉苍劲之气。南北的地域差异，南北的经济差异，在两千多年前或者在更久远的年代就显露出来了。北方民族对江南的富庶一定充满了渴望与垂涎：胡人也好匈奴也罢，羌族也好蒙古族也罢，那种对财富的向往，那种犹如草原狼般在塞北眈眈觊觎阴山之南的贪婪，用草原民族的马，发挥到了极致。可以想象可能就是沿着我们今天的这条路：游牧民族的千军万马正艰辛地在翻越阴山，路上也决不会一帆风顺，也要有决心与豪气。在阴山山脉的中部有赵长城的遗址，游牧民族的千军万马一定也受到了阻击。于是在我的耳畔仿佛听到了胡马的嘶鸣声，刀枪的撞击声，军士的呐喊声、呻吟声。农耕民族的希冀是"但使龙城飞将在，不教胡马度阴山"。游牧民族对金陵的繁华，对长安的富庶，对汴京的殷实，对余杭的财富充满了痴迷，"东南形胜，三吴都会，钱塘自古繁华""有三秋桂子，十里荷花"，于是民族与民族在这儿，一次又一次冲撞，一次又一次融合；一次又一次较量，一次又一次演化。

阴山山脉犹如北方的脊梁，往北的莽原则是它那宽阔厚实的胸膛。行走其间那歌喉一定得粗犷高亢，一定得吼叫，一定得声嘶力竭，一定要唱出豪迈之气，做出豪迈之事。那只有蒙古族的歌才能与之相匹配。这是厚实胸膛的肺腔靠着阴山脊梁的支撑才能够吐露的心曲，这是苍凉底蕴的宣泄呀！

　　一道阴山，割分了牧与农，割分了民族；但历史的时间与空间又岂是一道阴山所能阻隔？同理，一道浅浅的海峡也是决计阻隔不了历史发展趋势的。历史的交融与发展是民心，是潮流，是大势。

羊肉啖祭

到内蒙古去旅游看草原，看蒙古族人放牧牛羊，吃羊肉是必不可少的节目。你到蒙古族人家做客，他们盛情地以全羊来招待尊贵的远方来客。

我们来到乌兰察布市希拉穆仁草原的深处贺西格巴图家做客。贺西格巴图当着客人的面选出了最肥的一只羊宰杀。蒙古族人宰杀羊与汉族不一样：只见贺西格巴图和他的儿子将羊掀翻，他的儿子双手紧抓住羊的后腿，膝盖顶压着羊臀；贺西格巴图用膝盖顶压着羊脖子，一手紧抓羊的前蹄，一手拿出蒙古刀在羊的前胸处划了一个口子。把手伸进去，将羊心脏处的动脉掐断。一分钟不到，那只羊的腿挣扎了一下，一声都没吭，就闭上了它那善良的乌黑眼睛。据贺西格巴图讲，这样宰羊是最和善的。如果用刀杀放血，那羊悲惨的叫声，对活着的羊是极大的刺激，不利于它们的生长；对人也是刺激，吃羊肉时总会出现血淋淋的场面。蒙古族人都是这样宰羊的。我想：蒙古族人的这种既吃活物又低调处理，也是一种人与自然的和谐。听贺西格巴图讲，在草原上，喇嘛同样也可以吃羊肉。草原上很少有蔬菜素物，如果要喇嘛吃素，叫他们如何生存？

羊的两肋做了烤羊排，两大块羊肋串在铁杆上，用炭火烤着。不时涂上混有沙葱与黄酱的作料，散发出浓郁的沙葱清香与羊特有的肉香，引得贺西格巴图家的两只高大的黑色牧羊犬围着团团转。羊的四条腿就在锅里用清水炖着，什么作料也没放，锅里的沸水在翻腾着，冒着水汽，将四大块羊肉滚得忽上忽下，萦纡的白色蒸汽，不断从锅中弥散。我们盘腿坐在蒙古包中，就着奶茶，听贺西格巴图讲他们蒙古人的种种风俗习惯和他们的爱好。

当西面的土岗遮蔽了太阳，贺西格巴图的媳妇乌云其其格先后端上了炖羊肉、烤羊排，一大盘四大块羊肉，一大盘两大块羊排，上面插着蒙古刀，一大盘炒沙葱。贺西格巴图为我们斟满了一银碗"蒙古王"酒，然后双手擎着举过头，一饮而尽。在这种场合是怯不得场的，不会喝，醉了也得喝。蒙古族人用全羊表达了他们的好客、热情、真情。任何的怯场都不是朋友的表示。这儿容不得黏糊而要豪爽，不需要畏缩而要勇敢，蒙古人是厚道的，不应该耍滑头弄手段。吃羊肉，也不文绉绉的，自己用刀切，用手撕，用嘴啃。扔下的骨头，那两只高大的黑色牧羊犬正等着呢！它们趴在贺西格巴图的身边，正反复有滋有味地啃着。

贺西格巴图的儿子拉响了马头琴，乌云其其格唱起了那热情的祝酒歌，宴饮达到了高潮。我问贺西格巴图："有没有歌唱羊的歌？""有，有。在草原上，在生活中，没有了对羊的赞歌，就好比浓茶中没有鲜奶。"贺西格巴图唱起了乌兰察布的希拉穆仁蒙古族民歌。贺西格巴图的歌声旋律忽而高亢嘹亮，忽而低回婉转，抒情意浓。他是用蒙语唱的，从他歌声的抑扬顿挫中我感受到了他对草原的爱，对羊的爱。草原和羊是蒙古族人的滋养，是他们赖以生存的依存，贺西格巴图这种倾注在歌声中的情感，是蒙古族著名的歌唱家腾格尔也难以唱出的。草原与羊是蒙古族永恒的伴侣。

是日的羊肉啖，在我心中是对草原与羊的赞歌与祭歌。

河南地名皆历史

河南的省名因地在黄河之南。

去郑州、洛阳、开封旅游，是乘飞机到新郑机场，到时已是暮色四合。但我知道新郑为黄帝出生之地，我们都称为炎黄子孙，这是咱们老祖宗诞生的地方。中国的姓氏大都出自河南。我的程姓的根就在洛阳东南伊洛之畔。相传伏羲、女娲在这一带奠定了中华民族繁衍生息的基础。闽、赣、粤、湘的客家都认为自己从河南迁徙而出，他们认定自己的根在河南。祭祖的本身其实还意味着对民族的认同，亿万华人的血脉从这儿发端。透过车窗，虽然看不到四周新郑景致，但心中是暖暖的，有一种落叶归根的感情。因此心中不免生出几分敬意，多了几分归属认同，对河南更亲切了，仿佛那是回老家看看。中国的历史从某种程度说，就是从新郑开始的。

第二天，我从郑州到洛阳。车走高速公路，从东往西，一路上不断出现荥阳、偃师、孟津这样的县市级地名路牌，也同样出现北邙、汜水、邙岭、首阳山这样的乡镇级指示路牌。这些地名切切实实地蕴含着中国五千年的历史文化，可歌可泣地锻铸着华夏五千年的精灵英魂。四千多年以前，中国第一个世袭王朝夏朝就建都于偃师，从此开始有纪元的血缘的王朝；西楚霸王项羽击溃秦军主力于荥阳，破釜沉舟于大河之畔，何等惨烈；孟津歃血为盟；渑池秦赵争斗相会。历史的一页又一页，一幕又一幕，在我眼前迅速翻过与重演。河南的一山一水一地一名都在中国的历史上记载下了厚重的一笔又一笔。一个地名就是一段沉重悠长的历史，一个刻骨铭心的故事。犹如中国的历史就浓缩在河南的山山水水里，刻写在每一处的地名中。因此，人们毫不犹豫地认定这儿是中原文化的中心，五千年的古国文化从这儿发源，无数英雄的故事在这儿上演。

地名之下的黄土地又封存着多少文物与历史呢？可以毫不夸张地说，河南的每一寸土地都是文物与历史。特别是在黄河沿岸的那片土地，因为是黄河养育了中华。第三天我又从洛阳去开封，车由西向东。"夷门自古帝王州"的开封，她的历史只有名在上，其实在下，在地表之上的历史建筑除铁塔之外都被黄河封存在地表之下。龙亭、天波府、清明上河园、开封府、大相国寺，都是后人在原址按原貌再建。当地俚语说："开封城，门垒门，城垒城，城下还有几座城。"说的就是这个。现在开封地下三至十二米处上下叠压着魏大梁城、唐汴州城、北宋东京城、明清开封城。更令人惊诧的是，在黄河每次冲垮和淹埋了开封城之后，又有一座崭新的开封城几乎在原城的原址上建设起来。生生不息，繁华如昔。这正透露着华夏民族炎黄子孙的顽强不屈，百折不挠。这种精神将一直延续。

古迹可以被湮灭封存，但地名仍在，历史仍在，精神仍在。

凯恩斯的蝙蝠

  到澳大利亚凯恩斯后，从饭店晚餐出来，夕阳已经下山。落日的余晖给澳洲这片神奇的土地镀上了一层金，凯恩斯街道中央的棕榈显得格外突兀，拉着长长的影。这景这情顿现"枯藤老树昏鸦"的意境，应该是群鸦晚归，夕鸟相与还的时候了。

  夕阳也朦胧起来了，透着不耀眼的橘色的光，似是一个透亮的大盘。不远处，群鸟展着翅膀绕着高大的棕榈盘旋着，滑翔着。看上去，这鸟儿个儿倍大，通身乌黑，似鹰非鹰，似鸦非鸦，似鸟非鸟。异国他乡，不识的动植物太多了，细观为妙。不一会儿，只见此鸟，收拢翅膀，钻进阔大的棕榈叶柄下，倒挂着，悬垂着。

  走近详察，鸟儿真相毕露了。悬垂向下的是鼠首双耳，紧收在身的是双翼肉蹼——不是蝙蝠，是什么？我知道的蝙蝠应该是穴居岩洞破庙，人迹罕至之处；蝙蝠之所在，如同荒谷幽灵一般，往往令人不寒而栗。可是澳大利亚凯恩斯的蝙蝠却生活在车水马龙的闹市街头，难道凯恩斯的蝙蝠是真正大隐隐于市的隐者，抑或蝙蝠早已习惯了与人平安和谐相处？

  在澳大利亚我们可以处处看到动物不因人而害怕，人也不以动物为妨碍，这就是最好的人与自然，自然与人。蝙蝠捕食蚊蝇为生，不碍人事，有益环境，人干吗要逞强示能，灭绝别物？因此这里不存在征服，只有相互依存。如果不是这种人与自然的和睦相处，就会如恩格斯说的那样了：人向大自然索取的每一部分，都要遭到大自然的报复。自然而然，支取有度是人在自然中的处世之道，难道不也是人生在世的处世之道吗？

  暮色四合，群星闪烁。凯恩斯的夜有灯光却不张狂，有酒吧却不喧嚣。沿海岸漫步，西太平洋的海浪冲刷着海堤，发出哗哗的海水拍打声。天籁之声，宁静而自逸，平和而安谧。

跨越国门

曾多次出国，但只是飞机直抵某个国家，就是海关，就是到了某国。环境变了，意识到这是远离祖国了。

今年到越南，从东兴过关，才有跨离国门之感，才更深切地感受祖国对一个公民的意味。

北仑河作为中国东兴与越南芒街的界河，浅浅静静地流淌着，横亘在两国国门之间的是一座人行桥，北侧是中国，两国的界碑则在通向对方的桥堍右边。中国方的界碑上是国徽、鲜红的"中国"两字，再下面是"（1）"想来是编号为1的界碑，中越双方的界碑上都有1396的数字，不知何意了。

桥的正中央，有红黄两色划开的界线，我知道跨越了这一步就是越南了。跨越了这一步就少了一份安全，少了一份保障。过中国海关可以用汉语交流相通，过了这国界，踏入越南的国门必须说越语还是说汉语，抑或英语也能交流？带着一份忐忑，带着一份疑虑，我一步跨过了国境线。

越南国门在望。我背后是飘扬着五星红旗的祖国的国门；面对着的是越南国门上一颗金星的越南国旗。我在越南海关门口与出关一样，双手递上护照，越南海关官员漫不经心地指了指旁边的办理窗口。

"Can you speak Chinese？"我问。

无语。

我又问："Can you speak English？"依然无语，依然用手指指旁边的办理窗口。

只得到旁边的窗口，对方又无语地指着表格。要进关，填表！我明白了。拿过一看全是越南语，傻了眼。出国之难，首先从语言的沟通开始。幸亏此时接我们的芒街国际高尔夫球会的人员赶到，解了围，进了越南的国门。

芒街、河内、西贡、下龙湾的日日夜夜风风雨雨坎坎坷坷，作为一个异国者都会深切体悟与感受。

当我们风尘仆仆再次从越南国门跨出，重新踏上北仑河上的那座桥时，首先再次望见了国门上方，在湛蓝的天空中那猎猎飘扬的五星红旗，与国门上书写的鲜红的"中华人民共和国"几个大字。心中油然生发了一种亲近，身上自然感到了一阵温暖，眼前恍然觉得一片光明。当一步跨过国界线时，心中便会说："祖国，我回来了！"

　　海关的官员会双手递还给你护照，和善地点头，亲切地微笑。你可以用母语交流，你不会再有一份警惕、一份戒备、一份不安。那种感觉就像婴儿回到了母亲怀抱般舒坦、自如。

　　以后我每每凝视那五星红旗，聆听那庄严的国歌时，都会永远记起跨越国门的那种情感，特别是跨越国界线刹那间的感受。

绿岛呼吸

坐上直升机，鸟瞰绿岛：绿岛处在西南太平洋的珊瑚海中，仿佛是一块绿得透亮、晶莹的翡翠。

去凯恩斯大堡礁绿岛，每人发给一张告知，告知有英文、日文、汉文、韩文以及西班牙文。告知中郑重地写道："绿岛属于大堡礁领域一部分，亦是世界自然遗产保护区及国家海洋公园。故此，岛上的鱼类、珊瑚、贝类及其他海洋生物都受法律保护，绝对禁止带离岛上，违者将被检控。同时亦不得喂饲雀鸟及鱼类。"澳大利亚对环境保护得严厉，从一下飞机就被导游告知了。住在 Caims Queenslander 就体会到周遭的幽静安谧；沿着海滨大道漫步，一切合于自然，哪怕掉下树叶也不去清扫。那绿岛更是自然而然了。

确实，绿岛的一草一木都没有修建的痕迹，即使是倒下的大树，枯枝烂叶，也任由其自然地腐烂风化。那是热带雨林，每当雷雨过后，那些雨水挂在树叶里草尖上，就是一颗一颗钻石。在阳光下，发出独特的晶亮。绿岛一片葱绿，一切建筑的红瓦黄墙都掩映在郁郁苍苍之中，不枉其名。置身其中，我们似乎呼吸的都是绿：空气清洌芬芳，沁人肺腑；负氧离子好像要透入每一寸肌肤，进入每一个细胞，让血管膨胀，肌腱强壮。

绿岛的餐厅就是以"翡翠"命名，全是自助餐。那鸟儿全惯坏了，有恃无恐，在泳池边、餐桌上跳来跳去，毫不惧怕人（游历澳大利亚全是这感觉）。更是有道上的螃蟹大摇大摆，挥动两螯，龇牙咧嘴，蛮横异常，滑稽可爱。倒是人要小心翼翼，为它让道，怕有什么闪失，伤及无辜了。

绿岛的沙滩细白，月牙形的一片；海水近处也是绿，远处湛蓝。用肌肤去亲近绿色的海水，感到用绸用缎在轻抚身子；戴上面具，插好通气管，穿好蛙泳鞋蹼，潜入海水中。阳光直透海底，珊瑚游鱼清晰可见，触手可得。那是真正的龙宫之所在，在绿色的海水中，宠辱皆忘。这是真正地将灵与肉融合在自然之中，化解在绿色里了。坐在沙滩上遮阳伞下戴着墨镜，遥望白色的风帆点点片片，心儿在歌唱：

"呜喂——风儿哟吹动我的船帆,送我到遥远的地方——"

在绿色的大海里,绿是一种宁静,绿是一种呼吸,绿同时也是一种汪洋恣肆。

坐在玻璃船里观海底世界与潜水不同,这是隔水相望,另类感觉。一会儿看到五颜六色的鱼儿成群摆尾游过,"哟——"一阵赞叹;一忽儿一只海龟悠闲划动四肢翩然而过,"嘿——"一阵惊异;一息儿船夫撒下饵料,鱼儿翻腾跃起,海鸥掠过海面,"啊——"一阵呼喊。惊呼声此起彼伏。"again,again",我们要求船夫再撒饵料,再现刚才的场景,再欢呼雀跃,但船夫连连摆手,连连说道"no,no"。难道你没有体会到、呼吸到澳大利亚船夫思维思想之绿吗?绿是能从那岛那树那水那人身上呼吸到感受到的。

那金色的长龙

　　那次我去澳大利亚，从中国香港转机。港龙航空公司的飞机是十九点四十分从浦东机场起飞。一月，天早就黑了。飞机昂起头，呼啸着冲向夜空。我坐在飞机的舷窗旁，望着倾斜的大地，万家灯火与天上群星相映，一片温馨，一派和睦，相映成趣。

　　飞机在上升中掉转方向，突然我看到了一条蜿蜒的灯火，金黄色的光晕那么夺目抢眼，蜿蜒灯火的尽头，一片璀璨。黑暗中，犹如一条腾飞的金色长龙。璀璨之处，那一定是洋山深水港，仿佛是金色长龙的龙头；灯火蜿蜒之处，那一定是东海大桥，一如金色的龙身，那盏盏桥灯宛似片片金龙的鳞甲，熠熠闪光发亮。我聚神于那洋山与东海大桥，感觉那金色的长龙仿佛鳞爪飞扬，借云凌空，直上寰宇，腾欢九天。

　　我的心不禁激动了，思绪万千：那金色长龙一定会腾飞，一定会有更多的长龙腾舞。近日的杭州湾大桥，明天的上海南通长江大桥，难道不都是腾舞的龙吗？龙潜深渊，云起而飞，改革开放就是托龙腾飞的云，长龙飞舞一定会带动长三角，甚至整个中国东海岸经济的腾飞，那难道不是中华崛起的象征？孙中山先生在《治国方略》蓝图中的希冀已在今日之中国变成了现实，那条腾飞的金色长龙，不就是中华的龙吗？用龙作为中华的图腾，用龙作为中华的意象，不就非常像吗？飞机转身南行，我还是恋恋不舍地凝视这金色的长龙。我还没有去过龙身，登过龙头，触摸过龙鳞，我仅仅是在那一夜，从飞机上鸟瞰了金色长龙的全部。上海素有东方明珠之称，那东海大桥洋山深水港之于上海不就是金龙戏珠？那么，如果上海是龙头，长江是龙身呢？那一定是一条更大的龙了。

　　飞机渐行渐远，我思绪难收，脑海中的印象始终是那蜿蜒的黄晕、金色的灯火。香港不一会儿就到了，飞机在降低高度，港九一片明亮，那是不夜城。尽管在飞机舷窗中我望到了海港城、广东道，但烙在我的脑海里、闪现在眼前的还是那金色的长龙。

那一朵朱槿花

其实，南宁国际会展中心也是一个旅游看点。

南宁国际会展中心如同一朵开在钢筋水泥丛林中的朱槿花，这一建筑不仅独步南宁，更有称雄广西的美丽。

从进入民族大道伊始，风景已经在这条10.5千米的城市主干道展现：这条通道有150种9万多株绿树，沿路亚热带雨林群落的生态景观让人赏心悦目，路边明艳照人的红花就是南宁的市花——朱槿，她满城开放，直至被定格在会展中心。

会展中心东隔会展路而靠"石门森林公园"，与自然相谐，西过竹溪大道临南宁国际民歌艺术节的主会场"民歌广场"，与文化相壤，南对"湄公河大酒店"，与生活相连，北倚民族大道和人民大会堂，与政治相应，越过"石门森林公园"是在建的"中国—东盟商贸城"，与经济相接。这是一个合适的环境所在：便利便捷；也是朱槿花开所在：地利天时。会展中心多功能厅上方巨大的白色穹顶是设计师受朱槿花造型的启发设计。穹顶的主体是钢结构，内外各覆盖着一层膜。主结构由十二片空间单元构成，它们被视为"朱槿"的十二片花瓣，象征着八桂世居民族。路过或专程来观看会展中心的人们都会在心里揣摩，这个洁白素雅的建筑到底是像倒挂盛放的朱槿花，抑或是壮家少女的百褶裙？其实不管怎样看，会展中心的建筑造型美，让人浮想联翩。夜幕中的会展中心更漂亮，在上千盏灯不同角度的照射下，闪耀夜空，不如说更像一颗晶莹剔透的钻石。

会展中心的美还在于与周围环境相称。正如东方明珠之于黄浦江畔，人民英雄纪念碑之于天安门广场。埌东是南宁最现代化区域，各种彰显现代气质的建筑鳞次栉比。虽然会展中心身高七十米，但她"站"在山坡上，依地就势，逐层升高，自然体现出气势恢宏。在南宁城沿民族大道往东，过南湖大桥，穿五象广场，就可以望见那一朵朱槿花了。

声色满蓉城

先说声。

只要你住在成都的老屋,如"宽巷子""窄巷子"一带,早晨醒来,进入耳中的就是各种各样的叫卖声:打板的,敲锣的,扯着嗓子吆喝的,借着电喇叭播放的。其声调或高扬,或低沉;其节奏或徐或疾。其声扬而疾者如飞瀑泻地之迅猛;其低沉而徐者如白云出岫之舒缓,组成了一曲令人难以忘怀的市井小调。

目下,在成都特别是豆花郎川音十足的"咸豆花,辣子花,又麻又辣的豆花哦——"喊卖声,声声震耳,尾音缭绕,悠扬婉转却撼人心弦。心被拨弄了,撩起了儿时的回忆:此种小调上海滩也曾有过,那瓮着鼻子有腔有调的"坏脱格棕绷修哦——坏脱格藤绷修哦——""修——洋伞""桂花——赤豆粥",但现在成了历史。在成都能在被窝里枕头上听听历史的声音,不也是一种生活,一种回忆,一种愉悦?

起来后,只要你走到琴台路、文殊坊、锦里一带,就能听取点心制作声一片:煎饺炸糕的"刺啦——"声;"三大炮"的糯米糍粑,被胖师傅甩在装有黄豆粉的铜盆里发出的"砰砰砰"声;川妹子切牛肉片的雪亮菜刀在案板上快速的"嗒嗒嗒"声;肥肠在大铁锅里发出"噗——嗞""噗——嗞"慢慢起泡的沸腾声。我特别喜欢这市井的声韵,犹如上海的城隍庙,特别有生活的质感,走在其间你会不温不火,徐缓从容。

武侯祠旁,文殊院内,大楼中,小巷里,树荫下,竹林边,到处都有茶馆,到处都有茶客在"摆龙门阵"。侃侃而谈者有之,大声喧哗者有之,娓娓道来者有之,慷慨激愤者有之;有摆天下事者,有道油盐酱醋者,有说经济生意者,有谈子女儿孙者,嗡嗡嘤嘤或吵吵嚷嚷,无声不包,无理不容。天下之事尽在矣!此声为民声、民心了。如有政府官员想要了解或做民意调查,去成都的茶馆就是。

我在成都听过川剧《三英战吕布》,也看过川剧折子戏《滚灯》,我总感到川剧之声由民间川江号子演化而来。那声调高亢、昂扬、激荡，与秦腔的大嗓门不同，川剧有一种响彻行云的震撼与直冲青天的穿透力。这是江南的越剧、沪剧、锡剧不能比拟相论的。越、沪、锡剧的声调太柔绵缠绕了，川剧的唱腔声调体现了出川的雄迈与在川的自在，川人虽居长江尾，但自有一份豪气在，声为心之音呀。

再说色了。

蓉城的姑娘是川妹子的典型。受地理气候湿润多雨的影响，成都女子肤色白润细腻，俗话说"一白抵三俏"，肤色的水嫩，把女人所有的韵味都显现调教出来了。面色红润，更显风情万种。成都的水是内江水，一是从积雪冰川化开来，二是极少受到污染而又经天然植被过滤的雨水。这样的水滋润着蓉城女子，所以成都姑娘的眼都清纯透亮，顾盼流连，熠熠生辉，充满情感。川妹子都爱吃辣椒，因此性格热辣，情感奔放，如果爱情释放，想挡都挡不了。这正如宝玉所说"女人是水做的"了。

川语为西南官话，在成都女子口中变音又特别糯软入耳，勾人心性。一声娇嗔"瓜不兮兮的（傻里傻气）"，端上点心，一句贴心"温嘟嘟的（温热合适）"，怎不令男人魂牵梦萦？另一面成都女人也泼辣，她们牙齿比男人尖，舌头比男人长；吃麻辣的女人巧舌如簧，能言善辩，但辣妹的敢爱敢恨表现无遗。

如此女色不能让人不爱，特别是至性至情至真的血性男子。有句俗语说"到北京才知道自己官小，到上海才明白自己钱少，到成都才后悔自己结婚早"，佐证了这一点。

川菜的颜色红红绿绿，撩人食欲。举成都中华老字号"盘飧市"的"宫保鸡丁"一例：焦黄的花生，白亮的鸡丁，干红辣椒，碧绿青椒伴以赤褐的郫县豆瓣酱炒就。未动碗筷，先夺人目，先饱眼福。小吃亦然：一盘"夫妻肺片"上红椒酱绿芫荽；一碗"钟水饺"洁白透亮的皮，褐色馅心隐约可见，鲜红辣椒酱点缀其中，犹如鲜红的太阳。

声色之美，道不尽，讲不透。还是你自己去成都感受体会吧。

相会敖包

　　一首《敖包相会》几乎没有人不会唱:"十五的月亮升上了天空——";电视中敖包也看见过,那只是一堆垒起的石头,是一种标记,是一种象征。这次内蒙古之行,我才有机会真正认识了敖包。

　　我参祭的是乌兰察布的希拉穆仁草原红格尔敖包。蒙古人把石头垒成小山堆,顶上要插柳枝为丛,立竿为柱,这就是敖包。祭祀敖包是蒙古族民间最普遍的祭祀活动。蒙古族崇拜的是自然神灵、图腾神灵和祖先神灵,在藏传佛教进入之前,蒙古高原盛行萨满教。祭祀敖包是祭祀苍天大地、日月星辰、山水树木,所以祭祀敖包更大程度是体现对自然、图腾与先人的祭拜。蒙古族人通过祭祀敖包的形式来祈求万物神灵的恩赐和保佑,祈求风调雨顺、人畜兴旺。红格尔敖包是战争之后(包括抗日战争时的百灵庙战役),军人所筑。因此,红格尔敖包的祭祀活动自然增加了缅怀与祭奠已故戎马将士的寓意。

　　导游乌云其其格带着我们首先敬上了哈达,将洁白如云的哈达、蔚蓝似天的哈达、土黄像地的哈达系在柳枝上。随后,带着美好的祝愿,双手合十,虔诚地踏实地绕着最大最中心的系上你的哈达的敖包左三圈,右三圈。草原的风在耳畔呼呼作响,红格尔敖包是希拉穆仁草原的制高点,环视莽莽沃野,微微起伏的草原,"登临会意"的感觉油然而生。

　　这是一片任骏马奔驰的土地,是养育粗犷、雄健、刚毅秉性的土地。这种天地通视的地貌环境造就了一代又一代性格豪爽、厚实、宽阔的蒙古族人,也为历史写下了惊天动地的一章,所以在乌云其其格家的蒙古包中,在所有蒙古族人的蒙古包中挂着的永远是成吉思汗的画像,他们要祭奠的是神灵般的成吉思汗。因此,这种祭祀不仅仅是敖包形式的祭奠,更是他们心中无形的永远的祭奠;历史的痕迹永远抹不去,因为在广袤的草原上有悠扬、深沉的马头琴为你传唱,这也更是——有声的祭奠。

　　从内蒙古返沪后,我在合上眼帘睡觉时,总跳出那系着蓝、黄、白哈达的红格尔敖包,那莽莽沃野,微微起伏的草原与那悠扬、深沉的马头琴声。那是我在内蒙古相会的敖包。

夜宿"九寨天堂"

九寨沟宿"九寨天堂"是件幸事。"九寨天堂"位于九寨沟口外的甘海子旁,与甲蕃古城比邻。"九寨天堂"虽说是宾馆饭店,但本身就是一个景点。

"九寨天堂"采用巨大的钢构架几乎将一个藏羌古村镇原封不动地包裹起来。又犹如上海的新天地,对羌寨进行了改造:使"九寨天堂"不失藏羌风味又有新的设备设施符合现代生活的习惯;外表如古羌寨,内里现代装备。钢构的穹隆里有中西餐馆、藏羌风味饭店、酒吧茶馆。九寨沟有良好的生态环境,出产野生的名贵药材,构成了药食一体、风味独特的餐饮,这些餐馆时有供应。如酥油茶、青稞糌粑、贝母手抓羊肉,特别是茂汶苹果,醇甜细腻,满溢芳香,红冠品种为佳。这里房内有藏式壁炉,炉火噼啪,别具一格。

住在里面的客人可免风雨严寒之苦,但依旧可以欣赏外面景色之丽。坐在羌寨露台的椅上,仍然可以看见"天堂"外的高山、积雪、浮云;倚在藏房的门框上仍然可以观赏雪雕、秃鹫的翱翔,鸥鸟、白鹭的展翅,羚羊、灰兔的惊窜。山野在旁,触目可及但不可得;自然在眼,有色有景而不能达。玻璃阻隔,人为所致。

再看里面的景致。羌寨交错角斗:或是碉楼高耸,岩石垒砌;或是巷道曲折,不知所终;或是木架镶嵌,过道街楼;或是层层叠叠,各依地理,沿坡而筑。这里,你可以感受到浓郁的古代藏羌建筑民俗。羌寨前有一小广场,中间有一石碑,基座上雕刻了许多羊头。特别醒目夸张的,是那茁壮坚硬盘曲的羊角。"羊"是羌字的顶,是羌族人赖以生存的金贵物。基石之上,一柱挺立,圆状书"羌"字。再前面是一泓湖水,一个小海子,黑天鹅正自在地拨掌划水呢。

一天的旅途使人疲乏了,累了。此时可泡在"天堂"的温泉里,听着咕咕的冒着热气的温泉气泡声,又可以听着穹隆外的簌簌噗噗雪声或滴答滴答雨声。我惬意地将头枕在泉边岩石上,仰望着这沉沉的夜,一任风和雪雨,一任春秋几度,黑夜黄昏。直泡到皮肤血红,血管贲张,肌肉松弛,疲乏消散,劳累解除。

羌，是一个古老的民族，也是一个多才多艺的民族。当篝火点燃的时候，可以听哀怨的羌笛（不由得想起王之涣的诗句"羌笛何须怨杨柳，春风不度玉门关"），唱高亢的"放牧歌"，跳欢快的"洒郎"，激情地舞动起九寨风情；品甘甜的"咂酒"，深切地体验藏羌心意。那是原始的、原汁的愉悦啊。

吃饱，喝足，泡够，赏尽，可以进房海阔天空了。

那一夜睡得很沉很香。

运河之思

那年我在苏州工作,那一天傍晚我坐船从苏州南门码头出发到杭州。

原本苏州到杭州每日有一班,沿着大运河一夜,卧铺,价格低廉,而且不占时间,反正晚上都一样要睡觉。

那日傍晚时分,夕阳依着盘门城楼,带着血色浪漫,同鸭蛋卵黄一般,渐渐沉下。船是一艘小火轮,带驳着四条无动力却带客舱的船。我站在船尾,望着盘门与夕阳慢慢远离。

不久便见到了大运河与澹台湖交连的宝带桥。宝带桥桥长316.8米,计53个桥孔,是我国现存古桥中最长的多孔桥。从船上逆光观看宝带桥,光影交叠,桥面被西下的霞光镀上一层金,桥身因为背光而漆黑,仿佛用毛笔饱蘸浓墨挥就。真实而奇幻,凄迷而莽远。船在运河上慢慢地行驶着,犹如历史的镜头缓缓展开。桥是唐朝遗物,是苏州刺史王仲舒主持建造的。当时,为筹建建桥费用,王仲舒带头将自己身上宝带捐出。桥的外观仿照他的宝带形状而建,也因此得名。历史古迹而今犹存,可世间千年,已物是人非了,历史的印迹依然可寻,不由得慨叹吾生须臾。此景立时一派沧桑写意,境界全出了。

过了宝带桥,暮色四合,天全黑了。小火轮的汽笛声鸣响在江南的沃野上空,回荡在灯火点点的村镇间,寂寥而又悠长。躺在驳船的床上听着潺潺的流水声就在耳边,水流缓缓的,感觉却是暖暖的。我意识到船在运河上行驶。想想我岂止在运河上旅行,不更像在祖国的血脉中流淌?又想:这岂止是一条运河,不更像一条文化带?运河是人工开掘,大运河苏杭段的精致,仿佛弥漫着一种休闲享乐、享受奢侈的情调;仿佛有着美味佳肴与舞榭歌台。因为这是一条没有波澜,没有险滩,没有峡谷绝壁,只有一处处繁华市镇,一处处稻谷飘香、岸柳成行,一处处舟舻相连、风帆如樯的人工河流。想得更远一点:这是一条连接着富庶江南与贫瘠北土的链。它承载着隋唐帝国的梦想。从这个角度而言,运河是大地的史诗,是流动着的厚重史书。它维系着封建王朝的兴盛，多少年来它就是国家的生命线。漕运如输血，国家王朝因此而有色彩，而有兴奋的律动。同时展现着古人的聪明才智却又浸润着无数先人淋漓的鲜血与苦难；是水利工程的一座丰碑而又没有灌溉泽濡之效。穿越历史的尘烟，我能解读运河你吗？毕竟你流淌了两千多年，你毕竟从繁华走向了衰落。

我想再想下去，再做千年的思索，百年的叹息，可是流水潺潺如节拍，汽笛呜呜如催眠。我彷徨了，深沉了，历史离我远去了，魂魄散了，不知所思所云了……

梦中醒来，东方微明，运河已载我进入杭州。船正通过巨大的石拱桥——拱宸桥，两岸尽是枕河人家，河埠滩头，白墙黛瓦。空气带着丝丝的凉，微微的寒，显得清冽。脑中不由得跳出柳永的"杨柳岸，晓风残月"句，又不由得想到皮日休对运河的评价："在隋之民不胜其害也，在唐之民不胜其利也。"

利乎？害乎？运河千古之利害由人去评说了。

在凯恩斯早餐

在澳大利亚我住 Cairns Queen slander，那是二层楼的别墅式的旅馆。旁边有一个小游泳池，池边堆砌着岩石，种满了热带棕榈树，一派热带赤道风光。我们的早餐就在 Cairns Queen slander 的后楼。

餐厅不大却很有欧式风情。餐厅放着七八张餐桌，餐桌上铺着洁白的餐布，放在中间的餐桌有四把高高的靠椅，两侧则是一张桌子与面对着的两把靠椅。柚木地板，顶上吊灯，更显其典雅与雍容。餐厅仅有两位服务小姐，或是欧非混血种，皮肤略黑但细腻，身材高挑但丰满，凹凸有致，眼睛澄蓝而明净，充满着青春的活力与妩媚。当她们把装有煎鸡蛋、培根、茄汁、芸豆的白色瓷盘端放在你的餐桌时，那一放一收一转一扭之间，尽显少女的风韵。你会情不自禁地由衷赞美："You are beautiful！"她会莞尔一笑，纯净的脸会对着你真诚而软软甘甜地回答："Thank you."后退一步后，用手优雅地做一个请用的动作，然后转身，"橐橐"走了。腰肢扭动，胯摆有度，充满了生命的质感。此时，你还没就餐但已体会到什么叫"秀色可餐"了。

鸡蛋煎得适时，培根煎得合度，芸豆焖得酥烂而有形，茄汁加得恰当。澳大利亚的牛奶新鲜醇厚，喝到嘴里，就会感到一股奶的芳香弥散，让舌头的每一个味蕾感觉极大的满足，那种口感的舒适如同进入热带雨林所吸入的新鲜空气一般，仿佛负氧离子涌进了你的肺腑，钻进了你的每一个红细胞，让血脉贲张。一口把牛奶喝到胃里，舒坦到心坎。拿着烤得麦香阵阵的面包片，涂上果酱或牛油，放在嘴里慢慢咀嚼，慢慢享用。真的要感谢自然与上苍恩赐给我们如此甘美的食物啊！认识到这一点，你就不会暴殄天物，你会惜时惜物，珍爱一切。

透过窗，可以望见街道对面漆成或白或蓝或各色相间的别墅。那天早上凯恩斯一直有雨。雨水的凉气透过廊道沁入餐厅，让人觉得快意。这时端上一杯咖啡，慢慢地啜，细细地品。品咖啡，更可以品澳大利亚、凯恩斯、Cairns Queen slander，也更可以品人生的况味与真谛。我们生活在地球上，来人世走一回，不应该有个休憩，有个调整，有顿像如此这般的早餐？

在太行山上

那年飞内蒙古去包头，我坐在飞机的舷窗旁，喜欢看那无边无际白色的云，看那湛蓝的天，体味那一种飞天的感觉。尽管飞了无数次，但只要有机会临近舷窗便要如此这般感受一番。

那天，我感到飞机在爬高。透过舷窗看见底下云波似海，山色青黛，如汪洋中点点座座的岛屿。忽而大悟，这是在太行山上。

我的脑际顿时闪现曾去过的云台山、王屋山诸多太行山脉的分支。那是"高万仞"，须仰视的巍峨的高山啊！我的眼前又呈现电影《红旗渠》的场景：崇山峻岭之中一条如带而闪光的清渠，渠水清清汩汩；高山峭壁之上腰缠粗绳，苍劲有力的糙手手持钢钎铁锤，凿岩开渠，身后苍鹰展翅翱翔，发出凄厉悠长的鸣叫。我的耳畔立马响起："红日照遍了东方，自由之神在纵情歌唱，千山万壑铜壁铁墙，抗日的烽火燃烧在太行山……"歌声高亢、辽阔、激昂，与山相谐相和；"劈开太行山，漳河入水来……"歌声自信、激越、响亮，凌山而弥散传播。一种历史的交错替代，一种感觉的闪回重现，那种感受是无法言语的。

飞机翼下是气势磅礴的太行群山，机上俯视是一览无余的大场景：气势宏大的云海，浑莽壮阔；底下一定是沟壑纵横，烟岚雾霭，峡谷幽深，林木葱茏，刀削斧砍，岩崖陡峭。我曾在豫晋交界处久久仰视那巍峨壮观绵延不绝的太行山脉：这里的峰、峦、柱、崖，或蜿蜒，或层叠，或交错；这里的云雾，似云非云，似雾非雾，浓淡虚实，扑朔迷离地在无声中突然翻滚，扑腾，聚合，离散。

在山脚下你会感到峡谷气势如虹，峭壁顶风傲骨，山脊似铮铮铁骨。可是你在太行山上空的飞机里，透过舷窗俯视，峰峦渺小，烟云笼罩，万籁俱寂。其实任何事物都是一个理，当你改变了视角，所看到的事物就不一样了。

太行烟云笼罩水墨般的画面也好，峡谷中涤荡人心的流水也罢；从上看太行也好，或是从下看太行也罢，感知太行的上上下下，山山水水，其实最好莫过于寻找自我，认识自我，体会一种自我心灵的慰藉，这才会与太行的神髓契合。因为改变的不仅仅是角度与路径，还有心境。

"郑声淫"辩

到河南郑州，去农业路8号的河南博物院一观。河南是文化大省，河南博物院是中原腹地最大的文物收藏、保护、研究、展示中心。其建筑气势雄浑，取九鼎定中原之寓意，充分体现了源远流长、博大精深的中原文化特征。此次我有幸碰巧听到了华夏古乐。

华夏古乐的演奏，首先是文物考古工作者将出土的古编钟、古磬、古琴、古瑟、古竽、古筝、古缶、古埙、古笛研究复制，而后由河南师范大学的艺术系反复研讨琢磨这些古乐器、古乐谱。经过长时间的不懈努力终于将古乐器配器开发成乐，演奏中原古曲。

今日我们坐在博物院的演奏厅里，就可以从婉畅的乐曲中品味中原史前先民草莽的笛声，夏商王宫女乐的唱和，郑国城内歌钟的悠扬，桑间濮上士女的欢唱，信阳楚王城的鼓声，丹江岸边王子王孙的钟乐。以史做证，以物为鉴，这里奏响的是上古华夏民族的心灵之声。特别是演奏的《郑风·子衿》，音调和缓、缠绵、婉曲，音中饱含着惆怅、幽急、思念。声调入耳入心入神，音曲绕梁，回思无限。前面仿佛有窈窕少女，满脸焦灼，满心企盼，满眼渴求；耳畔回荡少女的哀怨："青青子衿，悠悠我心，纵我不往，子宁不嗣音？"但孔子却说了一声："郑声淫。"淫为何物？《诗经》中的"郑风"无非"野有蔓草"或"风雨"之类，无非就是少男少女们对情怀的述说。两情相悦，衷肠互倾，卿卿我我，难道非要大吼大叫不成？郑风郑声，无非情歌情词情音，靡靡绵绵，风雨凄凄潇潇如晦，哀哀怨怨。情人有诉不尽的分离之苦，一日不见如隔三秋，"清扬婉兮，邂逅相遇，适我愿兮"。

孔先生说这话不知为何故，但我觉得，有违人情人性。郑风郑声就是经过文物与文化工作者的努力复原，今日听来我还感到入声入耳入心入情，大有"此声只应天上有，人间难得几回闻"的感触。与今日的流行情歌、通俗音乐相比，一个是天上，一个是地下，那是阳春白雪之于下里巴人，高贵典雅之于粗俗鄙陋了。那种淋漓尽致的心理用音乐完美表现出来，这就是民族艺术的魅力所在。郑声郑风之淫让人沉溺其间而不能自拔，是"溺音"是"淫声"，倒过来说这正是郑声郑风的魅力所在。此声此风淫而不荡，少男少女们乐此不疲，愿为此歌唱，愿为此倾倒，民心所向，孔老夫子何出此言？腐儒多事！

在此，我从内心向这些能复古还原的考古文物工作者与倾心研究古乐的艺术家致敬。否则我们永远听不到这天籁之音，否则我们一直会相信老先生一句"郑声淫"。

第二辑　乱弹理财

心中要有投资者

前不久,"上证风云榜"2007首届中国精英理财师出炉了。这次活动可圈可点之处不少,于笔者而言,作为一个微不足道的投资者的角色有幸成为这次投资者评委。投资者评委计十人,作为五分之一的评判分,计入参加决赛的"上证风云榜"2007首届中国精英理财师总分中。这是"上证风云榜"组织者眼中有投资者,由经典理论型的评判走向更务实、更人性化理财的开端。

理财师的角色是改革开放后,特别是金融资本市场开放后随着人民生活水平的提高、温饱了手中有钱了、有了理财概念后出现的。是广大民众分享金融资本改革开放成果的最直接最具体最形象的体现。理财师固然需要精通专业知识、科学知识,这更多是在评判精英理财师作为金融专家的专业性。但这些"上证风云榜"2007首届中国精英理财师的参赛者还需要体现理财规划的实用性。真正体会社会经济金融风云的是最广大的芸芸众生,是最基本的社会公民,由是理财投资的实用性于小民而言就是家庭风云,社会经济风云。

理财规划的实用性,首先体现在理财对象的年龄、工作、收入、需求目标、经济基础、家庭构成成员的种种不同。理财师不能一概而论,用一把尺子去衡量,用书本理论去应对。作为精英的理财师一定要会量体裁衣,式样一定要因性别、因年龄、因趣好而异。社会上中小投资者到银行去咨询理财感受最深就这一点,评判组织者充分考虑到投资者评委的意见。

其次,利益最大化是最切实的事。既要保证资金的基本安全又要收益最大化,似乎这是悖论。然而精英的理财师就是要将二者的矛盾统一起来,这就是投资者将资金投向你的理由。作为品牌的精英理财师应该也必须尽力将两个对立面精心巧妙地剪裁,财尽其利,物尽其用，发挥最大效用。这是广大投资者希望看到的，也是"上证风云榜"组织者所想的。

再次，理财师的亲和力。投资理财本是高兴之事，无非是想钱生钱。投资者无非想"生财有道"，是冲着银行的"道"而去，不是想热面孔去贴冷屁股的。而此道偏偏有不少银行有店大欺客之嫌。《沙家浜》中阿庆嫂有句唱词"来的都是客，全凭嘴一张"，其实这嘴上的功夫全是理财师心里的体现。一个眼神，一个笑容，一个手势，一句话语是理财师的全部素质的外显，内里却需要理财师多年的修炼，包括所有的科学、专业、人文、心理等知识的综合转化。与演员一样，"台上一分钟，台下十年功"。理财师的亲和力绝不只是堆上笑容，而是对客户，对投资者的自信、从容。

从捐助看商道

最近万科王石捐助汶川，无论在网络博客上还是在媒体报刊中都沸沸扬扬。褒者不多，贬者不少。某报《捐赠溢价值几何？》一文比较中肯：捐赠"自愿的道理大家都懂，量力而行，1元和1亿元都是心意，但在非常的灾难面前，若有大力却只出小力，捐多捐少确实不一样"。其后万科5月20日宣布以1亿元资金参加灾后重建。5月21日王石在灾区绵竹现场开口道歉。应该说王石的态度还是可取的。

"君子爱财，取之有道"是商家行商的准则。此道既是指取财获利的途径要正，要合乎法律、规范、规律，更是要合大道大义，要承担企业的社会责任。从这个角度看商道，取与用是一个理，用也要合理合情合礼合仪。《左传》云："所谓道，忠于民而信于神也。"企业反哺社会，反哺民众，获取信任，获取民心，才能得商道之天下。这点"王老吉"就做得漂亮，以致捐赠1亿元获得企业利益的最大化，以致网络上流行起新段子："以后喝王老吉（捐款1亿元），存钱到工商（捐8 726万元），还是用移动（5 820万元），买电器到苏宁（5 000万元）……"就连笔者也为之感染，到"华联"提了两箱"王老吉"，以示支持。从这样的角度看，商道即人道人心。古人说："凡道，无根无茎，无叶无花，万物以生，万物以成，命之曰道。"大爱无言，人心无言但有向背，成商业者亦人心也！《大宗师》说得再明白不过了："夫道，有情有信，无为无形，可传而不可受，可得而不可见。"尽管芸芸众生，百姓百性，但大是大非，心中明了，取向清晰，这还要口传言说吗？

从"在商言商"的角度看王石在博客中所言："万科对集团内部慈善的募捐活动中，有条提示：每次募捐，普通员工的捐款以10元为限。其意就是不要因慈善成为负担。"可能有些许道理。但这次是大地震，是非常事件，不是往日常规的救济。国歌中唱道"中华民族到了最危险的时候"，目前虽然不是最危险的时候，但应该说是最困难的时候了。是每个人尽力尽职，匹夫有责的时候了。王石说这样的话当然不合时宜，不很聪明了。国与家，互为依存，那么，商家与国家呢？商与家呢？从骨子里讲，万科的企业文化值得反思，万科的商道也值得反思，这有益于万科今后的发展与壮大。

人说"商场如战场"，商场再怎么理性或者说冷酷，商道还是要人去操作运行，商场无情人有情；人是最根本最重要的，试想没有人情味的企业文化能在如今社会立足吗？在商场面临更大的社会层面时，小道也必须服从大道了。

"沧海横流方显英雄本色""疾风知劲草"，危急时刻正是塑造企业品牌的最大商机。社会效益从某种程度而言，是与经济效益相辅相成的，可能仅仅是时间差异而已。企业的良好形象是最大的无形资产，这就是商道。

商家（企业家）可知否？

房市销售之乱象

　　4月24日，上海某地的"天山华庭"开盘发售，笔者也在24日接到售楼先生的电话，要我马上带上房价三分之一的资金前往。尽管我在上班，但是立马请了假，打的前往，但是已经排了200余人。正如《东方早报》与《劳动报》记者所报道的那样，真正买房者，是买不到房的。前面全是农民工在"站岗"，每岗3 000元，甚至更高的价。更有甚者，只要出价8万元就可以直接去挑房。秩序混乱，警察到场维护秩序。秩序混乱的本质是房产销售的不规范，视法规如同儿戏，缺乏约束力度。我真为设计的制度感到悲哀。

　　房价本来已经成为普通老百姓的沉重负担；100多万元的一套房，已经使购房者有壮士断臂的感觉了，已经足以使一个家庭做房奴了；然而目下房产销售商为在销售环节多刮购房者的膏脂，不惜使出了毒招，玩出了种种虚假。售楼小姐与先生，为了"增收"而不惜内外勾结，玩弄手段。部分房产中介搜索房源，心目中没有诚信，没有道德，完全到了从佛像身上刮金，白鹤体上刮油，蚊子身上刮肉的地步了。金钱完全腐蚀了人们的良知。一套100万元的房子加上8万元的所谓中介费，让买者如何吃得消？监管部门总不到位，总诉说种种困难。那么百姓的利益就可以在这种或那种理由下被剥夺，被削减吗？芸芸苍生之苦，有时真的哭诉无门。幸有媒体揭露报道，已引起有关部门的关注了。

　　规范房产销售市场秩序的本身，首先应该体现"以民为本""代表最广大人民群众的利益"，有关管理部门一定要用心采取对策，每条措施皆关民情。其次，要规范有关房产销售商的举措、动作；对售楼人员的操作要用法律去规范，因为这不仅仅是职业的操守与道德问题了。此水不清，对社会的污染，对民众情绪的影响仍将继续；此洞不补，国家政府再多的投资与努力都无法填平这个窟窿。

　　"天山华庭"的房产销售可能是个案，但绝不是仅有的一例。这种情况以前在售楼的过程中已经出现过，今后可能还会出现。目下"天山华庭"仅仅是沾了小户型的光，沾了总价较低的光，适应了市场的需求。那么从这个角度出发，我们的开发商是否也应该多设计与建造如"天山华庭"的房型，以解市场之渴呢？

股市基金又一态

最近股市基金"新高""天量"不再是新闻。在牛市的大背景下,尽管有震荡,但入市资金如潮涌,抵挡不住大潮冲刷,倒进去水多,放出去水少,水涨成了必然。仅以4月9日为例,沪深两市新开A股账户达到创纪录的18.8万户。次日这个数据上升为19.5万户,加上B股账户和封闭式基金账户,当日投资者新增开户总数达到8 845.22万户。于是在一个又一个家庭间演绎了一个又一个故事。

人说人生有百态,如今股民基民亦百心百态。那各种不同的心态、不同的看法、不同的思维方式,在朋友同事之间、家庭之间、夫妻之间、父子之间、母女之间不同的经历、不同的角度、不同的年龄、不同的入市资金形成了差异、矛盾、冲突。

老股民因为过去深套,好不容易解脱,看看如今入市者红旗飘飘,心中有说不出的滋味;得益者数着钱,得意忘形,吆喝请客,与之形成的落差,难免心中泛酸,说话也难免带有醋味。得益者不照顾别人的情绪感受,还要讥讽几句,自我炫耀一番,于是风雨骤降,翻脸无情者有之。人说上阵父子兵,父子合伙炒股再好不过,可老爸谨慎,小胜即收,能保值,略有增值即可;而儿子远瞩,新知新论,看好行情,韬略得手,长袖善舞。父子观点不合,只能和和气气,分道扬镳,于是各自理财投资者有之。夫妻和瑟,同心同德,生活了一辈子,如今也去湿湿水,拿出积蓄买股票买基金,丈夫操作,妻子关心;然妻子过度关切,一会儿要抛,一会儿不抛,一会儿要进,再坚的定力也会摇动,况且是夫妻多年积蓄,资金积累不易,一旦失手,压力重大,养老不保,谁堪责任?丈夫不胜其烦,于是偃旗息鼓,清理门户者有之。目下办公室谈股票基金大有人在,甲朋友说内线消息保密文件如何如何,要大家注意买进;乙朋友说某券商,某操盘手的秘密,要大家抛这买那;丙朋友说某基金有仓鼠,某上市公司高管调动出问题了。小道消息盛行,流言沸沸,人心惶惶者有之。

在股市基金面前,如同人在"哈哈镜"面前,或说在魔镜面前一般,显形显像显面显态。此文为投身股市基金者鉴。

股市有几比

股市好有几比。

在历史教授眼中：2005年之前已经走过了小国寡民，列国纷争的时代。而后，到了春秋五霸战国七雄的年月。炒作小盘股的时间已经过去了，现在是中石油、中石化、工商银行、中国银行、中国联通等大盘蓝筹股掌握话语权的时候了，股指上下全看它们的脸色，它们的走势就是大盘的行情，它们的涨跌会使股民兴奋或颓唐。

在数学先生的脑中：股市永远是三角函数中的波形图，永远是 $y=\sin x$。始终上上下下，曲曲折折，涨涨跌跌。那有规律的美丽的波形图构成了股市的分时图、K线图。有时尽管出现异样，但无碍函数图波形的永远恒久，也永远是最完美的"黄金分割"。

在哲学家的口中："人定胜天"的政治口号，不切合实际，它放大了人为的力量。犹如股市管理层对股市的调控政策，能一时左右股市的涨跌，但长久拗不过股市内在运行的规律。违反自然，逆叛物理，自会强烈震荡，最终还要返璞归真。月有阴晴圆缺，人有悲欢离合，红红绿绿，涨涨跌跌，永远相反相对，相辅相成，对立统一。

在语文教师的嘴中：股市3000点之前好比语文试卷的阅读题，都是零星的小分且要仔细阅读，细细分辨，谨慎小心，得分亦难亦易，全在自己的感觉把握。3000点之后好比作文题，天马行空，想象无限，但无视管理层的警示犹如不听老师教导，审题不切，偏题跑题，结果套牢，考试不及格。于股民而言是放血割肉，要心痛肉麻了。

无论何种比喻，戏说而已。作为股市投资者需要看透、放下、自在、随缘了。阿弥陀佛！

第二个房客

买了新房后,我就将广远新村那1958年造的15平方米一室户租了出去。先是租给一对来沪求职的大学生,每月500元。后来他们工作找在徐家汇附近,就结束了租赁。

我的广远新村对门邻居张蓉得知后和颜悦色地对我说:"我们下岗在家,开了一个小店,货物没有地方可放;儿子现在已读职校,人大了,住在一起也有诸多不便。你是否能照顾我们,把房子租给我,租金再便宜一点。"我望着她,如同弥勒佛那满脸的堆笑,脸部的每条肌肉都舒展开了,眼睛充满了真诚。我想助人为乐,帮人一把胜造七级浮屠。尽管是商品社会,但人的同情心还在,人心还存。就减了50元,订了一份合同。

不久,居委会李主任打电话给我,说我的邻居在开棋牌室,要我与他们说一下,应约束在合同范围之内。我电话过去,张蓉听了火上来了:"啥人瞎讲,我开了小店空着,有两个朋友来搓搓麻将,怎么想象力那么丰富?不相信侬过来看好了!"张蓉的话在理,居委会的话也不会瞎讲,我又没有空,事情就这么拖了下来。每三个月我去收一次房租,看看是有人搓麻将,张蓉在一边看着,张蓉说:"这些都是我的朋友,姊妹弟兄。"他们都点点头,我也无话可说。房就这样继续租下去。

合同到期后,我考虑到自己要换房,缺钱的话,我就打算将这套房卖了,于是就和张蓉订了一份补充合同,其中一条"房东要出售时,请房客在三天之内迁出搬清"。并再三明言,要协助看房的中介。当时挂牌18万元,我先征求过张蓉,是否要买,她表示没有这么多钱。然而我每次问及出售情况,看房的中介与买房者总反映,房子有诸多的问题,甚至有一个中介说:"你与邻居的关系如何?每次我们去,伊总说这房子下大雨要进水,伊的吃相太吓人了!谁敢与这样的人做邻居?"大雨进水是有过那么一回,可控江路建了水泵站后再也没有过。一日,我去收房租,邻居阿王对我说:"张蓉是不想你把房子卖掉——""哦,原来这些都是她的招数。"我明白了。她的如意算盘是：我租你的房，每月租金450元。但是我将麻将台出租，上午10元，每人2.5元；下午10元；晚上15元，这样每天收入达35元。一个月1 050元，付掉房租还有600元的盈利。这样算来，她自然不乐意我把房子出售。症结找到了，问题却也不容易解决。

　　我再次找到她，对她摊了底。她的面孔极难看，阴沉着，板着。脸上的横肉，似乎都在给我看她的不满，眼睛盯着我，眼光凶凶的，老半天才憋出一句："侬收了我一个季度的房钱，就是合同，我要租满。再说要我找房子，我找不到怎么办？"要命的是：我已将房子托中介以18万元卖给了一个返沪老知青。如果我到期交不出空房，违约的是我。张蓉的话也不无道理。当然我很明白，这事用钱一定能摆平。可我冒出了一句："张蓉，侬想想我待侬不错的，过去我租给别人500，给你450，两年多下来，你也省了1 000多元了。""侬心价好？我每个月都付你房租的！侬心好的话，就让我白租。"她马上恶狠狠地反击。最后找了居委会，我还要息事宁人，还是付了她400元补偿。当然与违约金相比，我感到还值。

　　这是我的第二个房客。我再也不会有房客了，出租房屋的事到此结束。

横下来，竖起来

同事阿王复旦数学系毕业，精于数术。2004年入股市，当年3月以每股7.2元的价格买入锦龙（000712）一万股。两个月来股票价格渐行渐低，如同温水煮青蛙，把希望一分一分蒸发，自己思绪浸沉在忐忑不安的痛苦之中，失望一成一成沉淀。结果，阿王在6元果断割肉。2007年1月此股市价跌至3元，惨不忍睹。阿王庆幸自己逃得早，割肉当然痛，如同壮士断臂。但避免了更大的损失，虽痛犹荣。随他一同吃进一万股的蓝永年却套死了，蓝永年一贯"神之胡之"，虽然郁闷，但也无奈。不料一月以后，股市大涨，一同疯牛。跌跌撞撞，一直飙升到43元。现在"除权"后，依然在22.04元盘整（相当于44元左右）。阿王反而蒙了，先是套牢后是踏空，蓝永年却赚了个盆满钵满。

同样的股票阿王做过辽宁成大（600739），2004年4月以每股10.20元买进2万股，两个月后跌至7.40元，割肉。2005年4月跌至3元左右，2007年冲至77元，目前在52元左右徘徊。

屡战屡败的阿王，却屡败屡战，勇气可嘉。2006年又以每股5元的股价买进了一万股冠农（600251），结果涨涨跌跌中，持平卖出。2007年2月涨至19.44元，12月达到54.6元。

谈起这些，阿王对股票是又恨又爱。如果你想发展，资本市场有极大的空间；但是一旦不慎套牢，风险的煎熬，不是每个人都能承受。充满希望入市，股市日跌，如同硝镪水蚀心，钝刀子割肉，切肤之痛犹刺心捅肺，捣腑搅肠，日日带来的是失望。一年，两年，三年，心同冰霜，世上有几个能熬？大多扛不住而绝望，割肉就跑。而面对涨势，欲望益高，结果套牢。套牢与踏空同样痛苦，因为看到希望，有了机会你没能把握。所以股市每每提醒：股市有风险，入市须谨慎。没有很好的心态还是远离为好。这是从阿王的故事中得到的体会之一。

新浪基金有一句广告语："静看跌荡浮涨，于高远处收获高远。"从上述案例看，完全验证了这句话。股市中不是说"横下来有多长，竖起来有多高"？那么倒过来说，"竖起来有多高，横下来有多长"了。价值的本身即使被低估了，总有回归的一天；同理，虚估的价值总有理性调整的一天。"几年不涨，一涨吃三年"；同理涨得过多，也需要时间来补偿，空间需要时间来交换的。由此可见股市中需要定力。要耐心持股，要"捂得牢"，"短线是银，长线是金"，那么相信一定会"东方红，太阳升"。此为体会二。

当阿王割肉自庆及时，蓝永年套牢郁闷之时，谁会想到来了个咸鱼大翻生？谁会想象到后面有如此巨大丰厚的收益？在股市中博弈的是心态与幻想。股市中什么都可能发生，这是一个充满幻想的市场。2007年年初，有人预言股市要达5000点已经是梦呓疯话了，谁知红旗跃过6000点。这是第三点体会。

当你抽身退步之时，你才会有"一览众山小"的感慨。阿王三战股市，带着爱与恨拜拜了。这是他讲给我听的故事与体会，转述各位，为警为戒为训。

换个角度谈"势利"

一谈到"势利",世人的头脑马上反应出贬义,"势利眼""唯利是图",甚至是白居易《琵琶行》中的"商人重利轻别离,前月浮梁买茶去"。其实这是对"势利"的曲解,纯是从所谓"义"与"情"的角度来看"利"未免偏颇。

先贤说:"君子爱财,取之有道。"此"道"就是要"势利"。势利势利有势才有利。这"势"就是民众需求,经济走向,社会背景。简单举例:战争时期,房产下跌,粮食上涨。"利"就在此"势"中,能在战前抛房买粮必获利。大千世界,纷乱复杂,你能看清"势"而获"利",确实是了不起的"势利眼"。就浙商而言,历史上就不乏其人,陆贽、叶适、陈亮、沈万三、胡雪岩等便是。现在在世界经济一体化的大潮下,我们要在世界经济争得一席之地,不能没有"势利眼",而且要有一大批的"势利眼"和不断培养"势利眼"。唯此,小而言之能当家理财;大而言之能民富国强。否则应了古言"既无功利,则道义者乃无用之虚语尔"。"富强"者,有富才强,先富而后强,富为强之本。历史上没有桑弘羊势利造就的强大财力就没有汉武帝。按现在的话说,就是经济发展了才能有更多更大的力量去实现科技、军事的现代化,才能在世界上有更响亮的发言权。国如此,家亦然。

"势利"的含义还包括"避害趋利"。明知不可为,明知有害有凶就应该躲避绕开。"势利趋利"的同时与风险并存,利大风险也大。"唯利是图"是目标,过程就是不断地"避害趋利"。这正如航行中需要不断地躲避风暴,绕开暗礁一样。在商言商,在经济社会中言经济,在不触犯"道"(法律与道德)的前提下,"唯利是图"没有什么不对。从这个角度讲,不"唯利是图"就是不讲究经济规律、不讲究经济效益,这才是不可取与不可为的。

至于白居易《琵琶行》中的"商人重利轻别离,前月浮梁买茶去"一句,纯粹是从"情"角度来看的。白居易自己在评述商人时也曾说:"苟利之所在,虽水火蹈焉,虽白刃冒焉。"既然如此,"商人重利"是必然，是敬业。商人不是白先生，白先生降职好歹还是个"司马"，有官俸工资，可以浅酌低吟，应酬答对。可商人要养家糊口，否则琵琶女为何"老大嫁作商人妇"，无非傍大款后有个依靠。蹈水火，冒白刃就是"势利趋利"的风险，琵琶女可以不知，白居易不可以不知。商人势利，琵琶女也势利，白居易更势利，只是此利非那利罢了。

牢骚太盛防肠断

6月10日A股从3329点狂泄257点,以3072点收盘,如果股市有地震的话,10日狂跌,不下于八级地震。自从4月24日印花税调低与大小非解禁受到限制以来,到6月10日银行存款准备金率上调1%而股市大跌,K线图上构成了一个孤岛的形态。股市弥漫着悲观失望的气氛,股民心情压抑郁闷烦躁。网上、手机上流行各种段子歌谣,有曰:"进去人牵狗,出来狗牵人。"又曰:"进去姚明,出来潘长江;进去蟒蛇,出来蚯蚓;鳄鱼进去,壁虎出来;老虎进去,猫儿出来",等等。

笔者曾从5500点成功逃顶,但看到跌至4500点,其间落差1000点心动了,贪欲陡升,又携资金反身杀入,想反手做多。随即跌至3500点,又再次入场,自以为抄底成功,想摊薄4500点的成本,结果被深套至今,动弹不得。4月24日上证综指跌至2990点,心情郁闷难过是必然,也正常。想想现在投资基金是亏,投资QDII也是折损,放在银行与CPI相比是负利率,放在何处呀?如此这般还是入市一搏。资本市场凶险异常,被套被揩被刨被剥屡见不鲜。何况我们的资本市场还很脆弱,制度还不完善,大鳄正张着血盆大口呢!中小股民现时发发牢骚,宣泄宣泄郁闷烦躁也无妨,但也必须正视现实。

目前的现实是:这种情况要持续一段时间。因为国际上粮食与石油价格上涨,在短时间内不会回落;美元贬值。国内正处于经济紧缩调整期;从一月开始南方遇到雪灾,接着汶川大地震,近日南方又遭暴雨水灾袭击;CPI又居高不下。这些因素的存在,不能说基本经济层面不受到影响,不能说股市不受到影响。现在我们更能理解温家宝总理年初说的"今年是最困难的一年"这句话了。可我们有些经济学家无视现实,误导股民,一边在喋喋不休争论着牛市熊市,一边股市在跌跌不休,这还要讲吗?

我们在无法改观现实的情况下,只能调整自己的心态了。记得中石油从46元跌至23元时,上海"股神""某百万"买进,紧接着中石油又跌至20元左右,有人在博客上讽喻"某百万"成了杨白劳。倒是"某百万"哂然一笑,说:"那是给我孙子的。"这句话既说明他是长期投资,不以一时得失为然;也表明他有一个很好的心态与投资素质,且有远瞻。发改委说了石油暂不调价,注意用了一个"暂"字,有朝一日无"暂"字之时,谁还敢笑话"某百万"?我的意思是:我们在最黑暗的时候选择放弃投资显然是缺乏理性的,放弃了就不再有机会了。此为其一。

其二,股市股民仿佛有唱不完的歌。毛泽东曾和柳亚子先生的诗:"牢骚太盛防肠断""莫道昆明池水浅,观鱼胜过富春江"。投资心态一定要豁达洒脱,老纠缠于一得一失一事一情,久忧伤身呀。俗话说"身体是革命的本钱",以人为本,以健康为中心。以此来衡量,为股市一意而过度劳神,老是耿耿于怀就大为不必。苏辙在《黄州快哉亭记》中说"不以物伤性",就是此理此义。由此要随缘,要悟得些禅意才好。其实说得通俗些,留得青山在不愁没柴烧。困难总有过去的时候。更何况,三五年后你知道股市又怎样?

"老军"的投资战略

老军是办公室的头儿,安徽人。参军读军校当兵,后任连长、营长。他不姓"军",姓"钱",名伯晓,我们戏称他为"老军"。过去他从来不沾投资炒股,总说"弄那玩意儿干啥"?如今复员当了平头百姓,看到别人炒股很热闹,他也就随行入市了。

俗话说:"商场如战场,商道如兵道。"投资理财也要讲究"战略"。老军深谙此道。

去年上半年,"老军"进入股市狠狠赚了投资额的100%,结果"5·30"当头一棒,抹去了账面上的一大半。好在入市早,没有跌到根里,没有割自己肉,放自家血。其间抄底补差,低吸高抛,波段操作,摊薄成本,不足道也。盘算下来盈利正好50%,想想也不错了。

但股市风险之凶恶,可见、可点、可圈、可评了。事后虽有惊无险,但如此风风雨雨,我辈无时间、无能耐承受,况且鸡蛋不能放在一个篮子里,一家一当不能只投资在A股里。老军体悟到家庭投资应该要有一个大的决策与规划,至少应该能用粗线条勾画出一个大概。

一日"老军"道:"我现在必须从A股突围,跳到圈外作战,如解放战争时期中原野战军千里挺进大别山。A股围剿我,我就跳到外线作战。我将原本的血汗钱做分流投资。考虑到香港股市比较成熟,国有企业比较熟悉,因此30%资金流到香港做H股,做风险投资。当时建行每股为4.6港元。以后经历了美国次级债券市场的风波,虽我也提心吊胆,但经历过了"5·30"后,对风险的承受能力增强了。如此,风风雨雨直到十一月,当建行股价为7.6港元时,我说:'现在应该收兵了!'于是果断收回,得益率为66%。原本预期是50%,应该大喜。尽管以后建行港股涨到8元多,阿王嘲我心太急,老沈倒是说:'比10%强多了。'我说:'暴利,这不是我等小民所赚。我积小胜为大胜呀!'"

另外70%的资金老军进入A股,但再也不敢涉足二级市场,绝大部分作为安全投资去打新股。目前手中还持有"中国远洋""神华""西部矿业""中石油""人寿"等。"中石油"以 48.60 元高开。他也没跑,结果连续跌至 30.26 元。打算长期持股,相信大盘蓝筹股的业绩。尽管目前打中的新股与最高时的价比已揩去 40%,但老军无怨无悔,说:"有利就行。有话道'你可能跑不过刘翔,但一定要跑赢 CPI'。跑赢 CPI 能不高兴吗?"于是我们又叫"钱伯皖"谐音为"钱百万"了。

至于"战术"上的种种,是需要时间去操作。"老军"在上班,无时无暇,"战术"屡屡失去机缘。别人嘲他,他却说:"这样更显得家庭投资战略决策的重要了。"

以上只不过是"老军"今年的投资"战略"。"你明年投资战略如何?"我们问"老军"。"老军"侃侃而论,某银行广告说"山因势变,水因时变,人因思变",则更需要根据"势"来变"思",以"思"适"势"。比如中央经济工作会议后,要根据中国大的经济走势,度势而为;又比如,股市风险可投资于"中小创业板块"。只能因势度量,因势而变。所谓"识时务者为俊杰",就是此理。战略决策的重要,其本质在于长远,出发点在于投资重于投机,稳妥而行,把握大局,领先布局自己家庭投资理财的战略规划。家中有一点战略不会变,就是风险投资与稳健投资的比例依旧为 3∶7。

"你的详尽战略呢?也供我们大家发财参考参考。"我们都渴望着。"至于我自己的详细战略,那是军事秘密。"老军神秘地眨了眨眼。

理财要有理念

社会发展了,小民百姓手中有了点钱,便跃跃欲试了,便想投资理财了,我就是其中一个。可我是一个中学语文教师,既没有学习过金融,又没有研究过财会,何以理财投资?可是,我深知:兵有兵法,商有商道,天象百门,技艺各异,万变不离其宗,理是一个。犹如到太阳山背金子,贪心必不得,最糟还要被太阳烧死。因此凡事最忌"贪"。投资理财当然也最忌心理价位高,做事"急吼吼","胃口大"。大事做不来,小事又不做。

前几年股市牛气冲天,众人都涌向证券所,我心也痒痒,但手头都是血汗钱,把钱投到一个虚幻空影的股市,我心头不踏实。妻子催促,儿子提醒,才拿出三分之一的资金投到股海,稍有进账就收盘,金盆洗手。"知足者常乐",够了,咱不贪。如今股市不断下挫,妻子说"股票现在买不得,做涨不做跌",儿子说"现在进股市是憨大"。"挑战与机遇并存",越是谷底风险越小,我就拿出过去赚的股票钱又去买了股票。这不是"肉里分",即使跌得一分不值,权当我没赚,也算是义举,救股市。做一次憨大也无妨,心平如此,鬼神今后定会降福。现在买了股票,放他个三年五年又何妨?放他个五年七年又怎样?做个长期投资,犹如品茶、饮咖啡,个中的投资理财滋味,精神愉悦,慢慢感觉,细细体会。贪得定是犹如解渴牛饮,何有滋味可言?个人理财投资如此。企业、国资、金融的老总,为公心想,做大做强,没错。但急于求成,贪功求誉,也往往事倍功半,应了俗话"吃力不讨好"。客气点说,这叫理财无理念。言重点就是不按客观规律办事。为私心而贪那是犯罪犯法,如王雪冰、张恩照就是。

因此,在风云变幻莫测的证券交易所、商场,应该也必须以简驭繁,以一驭百,以一种基本思想,一种稳定心态,一种确立理念去统领。那样,你的战略、你的计划、你走的每一步才会落到实处,你的每一步才不会乱,就会该收盘时就收盘,该出手时就出手。这样,你就会做稳做实,思路才会清晰,才不会被杂乱芜繁,五花十色的表象所蒙蔽诱惑，也不会人云亦云，盲目随众跟风。这样，你才会在投资理财中游刃有余，左右逢源。即使身处逆境，落在谷底也会"豁然开朗"，而"柳暗花明又一村"了，这是因为你有了理念就有了信念。以国为商，吕不韦就是；以权为商，胡雪岩就是；以商为商，朱陶公就是。

天行其道，人总是避害趋利，理财的理念就是此利器。小民百姓理财投资中，能读点书，悟得一点心得，能懂得其中一二，不以其小而不为，不敢下海但也能湿湿水，发点小财也就可以了。此不亦乐乎？

理才亦理财

我们先来算一笔账：甲、乙同一年毕业，甲高中毕业后参加工作，按照目前一般情况，每月工资 1 000 元，工作 7 年收入为 8.4 万元；乙大学本科毕业参加工作，按照目前一般情况，每月工资 2 000 元，工作 7 年收入为 16.8 万元，扣除 4 年读书生活费用 8 万。而且乙的后劲足，发展可持续。这样的结果显而易见，平头百姓谁都清楚明白。

因此社会的、经济的价值决定了人们的意识，因此就有如此多的人，要考大学，要在中学各个阶段请家教补课。除了"文革""读书无用"论外，中国自古以来就是如此。一句"书中自有黄金屋"就是明证。一例"范进中举"也是明证，现在讲的"人才是第一生产力""人才是财富"也是。可见理才亦理财，财富场即才智场。

养老保险是理财，培养子女更是理财。将子女抚养成人，要投入钱财、精神、方法、技巧、心血。你的产品是具体而有情感的人。老有所靠，老有所养，老了还有精神寄托与天伦之乐，中国从来就是这样。这样的理财要投入钱财，更要输入思想理念，忠孝悌仁。儒家的经商理财理念历来如此，这样的"养老保险"，才真正是从物质上、从精神上的保险，是双保险。现在的保险公司养老保险，只是从钱财物质上无情感因素的理财。如果光从物质钱财上"保险理才"，养大成人，有才无德。这样的保险也往往不保险，常常会财破人亡，定会坐吃山空。先要有思想，有理念，有文化。在这样的框架下，理才而育人，这样的人才，白手可以起家，失败可以再来，坐大不会忘小；敛财会有道，聚宝必有法，经商定有路；理财有艺，招数不断，推陈出新；富而有仁，繁而思根，和睦和谐。有才之人可以创造精神与物质的财富，可见理才比理财更胜一筹。清朝红顶商人胡雪岩在《胡庆余堂雪记主人集注》中深有感触地写道："尽者，尽其致用也；人者，英杰也，艺高能殊之才，乃商事之资本，故欲尽人，必先市人，若达尽人，须先励人，则英才可用，巨贾可成矣。"也就是此理。

古话说"才高八斗"，才能、才干、才识是能够量化的。这个衡量标准就是才与财的转化，要把精神化为物质。表面上钱财与文化互不相干，其实内里戚戚相关，刚才所举就是一例。表面上文化清高，钱财庸俗，其实扯不清，理还乱。没有钱财养育不了文化；没有文化钱财为无用之物，无骨之躯，无神之体。所以现在企业都有文化，经商理财不讲文化不行。从这个角度讲理财必先理才。这也就是目前各个单位张榜招贤纳才的初衷与目的了。这也就是社会尊重人才的缘由和道理了。

话又要说回来，理才不等于让孩子、学生一个劲地读书，读死书；也不等于文凭就是人才，文凭越高理财本领越高。前文已讲，理才德育为先。"三百六十行，行行出状元。"就"水饺"而言，亦才人辈出。"湾仔码头""大娘水饺""思念水饺"诸品牌就是人才的创造，理才的对象更应在社会、自然的大课堂中学习，实践，磨砺，提高。

大智若愚"孟老土"

孟长涌绰号老土,俗称孟老土。其人灰头土脸,相貌不扬,衣着平平,谈吐结巴。老土土得一听有火警水灾就要去看,哪怕是路远得要骑自行车;老土土得看报对哪里水管爆裂,哪里煤气泄露都一字不落地仔仔细细地去读。不管别人如何说他论他,老土总是眨着眼笑笑,呵呵一声罢了。

去年一家棉毛纺厂失火,火后这家厂原料与成品仓库火烧痕迹焦黑,水浇渍印斑驳,一片狼藉。孟老土走进火场,四遭看了一圈,东跺跺脚,西跺跺脚,就心知肚明了。作为正规厂家这些原料与成品确实已成废物,厂里为了尽快恢复生产走上正轨,厂长决定及时处理这批垃圾落脚货。孟老土凭着他的一副忠厚老实的土相,仅以帮助清场为代价就拥有了这批垃圾与落脚货的处置权。

第二天孟老土就组织一帮农民工将这批垃圾与落脚货运到近郊临时租用的场地,利用农村廉价劳动力进行处理:焦毛分拣出,未烧焦的进行翻晒,粗加工,再将此材料卖给毡厂、毯厂;好的分发加工成羊毛衫。棉纱类:最次的论斤称卖拆纱头回收给加工费,然后卖给机械厂;稍好的卖给小加工作坊;最好的经过整理打包仍作好价卖给了厂里。一个周期两个月下来,扣除七七八八的成本,老土赚了五十三万。

老土虽土,可他却善从落脚货里淘金,那么老土其实不土,只有他"才"能看到别人没看到之处,他跺跺脚,火烧处硬实,便"智"(知)"道"火着处没有烧透,这就是老土的过人之处,这就是老土的才智。也应了他的大名,他才智"长涌"。那么老土也算得上是个人物。且不管他是个大人物还是个小人物。

磨砺心态

股市绝对是个磨砺心态的场所，从某种程度上说：心态决定成败。

妻有个小阿姨和我、我弟弟三个都是在 18 元的时候买进了"莱钢"（600102），前段时间上证指数从 6000 点以上跌至 5600 点左右，"莱钢"也从 23 元跌到 18.6 元。小阿姨紧张了，只见要跌到肉里了，慌忙以 18 元的价格抛出，还打电话来说："幸亏抛了，否则要挖肉了。"其实她已经被挖了肉，起码损失的是交易手续等相关费用。弟弟他稳住心态，相信股市的基本面，相信在短时间内会反弹，不过他在电话里还拖了一句："阿哥，我心也太黑了点，其实有点赚，超过物价上涨指数就可以了。"我从不贪心，当"莱钢"在 22 元时，就全抛了，小赢怡心可人。股市能保值就够了，如此心态，就不可能有贪婪之念，恐慌之心。其实在小阿姨抛掉的第二天股市就反弹，第三天"莱钢"就又到了 19.9 元，结果她又吃进了"莱钢"。这正应了"给人打了左脸，又贴上去，给人打右脸"。

股市尽管磨砺你的心态，可是仍有一个基本面。国家发展，企业发展，物价提升，股市目前基本面是：指数往上走。但过度炒作、违规操作、提速过快，国家宏观面需要调整，这是一方面。另一面，股市、金融、经济还有其内在的规律，涨速过快也需要调整、充实，只有坚实了，才能跨出第二步。最近畅销的《货币战争》，也说明了这个道理。

作为个体的股民也确实应该不断接受教育，磨砺心态。首先是股市的震荡、涨跌给你现实的、活生生的教育。光理论的说教没用，只有血一般的教训，特别是割肉之痛，才会触及灵魂，才会铭记。当然血不要流得太多，肉也不要割得太多，有一个循序渐进的过程，否则容易影响稳定的金融格局。月有阴晴圆缺，人有悲欢离合，与任何事物的辩证关系一样，牛市也会要走到尽头，尽管不是在现在，但要有这样的意识。

"天下熙熙，皆为利来"，逐利，将资本最大化是资本市场的基本规律。作为一个心理成熟的投资者应该懂得些"战略"与哲理，有了这样的心态就经得起风霜剑戟的磨砺。是投资不是投机，要长远不要短视，需多用望远镜少用显微镜。心与利两者其实并不矛盾，只是要平衡与和谐，放大哪一个都不合适。笔者有一同事前些年炒股，恰逢熊市，亏了钱，又输了心态。过去一谈起股票就咬牙切齿，一经蛇咬，十年怕井绳，坚决金盆洗手；而今踏空同样痛苦万状，依旧耿耿于怀。此种心态再做股票也必将铩羽而归，这种心理是不会分享到金融市场的成果的。何也？心态坏也。

脑袋决定口袋

有位傅先生曾作一文发表在《上海金融报》,题为《理财思维很重要》,笔者亦有同感。傅先生提出"只有以理财目标为导向,才是理财应有的思维"。此言极是。笔者的体会是,商场如战场,也有思维战略。如果大的目标对,即使有一失一误也无妨;如果方向错了,再努力尽心扳回,再机关算尽,再讲究技术技巧,也无奈大势大局。

笔者上半年投资股票,收益当然上好,那不是投资技巧有多高,而是"势使之然"。5·30之后部分被套,待稍稍恢复,赶紧寻找出路,转移投资战略,寻求开辟新的战场。认真分析后决定:一路投资港股。因为"风传"H股回归,从方向目标上看有投资空间。付之行动后,在国庆后马上收手。一路打新股。因为新股是港股的部分回归,能在香港上市的股,质地肯定较好,而且打新股风险相对较小,资金安全。打中的新股要"捂"上一段时间。如广电融通(002152),新股价为16.88元,一直到91元才抛。其间当然有涨涨跌跌,我心不动,反正跌不到16.88元。且不可贪心非要到100元才走,所谓的"心理价位",中短期内是不可能到这个价位的。即使炒到,我不难过,绝没踏空之感,我已经赚了。为何事事求满?

我们大多数的投资者信息不对称,没有"先知先觉",但要有目标规划,要有战略安排。其实投资的风险全在于盲目。正如傅先生所说"眼红别人投资而决定跟进",要知道"跟进"的本身你已经慢了一拍,"跟进"的本身意味着盲目。别人苗头已经轧好,已经是"后知后觉"了,而你更在此后,是"木知木觉"了,理财思维滞后,决定了你再精也无用。理财思维的清晰,全在于能从文件与政策中知觉商机。虽然已是"后知后觉",但也不失许多机会。这才是理财的大智慧,大聪明。千万不要做貌似聪明的"小精怪"。

理财者要有哲思。有了哲思,容易步入傅先生所言的"理财的至高境界"与"理解理财的意义"。建议理财者多读点中国传统的古典经典作品,从中得到启发,以境外之心做境内之事。要有点儒雅,要有点思想。"儒将""儒商"比"武将""钱商"就是多了点文化哲思，多了点禅意境界，有一种举重若轻的感觉，有一种"谈笑间樯橹灰飞烟灭"的洒脱。有人会说："说说容易，做起来很难。"其实真的努力了也是能达到的。就是如此才会有境界与意义。

　　不是有话说"思路决定出路"吗？思路也就是思维。不是还有句话叫"脑袋决定口袋"吗？这里的脑袋其实还是思维。可见理财的脑袋与思路是理财的根本了。

牛眼看熊市

眼下股市，熊在咆哮，管理层却说是调整；而在网友股民的眼中是熊得厉害的熊市，是几近崩盘的熊市。数以亿万计的小小的股民损失无疑是大大的了，即使基金公司也是在割肉放血。如果用成语来形容，"哀鸿遍野"那也不为过。股评家都说越南的股市如何如何，其实我们的股市半斤八两，在民众的眼里只不过是五十步笑百步而已，贻笑大方。至于网上种种歌谣、打油诗是现实股市的反照，不足道也。

其实，与"人有悲欢离合，月有阴晴圆缺"一样，股市涨跌，熊牛转换，此为之道；横下来多长，竖起来多高，是铁律；"没有只涨不跌，也没有只跌不涨"是铁则。

与物质不灭定律相仿，过去对股价估值过高，目前又对股价估值偏低。当然有大大小小、内内外外的原因。股市本身就是社会经济的放大器与晴雨表。目前美国的次贷危机正在扩散；GDP增长下降；大小非压力依旧；上市公司利润增长预测堪忧；物价虽有小幅回落但持续高涨是大势，原油价格巨幅波动，经济形势欠佳不可能不对中国的经济与股市产生影响，只是现在还没有充分显现而已。

股市如同现时之秋，正渐入寒冬。要过九九才会迎来春的山花烂漫。那目前最需要的是"我们的同志在困难的时候要看到成绩，要看到光明，要提高我们的勇气"。雪莱说："If Winter comes, can Spring be far behind?"（冬到了，春还会远吗？）尽管现在是秋，但我们完全不妨用毛泽东他老人家的语录与雪莱的诗句自勉、自励、自慰，来平和我们的心态，来提振我们的信心，来预备我们的将来。那就叫"牛眼看熊市"。

"牛眼看熊市"的本质含义还在于我们希望看到：

管理层重视制度环境健全建设，要形成法治，不要人治。目前利好政策要延续持久，不要见红就收，元气未复，就要赶鸭子上架，就要股民背上沉重的十字架，能行吗？要增加上市公司的财报透明度与真实性，证监会要管束监督其财务与高管。比如中国平安投资富通集团238亿元，目前仅剩10亿元了，亏损幅度达95%以上，但其老总年薪在6 000万元以上，这能让投资者放心与有信心吗？制度环境健全建设就是要消除类似不合理的现象。

　　管理层要暂停新股发行，停止上市公司增发，要求上市公司轻融资重回报，提高融资门槛和硬条件，不要让市场供求失调，目前的市场不堪承受如此重压了。市场也需要休养生息，调整巩固充实提高的时间。当初中国平安要在A股增发总额达1 600亿元的超大额融资，一时在股民中产生巨大反响，不少股民与基金经理认为，平安有圈钱之嫌。超大的融资规模引起股市的恐慌，尽管平安一再表白澄清，但给股市带来的冲击与恶劣影响已经形成。从某种程度上说，这次熊市的导火索就是因为平安增发新股激发造成的。此类事件要引以为教训。

　　管理层要增加资金入市。中国的资本市场需要有强制的公司分红，要给投资者回报，要感到长期投资有利可图，不要像中国平安那种给人仅仅是圈钱的印象。股指大起大落，有害社会经济的发展。股指一年之间从6124点跌至1664点，确实令人咋舌，感到不可思议。扪心想想，中国的股民承受了多大的损失！安民安心，平安和顺，不要使中央"增加财产性的收入"沦为一句空话，还需要管理层做大量艰苦的工作，那将是功德无量的好事了。

　　如果这样，那么牛眼透过熊市必然会看到另一个牛市，那么光明在三五年之后，春就在三九之后了。黑暗不会很长，三九之后不会再有雪灾。

"心中无股"难矣

部分世人进入股市投机心太强。资金今日进,明日出;上午刚买进中卫国脉,下午又卖出莱钢,全然将"股市有风险,入市需谨慎"的警句扔在脑后。不听政策,不信证监会公布的预警却信黑嘴,信"大哥"。自己妄加猜测,随意发挥,放大小道;本身操作不当,怨天尤人,随之惶惶而不可终日,风吹草动而不知手足。其实这种人是用"投机的心态去做投资的事"。哪有不败之理?

传说某先生投入股市后因刑事而判三年,于是安心改造,当他放出之日,股价高涨到连他自己都不敢想象了。又传某女士买入股票若干后,因患绝症而与死神挣扎,待大病初愈,才有闲心,想起股票一事,当然是大大进账了。故事很俗很烂,但以时间换金钱的浅显的道理却是再明白不过了。他们有心投机,却因客观条件的变化做了投资的事儿。投机往往是急功近利,患短视;投资要有胆识,是理性,得远观。投机者希望一夜暴富,但暴富者有几?投资者如同"孤舟蓑笠翁",耐心独钓,何愁机会不来?何忧鱼儿不上钩?在投机者眼里股股重千金,故而心里贪婪与恐惧并存;投资者手中有万股,心中无一股。投机者为小人而常戚戚,投资者是君子而坦荡荡。投机与投资目标不同,心态不一,当然行为各异。眼光太近了,就只见尺内之事,寸内之利,如同古人所言:"井蛙不可以语于海者,拘于虚也;夏虫不可以语于冰者,笃于时也;曲士不可以语于道者,束于教也。"看来对投资者的投资教育不仅不可免,而且也将是长期的任务。

投机者的心态往往是:刚进入股市充满着激情希望,做着快速发财的黄金梦,将资金不顾一切投入。一旦出现如"5·30"那种情况便是失望,他们看不到股市的基本面,发帖诅咒,怨声载道。然后抽身割肉,绝望而出。建设银行H股,前一段时间受美国次级债券市场影响而港股又没有涨跌停板,一度每股迅速从6.9港元跌到4.8港元,如果对建设银行股没有正确的了解而跟风抛售,肯定是割肉放血。但事实的基本面是:建设银行在美市场并无大碍,本身运作良好，不久A股将要上市，再远些时候"港股直通车"将要开启。因此投资者不必短视，不要恐慌，持股要有信心。果然，不久各国央行注金，股市迅速恢复，目前建设银行港股每股市值达7港元左右。

股市有言道："涨势看势，跌势看质。"此话甚有道理。牛市仿佛什么股票都涨，但一旦震荡个股的质量就显现出来了，筛去剔除的往往是业绩不好的个股。"5·30"过后，股指已上5500点，但有些股票还没有缓过气来，这几天股市下滑异常，马上恐慌，原因就在于投机者买股时缺乏买进时机的耐心等待，缺乏对上市公司的财务、经营情况掌握，单纯认为"股票就是炒上去的"。好一个"炒"字！如果上市公司基本面不好炒上去的价格风险就会非常大，泡沫吹大必破，股市的震荡，某种程度上讲就在清除泡沫。投资者一定从长计议，看好个股大势，"买股有耐心，持股有信心，抛股有决心"，到了预期心理价位决不黏糊犹豫，决不贪恋一城一池之得，边边角角之料。天下之财不可尽得，分与他人何妨？

投资理财看机遇

  股市二十年大体是先牛后熊；房市十年牛气已冲破天。期货也好，黄金也罢，都如同浩浩江水"逝者如斯夫"。能下得了水，能戏水，能"到中流击水"都是要掌握水的规律，特别是要看准机遇。我们能否总结一下自己投资理财的经验教训，重新认识，把握机遇。

  风险与机遇同在，挑战与机会共存。按市场规律目前股市跌破1200点，是冰点，是谷底，除非崩盘的例外，一般说来这是机会与机遇。目前看来崩盘可能性不大，但何时走出谷底，你投资的资金要压多久，无从预测，这就是挑战与风险。房产市场一路攀升，节节登高。以虹口四川北路国际明佳苑为例，2004年4月20层全装修房每平方米单价为13 000元，已令人咋舌，但到了2005年4月挂牌价已为18 000元了。可能有价无市，有些虚妄，却也不是"邪豁豁"得没有边际。最近，政府调控政策连连出台。在政府真正下决心调整之际，在"组合拳"的连击之下，定会控制房市的虚火，拧干房市的水分。那么投资房市的最佳机遇已过，我想房市的风险高危，人人皆知了。此时携带资金入房市肯定不是明智的举措。投资理财机遇之重要可见一斑。

  一般说来，要培育一个市场，要焐热一个市场，初级阶段政策往往会鼓励，执行操作者经验不足，常常会有许多很大的投资理财的空间与机会。当许多人不知道股票为何物，股市刚开盘那几年便是如此。房市还没有充分发育之时，退税政策施行也能说明这一点。而当要规范一个市场，抑制虚妄过火时，机遇就会与你失之交臂。但此时你必须耐心、静心、安心，耐得住寂寞，以"静如处子"之态来等待时机。水有涨落，月有圆缺，自然之道。当"落"之时，当"缺"之时，才是你"动如脱兔"，把握机遇之际。机遇不会永存，"该出手时就出手"。有准备的人才会与机遇邂逅，那么在"静如处子"之态时，就要了解、掌握、研究你所投资理财的背景、资料、规律，这样才会渐入"知己知彼，百战不殆"佳境，天人合一。

  常人喜欢说"我没有发财的机会"，可见投资理财中机遇之重要。但你不懂股票为何物,机遇与你当面相会,你都不认识,何谈机会?或者你认准机会,却不敢相认牵手,又有何机遇?因此,投资理财的机遇是要有胆有识。此"识"是对客观事物对象的清醒认识,不盲从,不跟风,不起哄;此"胆"是在清醒认识上的判断与决心。毕竟股市与房市已经给我们创造了许多机遇,各人的把握不同而已。这也就是为什么别人机会连连,你却连门缝都摸不着了。

如果基于这样的认识,今后你一定还会捕获投资理财的机遇。

当年买房

目下买房，是开发商、销售商霸气，他们牛得很，"斩"你没商量。可五年之前情况完全不同。

1997年年底我从苏州调到上海，住房成了问题，非得买房不可。1998年夏天看中了一套房两室一厅，五角场附近，当时我们一家三口都在杨浦区上班，交通也方便。我邀了位搞售楼的朋友一起去签合同。那时买房的人不多，售楼处也没有像现在那样富丽堂皇，我们急于要房子住，所以对按期交房特别强调。开发商是急于卖出楼盘，回笼资金，因此销售经理拍着胸口，信誓旦旦地保证："按期交房绝对没有问题！我可以写血书！"多层的"金三银四"每平方米3 000元，一次性付款打折，有朋友关照再打折，和他缠来缠去又打折，结果以每平方米2 800元成交。八十多平方米建筑面积最后花了24万元左右。签订合同时又在违约金的百分比上持有不同意见，合同上违约金最低是房价的0.2%，最高是房价的2%。我们要2%，理由是我们不会违约，如果违约照付违约金；你更信誓旦旦，决不违约。既然大家都不违约，违约金签多少都是一纸空文，2%又何妨？严密的逻辑推理，心态的公平公正，买卖双方是平等的，于是双方签字盖章，合同由此签下。

我们关心的是要如期搬进新居，所以经常去看看，关心关心工程的进度。公寓房子的建造按期进展。当时，房子还没有销售完，销售经理看到我，常常戏谑地对我说："侬不放心啊？房子我们可以提前完成。违约金，我可以与侬定到20%，不，200%好哦！"望着他那自信样，我开怀大笑，他也"哈，哈，哈，哈——"肆无忌惮地笑了。

外墙涂好了，绿化也到位了，电接好了，水也通了。每次看房后我都能说出新道道，全家都很兴奋，只要再过半个月，就能交房办手续了。估计在半个月内能装好煤气。可是到煤气这一关却卡住了，据说开发商没有搞定煤气公司。交房的日子过了，业主的耐心渐渐失去了。于是有业主开始到房管部门去查询开发商的资质，有业主开始到开发商的本部与总经理对话，有业主开始起草文本状诉法院。销售经理的脸板了起来,他几乎天天受到诘难。看到我也不再打哈哈了,再熬了两个月,终于可以交房了。销售经理也总算舒了一口气。但我和他又面对面,面对违约金的问题时,原以为有一场唇枪舌剑,但刚坐定,销售经理就说:"我们开发商是正规的公司,我们不会毁约,按合同办。"销售经理的几句话铮铮作响。我想,是呵,合同有据,处理有理。但全小区,能拿到2%违约金的只有两户,一户是我,另一户是销售经理自己。

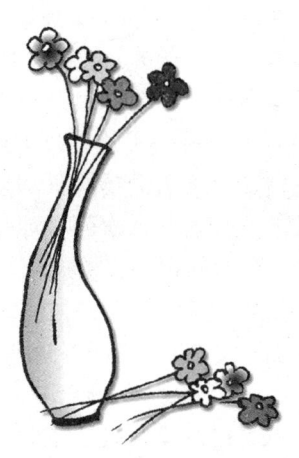

我与银行

其实每个人从小都与金融发生关系。

五十年前,那时我八岁。父亲从无锡出差回来,就送给我涂着红绿色彩的陶制小猪储蓄罐。父亲当时在陶制小猪身上用小楷写下了"俭以养德"四个字。我就把分币从猪背的开口处塞进,从塞进的第一分起,就盼望塞满,就盼望能用自己储蓄的钱买一双白色的高帮回力牌篮球鞋。当钱把猪身塞满时,又舍不得打破那涂着红绿色彩的陶制小猪。只是当妈妈再买回一个陶制小猪时,我才买回了心仪的球鞋。节俭是我人生金融知识的第一课。

当时父母储蓄是到银行买贴花,每个月买5元共三份,那是家里过年的钱与我们读书的书费。当时我家附近的银行在虹口"四卡子"桥下,杀牛公司的对面,溧阳路与鸭绿江路交接口。铁栅栏的移动门,高高的木柜台上还竖着铁栅栏。我人矮小,看不到里面的究竟,只听得"噼里啪啦、噼里啪啦"打算盘的声响,感到神秘莫测。有次我央求爸爸抱我,扒着柜台看了看:一个个职员,埋着头,仿佛都戴着眼镜,好像都是老头老太,一手算盘打得飞快,手指在算盘上轻快地跳动,好似拨弄琵琶琴弦;一手边是厚厚的一沓沓账单与账本。虽然每个职员都有台灯,但在偌大的场所,却显得幽暗,个个神色疲惫不堪。柜外排着长长的一溜人,依次耐心地等待着。从墙上贴着的宣传画与标语,我知晓:存款储蓄是支援国家建设,是光荣。父亲对我具体的解释是:把大家的钱集中起来,去修筑铁路。我形成的意识是:储蓄是一种神圣的社会责任。把钱存进银行就会变成铁轨、火车、轮船了。

三十年前,我二十八岁已结婚,妻子本职财务。她当家,理所应该。偶尔要我去银行存款储蓄,那是我最无奈的事,常常是排着长长的队,这时连最有耐心的人也会烦躁,最好的办法是备一份报或拿一本书去消遣吧!好不容易轮到我,透过柜台放眼望去:基本情况与我小时候看到的没有变化,只是原本的黄炽灯换成了白炽的日光灯,职员办公桌上依旧是厚厚的账本、账单、传票。还有就是再熟悉不过的算盘了。墙上是可以卸下的各种存款年份利率木牌。那时妻嘱咐我，目前我们没什么大的开销，要存三年或五年的那样利率高，更多考虑的是利息。想让钱能生些钱，仿佛银行是能够再生小猪娃娃的母猪娘了。尽管利息微薄，但于我们却是一种企盼，一份希望，一丝安慰。

三十年前，我们夫妻俩存进银行的每一分钱都是从牙缝里挤出来的，都是精打细算攒下来的，都是"肉里分""血汗钱"。衣裤自己裁剪自己缝纫，布料还要套裁；我和儿子的头发都是妻子剪剃，久了，甚至到现在我还不习惯上理发店美容厅；问别人借钱是非常羞耻的事儿，更不要说贷款欠债了。俗话说"无债一身轻"呀。这是一代人在长期的实际现实生活中养成的金融观念。要改变这种观念与思想，注定了要走过一段心路。那时候我在苏州工作，想回上海，最想自己有一间房啊。"少小离家老大回"，在外游荡二十五年，回上海工作生活，首先还是要有自己的住房。

我十多年前买房，当时房价基本在3 000元/平方米，尽管手中有全额付清的能力，我仅仅贷了10万元，欠债贷款总是压在心头的一块石头。现在回过头想想，胆子还太小了，房子买得太小了，现在一年的收入几近还清贷款了。七年前房价已涨到7 000元/平方米，又一次买房，贷款30万元，现在看来还是有还贷能力。贷款本身无所谓风险，关键是你用于何处。有了贷款，用了贷款，彻底改变了我的生活与观念。一套房自住，一套房出租，以房养房。不是还说"干今天的活，用明天的钱"吗？今天我们省一口饭钱，能占开销的多大比例？金融本质上改变了我们的认识，我们的观念，我们的生活。

三十年后的今天有车有房不稀奇，像是做一个上海人的起点。我们去银行理财，在硕大的玻璃间隔里，和彬彬有礼的年轻的银行小姐与先生不必隔着高高的柜台，可以面对面地交流洽谈。他们将各种理财方案、产品向你推荐，供你选择。即使在大厅存款提款也态度和蔼。没有三十年前，甚至五十年前那种幽暗，那种噼啪作响的算盘声。电脑的存储替代了厚厚的账本与账单。有次我制作了一本照相画册，付账就在电脑的印客网上直接支付，银行进了家。弹指间，付账到位，繁杂手续刹那完成。

风险演义

我曾在中央电视台二套财经节目中,聆听了经易期货公司上海分公司副总佐卓先生在"理财教室"上的讲课,启发很深:至少让我对风险的认识有了别样的见解。

其实人生在世,哪会没有风险?走路怕跌,骑车怕摔,睡觉怕肥,吃饭怕噎,那就什么事也别干了。其实风险处处在,只是对它的认识不同罢了。

经商有风险,投资更有风险。"文革"之中即使开一个小店,也要冒着被扣"走资本主义道路"的帽子;可如今这样的事,习以为常了。股票刚兴,买认购证时,大家看来风险重重,都认为股票是十足的投机,然而却是百年难遇的致富机遇;反观今日,几乎家喻户晓,几近全民参与了。这是我们回过头去看历史。

时至今日,最近股市风风雨雨,上证综合指数常盘桓在 4500 点上下,目下就有"清仓"与"建仓"两派之说。"清仓"之据:目前股票难做,CPI 创了十一年来的新高,中央采取从紧的货币政策和稳健的财政政策,现时操手,风险太大,不如不做。"建仓"之据:目前几乎探底,机会是跌出来的,如果前面套牢,现在正逢自我平抑之时,估计次级债券贷款风波已近平息,周边市场触底反弹。这些似乎都有道理。"清仓"派其实都以短线操作为主,做波段,快进快出。而"建仓"派以中期为主,看几个月后的走势,相信基本的政策面。其实"清仓"者亦有风险,目前股市震荡颇大,为其一。其二,当股市走强,你贪欲也增大,风险如同股指一般,从这个角度讲贪婪就是风险,到时候往往控制不住自己心理者为多。"建仓"者也有风险,如果出台的政策是"空",风险无疑成真,外部内部的偶然突发因素,往往打击股市,使你套住难以解脱。所以"建仓"者克服自身预期成功的心理乃为上,要在低谷中耐得住寂寞。换句话说,还是要克服贪婪,于建仓者言贪婪也是风险了。但中长期看中国经济走好是大势,目前建仓又有何风险?这种风险的认识应为"前途是光明的,道路是曲折的",这是我们在朝前看。

看来身在股市抑或资本金融市场理性才是至理。确立自己的止损与盈利点，确立自己的心理价位而不被贪欲左右，才能降低投资风险。

　　还有些人喜欢跟风，盲目随从，那是最大的风险。比如说，还没有开张的股指期货，因为投入资金较大，风险较大而理智止步是规避风险。如果我们换一种思维方式去想：和别人合伙能否减少风险？或者我开一个账户，不要出资，不要窝本，这总没有风险吧？到时候要介入，有了自己的"绿色通道""直通车"岂不好？当你看到新的金融产品绩好跟风，肯定已是慢了一拍，风险无疑是大了一分。当然后知后觉也不错，就怕木知木觉慢了几拍跟进，那风险无疑更大。再者，资本市场犹如天下纷争，逐鹿中原，捷足者先登。当然捷足者要冒天下之大不韪，敢为天下先，这样看来风险又是和利益成正比的。

投资理财讲诚信

目下,"苏丹红"事件沸沸扬扬。为了一己私利,置人命于不顾,恶人制假,厂商、销售商、店家卖假。投资理财,做生意,开商店,买进卖出当以诚为先,一个人没有信用,何以立足社会?何以参与各种经济活动?可是现在金融界、生意场却存在许多欺诈行为,导致了诚信丢弃,信用缺失。结果投资者往往是有机遇而怕上当,有机会而迟疑;最终双方都输而不赢。大而言之,股市各上市公司只要有那么一两家有做假账,资金运作不规范的行为,就足以导致股民对股市的信用危机,对股市缺乏信心。目前,股市长期低迷冰冷,怕与此亦有关联。小而言之,个人之间的借款还债。俗话说"有借有还,再借不难",就将个人信誉的重要性讲明白了。目前对建立个人信用档案呼声迫切,是有道理与现实基础的。日前对房贷,建行、农行表示,对新客户的罚息规定为借款合同的执行利率加收50%;上海银行的执行利率加收30%。同时,罚息记录将被银行传递给上海的个人联合征信系统,纳入不良房贷、车贷、信用卡的个人数据,这将影响到个人日后的资信审核。个人的诚信问题,逐步有方法解决。但问题是政府某些部门、公司单位、集团集体是否也建立诚信体系,以明示公众,可好?

"仁、义、礼、智、信"是中国传统的美德,讲信用就是其中一条。中国历史上从不乏讲"诚信"之人。对爱忠信的尾生,对夫诚信的"望夫石"都已脍炙人口了。在生意场上做买卖要"老少无欺",早为大家悉知。山西晋商的钱庄票号如不讲诚信能遍布全国?君子一诺千金,诚信无价却有价。日前去杭州,见胡庆余堂"戒欺匾"感受颇深。古之人戒欺而讲信,因为他们看到的是长久的利益,不是一锤子买卖。即使是一锤子买卖,你还要做人,还要生活,还要立足社会。失钱丢财,买卖赔本,你还会东山再起。失信丢义,脸面扫尽,你一生一世遭人唾弃。否则,胡雪岩何以做大做强?投资理财,金融经济,经营买卖讲诚信更为重要。否则就是标标准准的见了区区蝇头小利,就蝇营狗苟,不顾廉耻、"见利忘义"的小人。此必为君子不齿。个人的信誉就是品牌,就是最好的名片。说它无价就在于此。说它有价,是对方信任你,因为是你讲信用,因此别人就会把订单给你,就会挑你发财;形成"无此人不行"的观念。这样你就会行无阻,流无碍,招财进宝任你挑。这是能计算与量化的,是有价的了。

可见作为个人应以信取人,理当如此。同样作为部门、单位、集体也应以信取天下。这样社会秩序不会乱,经济运转会更有序。运行有常,社会才会和谐,大家都会好。

"患"不合理

不久前朱某以《不患寡而患不均》为题，作文提出"尽量减少不均，才能更好地实现社会和谐"。文题源出《论语·季氏第十六》，原句为"不患寡而患不均，不患贫而患不安"。目下要"均"，确实有难度。大锅饭，穿差不多的衣服，吃同样米饭的时代已经过去了。即使在那样的年代，因为工种不同，年龄不同，性别不同还定量不同。重体力54斤一个月，轻体力28斤一个月；成年人30斤一个月，孩子18斤一个月；女的25斤一个月，男的31斤一个月。更何况让"一部分人先富起来"开启了一个新的年代，"不均"肯定是存在的。依我看，关键在是否"合理"。

如上所述的定量制定还是比较合理，因为制定时考虑到体能消耗程度不一。也正同"六一"是孩子的节日，"三八"让妇女欢快，"五四"给青年放假一样，没有必要统一划定，由此而成"愤青"，实无必要。但朱文中的旨意是讲"不均"中的不合理。我倒想要展开。

近日报载"隆平高科通过股权激励计划议案 袁隆平获70万股身家已过亿"（《上海商报》2008年5月15日 上市公司栏）。鉴于袁隆平的卓越贡献及公司的性质，这样的激励并不过分，有其合理性。袁隆平在水稻上为社会做出的贡献，有目共睹。我们为获得巨大成就的科学家感到高兴，我们也为他有如此的个人收益感到喜悦；我们没有一丝仇富嫉富的心理，我们也没有一点"红眼病"。

但某上市保险公司老总税前年薪为4 616.1万元，其中4 132万元为奖金，年工资税前为481.9万元，即使税后也在240万元以上了。其公司2007年净利为150.86亿元，同为上市公司的中国人寿保险，2007年净利为281.16亿元，远远高于某上市保险公司。但人寿保险老总税前年薪为199万元，税后100万元左右。再看同为金融业上市公司的工商银行，2007年净利812.56亿元，而老总税前工资仅为179.5万元，税后为90万元左右了。换个角度从跨行业来看，中石油2007年净利润为1 345.74亿元，老总报酬为91.6万元。

那么某上市保险公司老总报酬的合理性在哪里？这种不合理是社会不安定的因素了。虽则个案，但影响不小，甚至恶劣了。我们有些人从一己之利出发，不顾社会环境，社会影响，社会效用，疯狂攫取，几失理性，为人不齿。这种薪酬随意性是个人在公司垄断造成的。一个人说了算，一股独大。制度上缺乏监督与行业内缺乏标准，这些难道不值得我们，以及监管部门深思与注意吗？

如果我们接轨国外，比如巴菲特年薪仅是10万美元，而他创造了多少财富？

第三辑　杂议世象

黄山茶城说联

　　我不喜烟酒唯喜茶，是因为茶的清淡，茶的深蕴。茶不似酒浓烈，不像烟轻飘；一杯一碗一盅一盏在手可以像酒那样地饮，如烟这般地品。我还喜欢每到一地特别注意茶行的对联，茶行的对联特别有味，细细咂出其间的含义那是件有意思的事。到黄山旅游，更是要到茶城去浏览观赏一番。

　　茶城的正大门牌坊两边飘飘逸逸地题着"通街笑语颂和谐，满城茶香敬天下"，对联工整，这是对顾客游客说的，让人满心舒坦。一个"颂"字道出了天下大势，一个"敬"字写出了茶商态度。牌坊后面题着"山高水长白云人家茶迎四方，海阔天空今日徽商财达三江"，这对子是对在此经营的茶商说的，既写出了茶的产地特点、地貌特征以及茶商对顾客游客的态度，又写出了茶商的企盼希望。两副好对联，内外有别，针对对象不同而话语有别，两联却又围绕一个主题。徽州境地，徽商最初本以茶营商，这两副对联还写出了徽州茶商的经营思想策略与历史渊源。书写虽飘逸但绝不浮夸，一如联中"山高水长"；字迹虽潦草但绝不堆挤，一如联中"海阔天空"，"海阔天空"四字还道出了饮茶的清谈特点。清茗在手，谈天说地，道古论今，纵横世界，品咂英雄，话语风流，不亦乐乎？

　　茶城中的茶庄茶行对联各趣各意各味。

　　园红茶行用宋欧阳修《茶歌》中"吾年向老世味薄，所好未衰唯饮茶"。看联就知道茶行老板文化功底深厚，也知道此家肯定以卖祁门红茶为长，问下确实如此。老板喜好文学，爱读书，故摘引欧阳子的话语；至于卖的红茶从"园红"可现。走进店堂内，中间"松涛月影"国画，左联为"壶边夜静听松涛"，右联为"'茗为清风移月影"。似乎觉得"为"对"边"过于牵强，一时也没有更好的字来替代。但这副联的禅意已现，犹如"明月松间照，清泉石上流"之句。文字朴实，意境深远，含义隽永。

  益友茶庄店门对子是"正本清源，猴韵独特；云蒸霞蔚，回味甘甜"，一看就知，卖的是"太平猴魁"。这是送给俄罗斯总统的礼品茶，是茶中精品。上联中"正本清源"不仅写出了"太平猴魁"生长条件要山清水秀，还暗示自己卖的是正宗货。下联中的"云蒸霞蔚"也是语带双关：一指"太平猴魁"的产地要水汽多，产地"太平湖"就在黄山与九华山之间。二指泡茶之时杯口蒸汽袅袅，雾气氤氲。上联中的"猴韵独特"本身就有美丽的传说故事，茶叶与"黄山毛峰"大相径庭，一个叶大片大，一个芽嫩细小。

  有一茶店名为"合一园"，对联与店名相符相配。对联是："煮茶浇花养性，放歌纵酒造神"，店主也豁达，说自己烟酒茶合一，形神合一，精神与物质合一，现实与理想合一。对联直白，无深讳之意，无矫饰之情，联意通人性，人性合联意，赏此联你可以找回久违的闲情与安宁。"合一园"专攻"毛峰"，坐下细品：其状片片竖立，其味清醇淡雅，其色清明带黄，其质嫩绿均匀。慢慢过舌，会觉得味蕾与心灵被清洗过一样，形神合一，心劳顿消，那是一个轻松自在忘我的境界。在茶香中，暂时把生活的烦恼，时日的困窘，工作的压力，事业的阻难，家庭的纠葛，旁人的白眼，小人的不可得罪等诸多头疼事，放在一边了。

  妙哉！信乎？

节日的底蕴

小时候我最喜欢过节。

春节一早醒来,在爆竹声声中,摸摸枕下,总有爸爸塞着的红包,顿感春节的欢乐;端午放学归来,在粽香弥漫中,看看桌上,定有妈妈裹好的粽子,备觉端午的乐趣;中秋月圆,天清气朗,吃着月饼观赏着一轮皓月,其味无穷;元宵上灯,人群熙攘,牵着兔子灯观赏着形色各异、璀璨明亮的彩灯,那心那情与灯一样明亮;立夏,妈妈会织个网袋,我与其他小朋友一样,里面装个个儿又大颜色又青的咸鸭蛋,挂在颈上,荡在胸前,过节的意味就浓了,过节的情意就深了。于是那汤圆、那月饼、那咸蛋、那粽子便成了我儿时对节日的惦记,是节日的象征,也是欢娱的代表。

现在我也喜欢过节。

"五一"的一次长假,一次驾车的旅游使全家更相亲相爱:云栖漫步,丁公堤小憩,梅家坞品茶,其乐也融融,其情也洽洽。母亲节的一张贺卡,一束鲜艳的康乃馨使妈妈的笑更舒坦更开怀;儿女至孝,一份敬爱,两心相通,鲜花为媒,鲜花寄情,鲜花知意。九月初九唤起我们对老人的关切,给爷爷奶奶送上一份份补品,带上一声声问候,"老吾老,以及人之老",敬老节不仅仅是在九月初九。9月10日全社会都会更关注教师,一句"老师,您辛苦了"能给教师多大的安慰啊! 这旅游、这鲜花、这礼品、这问候也成了我在节日中必不可少的节目,过节的意义不是儿时所能蕴含的了。

"每逢佳节倍思亲",节日是团聚,是思亲念友的日子,节日的本质是唤醒我们对各类人的关心关爱。春节,我们不会忘记"千门万户曈曈日,总把新桃换旧符"的欢欣,以及与家人团聚的喜庆欢快。端午,我们不会忘记对"路漫漫其修远兮,吾将上下而求索"的爱国诗人屈原的怀念与凭吊。4月12日我们不会忘记以南丁·格尔为代表的天使般的护士,是他们为血肉肌体备受痛苦煎熬的病人带来了福音。

节日犹如一条清澈的溪水流淌过我们的心田,温暖滋润心灵的芽；又犹如久寒久旱后的一场春雨，浇灌淋透我们的渴望。节日的底蕴是借这个日子去唤醒我们日常备受压力而麻木的心，去恢复我们日日匆匆忙忙而疲惫的心。于是要有一个堂而皇之的理由去做理所当然的事情，去完成一个心愿，去送上一份温情，去重温和感受人性，去回到生活的本源，去再沉沦到情感的湖底又一次透析人生的真谛。过节予人亦予己，愉人也愉己。节日让我们自己工作的心态有个调整的过程，让我们自己忙碌的生活有个喘息的机会，让我们自己自然的本性有一个舒展放松的契机，也让我们自己的爱有一个宣泄的空间与时间。借此我们更关爱亲人、父母、孩子，更关切护士、教师，更关心老人、青年。

  过节的过程其实质就是人性化的展示过程，节日的底蕴其实质就是文化的含义，人性的底蕴。

历史不语

十五年前曾到过"江湾造波水上乐园",那时水上乐园正红火。蓝天白云,碧绿的泳池水,显得那样和美;喧闹的嘈杂声掩过了一切。那红砖外墙的老式的游泳池仿佛是被人遗忘的老妪,在一旁默默无语。人们在追求时尚与欢乐时,全忘记了那红砖外墙老式的游泳池的铭记,忘记了那也曾经有过的不能忘却的辉煌。

十五年后,我住到了政立路,几乎每天路过"江湾造波水上乐园"那块地方,但"江湾造波水上乐园"不再,而蓝天白云依旧。昔日那碧绿的泳池水,那喧闹的嘈杂声已如浮云,已不再。江湾体育场恢复了原貌。田径运动场、游泳池、篮球馆静静地在绿草中,在梧桐间。那种变迁的沧桑令我感慨不已。历史即使不语,却永远客观存在,永远记载在史册上,永远铭记在有思想的人们心中。喧嚣只能是一时,时尚也只能是一刻。历史不是随人打扮的少女,历史永远是真实的记载与写照,浮云与迷雾终将过去,历史要回归它自己本来的面目。

历史不语,不是历史无语,只是历史用自己的沧桑让世人来看透其间的玄机与奥妙,历史只用事实无声地"告诉"我们事物的本来面目。眼前的江湾体育场是当时国民政府为举办第一届全国运动会而建造,这建筑本身就是文物,就是历史,记载着国民政府的理想、新生与羞耻。我那八十四岁的父亲当时在民立中学读书,参加全运会的团体操。所有的学生从南市到江湾体育场要经过租界,当时租界当局要求学生不能排队,要分散穿过租界。这一件事深深刺痛了爱国学生的心:中国的学生,不能在中国的土地上排队整齐地走过?国耻难忘!我从小就听父亲说起此事,于是从小就知道什么叫民族大义。这种历史就镌刻在每个中国人的心底,这种历史的创痛就砌在江湾体育场的每一块砖间。我又把这样的历史述说给了我的儿子,我是那样痛彻心扉。我的儿子是否还会讲述给他的孩子听呢?

历史不语,历史只用事实无声地"告诉"我们历史就是历史。如今的江湾体育场整新如旧,国家花了三个亿。当今天我们用实力崛起在东亚之时,更不能忘却历史就是历史:虎门销烟,"苟利国家生死以,岂因祸福趋避之"的林则徐是民族英雄;定海血战,血染战袍,生死置之度外的葛云飞是民族英雄。你能说:南京大屠杀不是历史?但日本的右派却蒙着眼睛说瞎话,在历史看来这是何等可笑与无知。否认南京大屠杀的人终将被钉在历史的耻辱柱上。历史不语,历史只用事实无声地"告诉"我们,历史虽然有时会被历史自己暂时淹没,但历史是不能篡改与歪曲的。历史不语,不等于历史不存在。

楼名的心慰

当我们为工作的压力而备感沉重,当我们因生活的节奏而难以喘息时,心中自然渴望着一份恬静。于是乎,"和风润玉""海天叠翠""和风丽景"这些亲近自然的楼盘名应运而生。一池水、一丛竹、一弯河,几枝柳、几行香樟、几处造景与楼盘名相合,成了楼盘商的招牌广告,也成了购房居住者的向往。作为小区的名称,至少它们使我们在回家时多了一份宽慰与轻松。

如此有韵味的楼盘名称似乎已成为一种商业风尚,乃至社会风尚,在社会一片忙碌之中,它提供了一个让人心驰神往的地方,是人生的驿站。

生活不会因你而改变,因此你只能去适应生活。当物质文明的发展超越了精神的负荷时,幸福已经悄然远去了。现实的我们,面对的是竞争的压力、生活的压力乃至生存的压力。执着于灯红酒绿,便漠视了沧海桑田。我们距离自然越来越远,乃至亲近自然成为心中的渴望。于是,即使在高楼大厦间,自然的美妙也不断地叠现。我们的文化,我们的楼盘名也返璞归真到与自然和谐,但是,我们更多地只能从楼盘名的文字间去感受淳朴而欣慰。

或许,这就是那些飘散着些许自然气息,挂着自然之名楼盘的诱人之处吧!

"结庐在人境,而无车马喧",当五柳先生淡然于纷扰之中,"心远地自偏"时,似乎已经达成了一种与社会活动的妥协。欧阳修、柳宗元在官场的急流中选择了亲近自然的洁身自好,对于如今寻找心灵驿站以求缓释压力的人们而言,走进"秋水云庐"是否也是一种半归隐的心态呢?社会的价值在于进步,然而脱离了自然,又如何发展呢?无怪乎亲近自然的楼盘名得到青睐。它实现的,不过是每个人心中对自然的小小的要求罢了。

从另一个角度说,有些人日日做小,天天谨慎工作,平平庸庸,忙忙碌碌,勤勤恳恳,以求平安。他回家为什么不能有一种"君临天下"的感觉?为什么不能有一种居住"皇朝新城"的感受?为什么不能有一种"欧陆风情"的吹拂？在自己的小窝里，平衡心态，调节心理，恢复自我不失为一种好途径，好方法。

再换一个角度，"名苑"也好，"佳庭"也罢；"公寓"也好，"贵府"也罢，今日"露骨"的表白是值得庆幸的，从中可以看到一份充实、自信与多元。离开了生存质量的提高，妄谈人性的清高是无益的。百姓所称道的企业家也不避讳对于利益的追求，财富人生，人生财富。关键是将这种追求化作时代前进本身的一种动力！

如果说楼盘名也算一种风俗文化，那么它将伴随人的心理而前行。由此看来，楼盘名是商家在文化背景下的一种商机，一种睿智，一种心态，一种品位；对于居住者是在社会背景下购房的一份价钱，居住时的一份品味，回归时的一些舒心，闲暇时的一点感动。

跷起你的大拇指

隔壁阿黄的儿子叫睿敏，今年22岁了。睿敏既不聪明智慧反应也不敏捷灵活，是个智障人士，发起脾气来，十八头牛也拉不回头，一股犟气，一身蛮力。我从小看着睿敏长大，知道他心地善良，感情真挚。对我，他从来没有发过什么脾气，看到我总是一句"大伯伯好"，我总是亲切地抚摸他刚硬的短发；这时，他偶尔也会大声地嚷道："大伯伯——最——好！最最好。"也会亲切地抚摸我那已有花白的头发。那时的他目光清澈纯真，还要加上一句："我老欢喜侬格！"末了，还要用双手捧着我那苍老褶皱的脸。

听说了睿敏参加"特奥"跑步项目，也看见了睿敏每天早上在我上班的时候，穿着白色的背心短裤、白色的运动鞋在跑步。他满脸红赤，头上都是汗水，背心全湿透了，咬着牙，绷着脸，"呼哧，呼哧，呼哧"地喘着气，脚步和着气喘，倒也规则和谐。他看到我，脚步依然不停，但他眼光在我的脸上停顿了一下。我知道他连喊"大伯伯好"的力气都没有了，这眼光算是他对我的招呼。我不禁由衷地朝睿敏跷起大拇指，高高地扬起，再扬起。朝阳中，那跷起的大拇指是对睿敏的赞许、肯定、褒扬；那无言的大拇指似乎在说："孩子，你是最棒的！"此时，睿敏看到了高高跷起的大拇指，那大拇指仿佛为睿敏注入了活力，打了气，加了油。于是他扬起了头，脸上绽开了笑，腿部抬得更高，脚步迈得更大，手臂摆得更加有力，他往远处跑去。望着他的背影，我欣慰，高兴：是特奥架起了普通人与智力残障者的彩虹，有了彼此的沟通理解；是特奥这个平台能让我们有了爱的分享。

下班的时候我又看到了睿敏，他似乎是等我下班，远远地看到我，就跑了过来。人没有到，亲热的叫声先入耳了，那是再熟悉不过的"大伯伯好！"

"大伯伯，侬今朝跷起的大拇指，我看到了，我老开心格！"他一脸真诚地说道。

"大伯伯，我会讲英文了。"他又说着。

"侬会讲啥？"我问。

"I know, I can. 啥意思，侬晓得哦？"

"你行。"我还没说完。

"我也行。"睿敏抢着回答。接着他笑了，笑得那样灿烂。

我的心被震撼了。我们为什么要吝惜自己的大拇指？其实关爱智力障碍者的同时，我们也在分享着爱；对智力障碍者每一步，每一个成功翘起你的大拇指就是献上你的一片真诚、一份爱意、一片丹心、一份祝福。爱的雨露全靠众人的无声滋润，爱的彩虹全凭大家的辉映，拈花微笑，雨后彩虹，不霁何虹？于是我把我的想法告诉了左右邻里。

第二天，当睿敏奔跑在小区的道路上时，他碰到的每一个人都向他翘起了大拇指，举得高高的。睿敏从每一个人的大拇指中看到了希冀，看到了成功。他眼光闪烁着欢乐和愉悦，在晨光中，在朝阳里，他奋力向前。我下班时，他依旧等我，依旧先说"大伯伯好"，但他今天要我伸出手，张开掌与他对击。

"啪！"击掌有力，声音响亮。

"我行，你也行。"我说。

"I know, I can."他说。

说"吃"

在中国，用吃来表达各种思想行为现象的语汇简直太丰富了，含义又极其广泛复杂，几乎什么都可以带"吃"字来说。"吃"字除了实指外，更多的是虚指。

譬如，碰到许久不见、没通信息的朋友会问："你在什么地方吃饭？"把从事什么职业说成吃什么饭。以此类推，从政的叫"吃政治饭"，文人叫"吃笔杆子饭"，靠女人为生的男人叫"吃软饭"，等等。又以此推开说去，情况紧急叫"吃紧"，受了惊吓叫"吃惊"，经受困难叫"吃苦"，力不从心叫"吃力"，受了损失叫"吃亏"，占了便宜叫"吃到甜头"，挨耳光叫"吃巴掌"，被诉讼叫"吃官司"，不怕高压只畏好言相待叫"吃软不吃硬"，追寻希望渺茫或不可能的人或事叫"癞蛤蟆想吃天鹅肉"，在这儿干活却往那儿盘算叫"吃里爬外"，贪心不足叫"吃着碗里，看着锅里"，事情很难处理难以承担叫"吃不了兜着走"……简直不胜枚举。

后来又陆续出现"不要吃老本，要立新功""吃大锅饭""分灶吃饭""吃透精神""吃不准"一类带有政治性的新词汇。特别有意思的是，爱与憎这两种极端的感情，都可以用吃来表示。女子漂亮招人喜爱，说是"秀色可餐"。爱她、喜欢她叫"吃伊"。对憎恶的仇人，则要"寝皮食肉""恨不得咬他几口"，同样是吃的意思但决不用"吃"字了。

说"和"解"谐"

这儿的说"和"解"谐",不光是《说文解字》上的"和谐"一解,还是一孔之见,一己之得。

"和":每一个人即"口",有饭吃即"禾"。《细说汉字》(九州出版社,2005年版174页)一书中说:"口字的本义就是嘴。由嘴之义又引申为'人口',如'十口之家,十人食盐'(《管子·海王》)。"同书中,对"禾"(九州出版社,2005年版397页)做如下诠释:"'禾'的专称是指'谷子',如《诗经·豳风·七月》'禾麻菽麦'。'禾'是谷子,'菽'是豆类。'禾'有时也能指粮食作物的总称,如聂夷中《田家》诗:'六月禾未秀,官家已修仓。'"

《说文解字》解"谐":"洽也";析"洽":"和也"。按己见就是:人人都能敞开心扉相言相白,君不见"比"不就是人和人吗!人相背即"北",往往话就说不到一块去了,劲就使不到一处了。

"和谐社会"既是我国"十一五"规划重大目标,也是我国经济、社会发展的长远目标。和谐社会的基础就是人人有饭吃,话要说到一块,劲要使到一处。"和"是物质的,"谐"是精神的,相依相存,相融相包。可以说,真正和谐社会的根基在于"阴阳和合""道法自然"的中华传统文明的精华。

笃信幸福只同财产相联系,现代化就是提高生产力,人生的价值只偏重资本、物质、财富,注定是不和谐的。如果这样,他们必然会崇尚优胜劣汰、弱肉强食、扩张精神、生存竞争;他们必然会忽视"仁义道德""和为贵""阴阳和合""慈悲为怀""普度众生"。因为他们忽视了"以人为本",而"以己为本";他们重视了自己,忽视了别人。他们没有看到"以人为本"的精髓——大多数人的幸福。所以,在一些关于"人"的最基本问题上,如公正与效率的关系,财富与精神的关系,增长与发展的关系,道德与法律的关系,和谐与竞争的关系——往往舍本求末,这不是我们社会的目标。

党和国家提出建立"和谐社会",正是看到了这些问题,正是在努力创建这样的社会。邓小平同志早就提出"两个文明都要抓","物质文明"与"精神文明"指的就是和谐之道。

晚年的风

落日残照,晚风渐起。风带寒意,丝丝入里,心生悲凉了。

人们都说晚秋之美,都说夕阳之丽,而我却别有一番感慨。年龄五九,已近甲子,老年的门槛已在脚前,心却不甘。曾犹疑地转身看:身后中年的门,还未完全阖闭,还能窥视到中年的痕迹身影,貌似有对人生的稳重娴熟,但脸庞已烙上沧桑的标记,身板已微微佝偻——那是曾肩挑重担的体现。不过现在你能做的,也只是闭上眼,等着那"吱呀"一声如期响起,宣告你已从中年出局了。

淡淡的酸涩此时也会涌上心头,我们谁也奈何不了时间,那么只有去珍惜时间,珍惜身体,珍惜自己人生经历的每一天、每一步了,更懂得了什么叫"珍惜"。

我还有365天要退休,每当日上,我都要减去一天。

在这365天里,我都早早到学校:在红枫树旁,紫藤架下,凝视着春的日渐浓郁;在九曲桥上,垂柳枝边,俯瞰夏的莲荷怒放,锦鳞游泳;在梧桐道、银杏路漫步,看着落叶飘零,秋风飒爽;在硕大的玻璃窗前,望着冬雨敲打枯萎的芭蕉,想着我的工作到了冬,我的人生也到了冬。在这365天里,我都会一下班就到学校的体育馆打羽毛球。当拿上球拍,羽毛球在牛筋上跳跃时,心也会欢快。一次次跳跃奋臂扣杀,一次次俯身弯腰挑救,心随球转,毫无旁骛。给将要枯萎的年龄,注上了青春的活血,大汗淋漓却满怀舒畅。在这365天里,我珍惜合唱团的每次演练。《CAT》中的"Memory",李叔同的《送别》无不倾注了全部的人生感触与慨叹,每当张开嘴唱道"呜呜呻吟——"之时,唱出的是自己真正的心声。365天后我要离开,我珍惜每一天,每一次漫步,每一次跳跃,每一次歌唱。

我还有3 650天至耄耋,每当月出,我也都要减去一天。

在这3 650天里,我将会碰到种种晚年出现的身体机能衰退的状况,如病毒吞噬,肿瘤侵犯,我要用生命的底蕴去做抵抗。直至我虚衰得耗尽自身生命的活力。尽管我知道每个生命体的终极总是一样,但每个人的过程却不同;尽管我了解人死如灯灭,但灯的火花闪烁却有不同的光辉；3 650 天于我是个低走线，但我却要做强劲的反弹，直至生命的底部。生命的本质就是如此。3 650 天，可能我的生命以365 天计；也可能以 30 天计，到后来完全有可能以 24 小时计，但珍惜了，可以无悔矣。要珍惜这年、月、天，要用时间去呵护生命，要让生命精彩，去读书，去写作，去旅游，去散步；走不动了，哪怕是坐着回忆，谈论曾有过的享受与欢快，也是一乐。这就是晚年的风格了。

晚风拂起，催得人垂老，看透了生生死死的本质却也丝毫不沮丧。

我生何年

　　从1969年插队落户江西永丰，在农村三年以后有机会到永新修筑井冈山铁路。那时有一句响当当的口号："井冈山道路通天下"，似乎这条铁路要永远修筑下去。我们都是"通天下"的建设者，都感到无上荣光。以后又不"通天下"了，只通到湘赣铁路，井冈山铁路由南昌铁路局接管，我们知青农民工全转业到煤矿当矿工，于是我就在江西乐平矿务局桥头丘煤矿当上一名光荣的矿工了。

　　1982年全国人口普查，7月1日作为第一次数据输入电脑统计。我如实填报了出生年月日：1949年2月16日，当日为阴历正月十九。我记得父亲母亲不止一次地告诉我，5月份解放军解放上海攻打"四卡子"桥对面杀牛公司时的情景：机关枪嘎嘎嘎地响，父母抱着我在楼梯下的桌底躲着，桌上还堆放着两床棉絮。我还不止一次地听父母讲，生我那天是如何冷，最标志性的细节是放在前厢房桌上的一只玻璃杯里的半杯水上还结了一层薄冰。可反馈给我的信息是我出生于1950年7月1日。我感到肯定是哪个环节搞错了，于是理直气壮地跑到矿保卫科（当时我们的户口都在企业保卫科），提出我的疑问。干事小胡走进里间办公室将情况汇报给傅科长。傅科长虎着脸，板塞塞地出来，问道："什么事？"我如此这般地又说了一遍，末了还建议，可发函去当地派出所了解调查。不料傅科长瞪着眼大声反问道："是组织上清楚，还是你清楚？相信组织，还是相信你？"我一时竟无语，可心里想：我妈妈最清楚，我妈妈的肚子最清楚。想想无非就是为社会多干一年半载而已，权当做贡献了。何况1950是个整数，七月一日是党的诞生日，作为我的生日也大吉大利，非要争个清清楚楚明明白白，多累呀！以后此事就淡忘了。以后我的身份证、户口簿，所有填的表格都成了1950年7月1日，哪怕就是密码也成了195071（不要当真，现在已改）。以致父母送我六十岁生日礼时，我还说："是明年吧？你们搞错了。"嘿，正应了"假作真时真亦假"这句话了。

　　我生何年？

苏州话

我不是苏州人，但我随父母在苏州居住过，所以能操一口与太湖水一样清纯恬淡的苏州话。

苏州话这一吴地的语种，是千百种方言里最为典型最为源远流长的一脉。多少名年轻时满怀憧憬越洋过海的中华学子，当他们与五湖四海的不同肤色、不同语言、不同文化背景的人们成功地协作，并在异地他乡闯出一番辉煌之后；当他们数十年后衣锦还乡，再次听到"你回来啦"那一声出自家乡亲人之口的土得要掉渣的乡音的时候，哪个不是激动得老泪纵横，情不自禁地用同样土得掉渣的乡音哽咽着回应道："我，回来啦！"

乡音无改鬓毛衰。乡音是一种语言，更是一种文化，一种能让血肉之躯寻到化育之根的文化；乡音，是人类恋土情结中最最解不开的那一环链接，是能够让人终其一生而魂牵梦绕的尤物。

语言，绝不仅仅是沟通和交流的一种工具。吴中土语中有曾经崇尚一时的往事，用吴方言唱演的昆曲曾经风靡明清戏坛300余年，引得"四方歌者，必宗吴门"的史实，向我们昭示了一个社会学原理：每种方言，都是非本土化或全球化过程中一个不可忽略的地域性存在；每一种方言，都牵引着一群生灵的沉浮兴衰，牵引着生活在一方特定水土之上的人们走向域外和世界时所迈步履的矫健和蹒跚，牵引着关于这方水土的一部经济和文化的历史。

城市化、国际化——乡土化、地方化，表面上看似乎是悖论，仔细想想，却是一对难分难离的孪生子。忽略了任何一端，都会使得一群生命要么染上找不到归属甚至生活在文化沙漠的浮游症，要么患有埋头于本土山水或者悠然于蹩仄小巷的偏安症；忽略了任何一端，都会使一方水土失却阔大的气象，或使生息其上的人们透出一种只是小家碧玉的气息。

只有把这两端融入同一片湖山，那种纵然走遍海角天涯却始终扎根于大地河山的恢宏气概才能显现；只有把这两端渗进同一方水土上的子子孙孙的心间，那种即使身居乡野也不忘放眼世界的深广胸襟才会自然敞开——只有在说好普通话、说好外来语的同时，说好属于吴文化和苏州人根本性标记的吴语乡音，一个富有张力的真正的"苏州人"才会降生。这样的"苏州人"才会深切醒悟苏州话所蕴含的哲理。

负载命运的词典

改变我一生命运的是高考制度的恢复，而我能脱颖而出全依仗那本商务印书馆出版的《成语词典》。

1978年恢复高考，对于在江西农村插队落户的我，不啻是天大喜讯。一是我背负沉重的家庭出身的负担，在那时读大学几乎是不可能的。推荐读大学，那是红五类子女的事，可心里总在挣扎，"王侯将相宁有种乎？"二是大家都去考，我作为六八届的高中毕业生，比起那些初中毕业生，相对来说文化的底蕴要厚实些。其实当年高中只读了一个学期，接着就"停课闹革命"了，那时整个中华大地已经放不下一张平静的书桌了。

可是要付诸实际却不那么顺利了。搞到高考复习资料，首先就成了大难题。我插队的那个"山且村"，在井冈山区的山坳里。这里唯一可见、可读的是村中一位老中医仅存的《本草纲目》。

只有叫上海父母寄了。可三番五次抄家后，父母战战兢兢地活着，早已片纸不敢存留在屋。父母东托西借，总算买到一本刚出版的《成语词典》，我如获至宝。那时整个脑子几乎都是空白，读进去的字字句句，印象特别深刻。几乎整本词典全印记在脑中，还叫妻子抽查：成语几乎全部能记，能写；解释几乎全能复述。我当时报考的是文科，考虑到自己年龄已近三十，觉得学文科不妨晚成。

那时考试的题目，我记得有填成语的。考试出来大家议论纷纷、争辩最激烈的是两道填空，他们填的各自不同。有一道题目是"有的放□"，于是答案有"有的放牛""有的放羊"。我不做论辩，但我清清楚楚知道应该是填"矢"字。"矢"，箭也；"的"，靶也。还有一道题目是"□辱不惊"，答案有"侮辱不惊"，亦有"荣辱不惊"与"宠辱不惊"之争。其实后两个都对，不过"宠辱不惊"在《成语词典》上出现过，有经典出处。我当然对，但我当时还担心那要命的数学，无心争辩而已。现在看来有些可笑，这样的题目可能连小学生都会。我既尊重他们求知的渴望，也悲哀于"文革"这一代人的文化。

我是刚好达线进了江西师范大学（当时叫江西师范学院），也亏了这两道成语填空全对。于是我洗净了脚上的红泥，乘车去了南昌。以后又去了煤矿子弟学校教书，从此踏上了教育岗位，三尺讲台，"传道授业解惑也"。又辗转到了苏州，最后回到了故乡上海任教。改革开放三十年，也是我从教的三十年。

曾有怡园

我在苏州教书期间，住在虎丘山后，学校分了一上一下的楼房，还有一个40平方米的庭院。

苏东坡说："宁可食无肉，不可居无竹。"正好冬日学校在整修校园，我向花工讨了带竹鞭的几株修竹，植在庭院的东南角。当年春天就冒出了新竹，三年后就长出茂密的一大丛。一位学生家长造房子将多余的花岗岩基石送给了我。我就在竹丛四遭，将围墙粉刷雪白。绿竹白墙，与窗相对，香茗袅袅，读书作文，教书育人，心境安宁恬淡。风骨如此竹，形态与竹异，人肥竹瘦。三五之夜，明月半墙，竹影斑驳，读书之余，凝神观竹，消愁解闷，姗姗可爱。

种竹的当年，妻发现，在庭院的西南角有枇杷树苗一株。叫隔壁苏州籍教生物的朱老师确认，原来还是他送给我们吃的洞庭东山枇杷呢！昊儿将吃剩的枇杷籽扔在此处，不料竟出苗。有了生命，天赐我也！三年后儿子外出读书了，枇杷也亭亭如盖了。五月暮春，枇杷黄了，鸟雀至。相鸣相欢，呼朋唤友，啄食甜果。走近细看，昆虫亦乐，钻进钻出，分而食之。妻要赶鸟驱虫，我忙说："不可不可，枇杷自然生，自然长，自然果，同为自然，同样分享。我们也采特大特熟特甜的吃吧。"底层厅堂，摇椅晃晃，枇杷剥剥，和风徐徐，众生平等，此乐何极。

在搬住此楼当年，我到"光福"开会，买了两株金桂，一株贻赠东邻朱老师，一株植于庭院东首。第二年深秋，我家金桂就有花香，朱家却无。东邻解释，桂有雌雄。有耶？无耶？我不得而知。但我唯一能知，植物也如同人，你待她好，她会回报。秋高气爽，桂花溢香，花繁臭浓，采花腌制，将香锁定留住，四时品尝，四季桂香，自制自食，自得其乐。

透过窗户，修竹随风摇曳，色翠清新；枇杷亭亭，鸟儿停驻枝头；金桂溢香，沁人肺腑；虎丘塔影可见，似有历史的韵味能品。三角渚水面春秋带爽，夏日带凉。小院地铺青砖，一桌两凳为石，偶有雅兴与妻或子对弈，真是悦人、怡心、有味。苏州城里有"怡园"，难道虎丘山后就不可有我的怡园?

每年阴历十二月二十六,学校发六斤以上的乌青鱼每人两条。我妻嫌上海婆家场地拥挤,杀鱼不便。于是她在庭院刮鱼鳞、剖鱼肚、挖鱼肠。而我却在金桂旁、枇杷边深挖坑,将鱼鳃、鱼鳞、鱼肠作为有机肥埋在坑中。来年再刨开,只见金桂、枇杷长了许许多多密密麻麻白色的细根。这也许是年年金桂盛开、枇杷果硕的原因吧,何谓雌雄!竹自是清高,是不需要用佳肴款待的。任其性,适其理,随其本才会自然而然。由此,我想到柳宗元的《种树郭橐驼传》里的话"顺木之天,以致其性尔",树理这样,天理也应如此。

钻石婚

前段时期，荧屏热播张国立与蒋雯丽主演的电视剧《金婚》。我就不由得想到了我的父母。他们从1948年结婚至今，携手走了一个甲子，是钻石婚了。

他们是邻居。母亲住康定路泰兴路三德坊黑色大门、三角门楣的石库门。父亲家在隔壁。肯定是父亲看中了母亲，那时伊肤色白皙，穿着旗袍显得格外娇小、秀丽。肯定是父亲穷追不舍，每每进出舞厅、咖啡馆；为讨好我母亲，不惜带上了我那三阿姨来当"灯泡"。本来外公与我祖父都是做木材生意的同人，相互知根知底。1948年春，在青年会举行新式婚礼。可惜在"文革"期间，他们"自觉"地烧毁了结婚照。现在每每说起此，他们就像回到幸福的新婚时光，也不无遗憾可惜。

1953年父亲患了肺结核，打空气针，吃"雷米封"。长期的病假，致使父亲丢失了税务局的工作。母亲勇敢地挑起了照顾父亲与抚养三个孩子的担子，她"包做饭"——承包了海宁路几家店面店员与工人的伙食。用残羹剩饭来养活子女，用"包做饭"的工资给丈夫看病。她那细嫩的手变得粗糙，冬天更是满手冻疮，脓血淋漓。肺结核在那时被称为肺痨，但父亲却奇迹般地好了。

"文革"中，"按照"敬爱领袖毛主席的指示，父母把我们兄妹三人送到农村"锻炼"。父母将所有的副食品都邮寄给了我们，他们自己却骨瘦如柴。望着他们穿在线上、吊在晾衣杆上，在寒风中瑟瑟抖动的烤麸干，邻里看了都潸然泪下。以后我们生活条件好了，他们也老了，退休了。

母亲近七十时患帕金森症周身抖动，痛苦不已。以后又中风，嘴巴歪斜。可儿女还工作在肩，身不由己。父亲不停地带母亲看病，终于找到了对症的医生，极大缓解了病情。他还照应起母亲：从起居饮食到剪发梳头，从收听、收看广播电视到外出穿衣着鞋，从晚上睡觉掖被盖衣到陪同如厕，无微不至。每到发退休工资之日，相搀携手，颤巍巍，领一份工资，添一份喜悦。我带着母亲去吃她喜欢的粢饭豆浆、油条大饼时,他们一定要两个一起去。我默默地跟在他们后面。有时我们带他俩去吃饭,去郊游,他们就像孩子那样高兴。母亲一定要父亲在旁边才安心。

　　我妹妹现已退休在家,每次要相随伴同,都遭到父母婉拒。我知道,没有人能像我父亲那样照顾好我的母亲了。整整六十年里,相知莫过于他们俩自己。

故乡，深深的小巷

我的故乡在上海，在上海人称谓的"下只角"。"下只角"过去指的是工人、职员聚居的虹口、杨浦区。生我养我20年的故乡在虹口港与海宁路的交叉口，是一条深深的小巷——久耕里。

离开故乡到江西，已经有整整15年了。每逢喜庆佳节之际，每当夜深人静之时，我最怀念的是故乡上海，追忆最多的是那石门房子深深的小巷。

一进小巷，迎面扑来的是人声的浪，是人情的暖流。这儿家对着家，门对着门，张三叫李四，只要喉咙响一点，整个弄堂都可以听到。1974年23号的汤家姆妈儿子从兰州回上海结婚，连81号的张老太都来帮忙。陈阿姨托人从青浦带来了青鱼；徐家伯伯出差到昆山顺便带来了猪肝；就是最没有"路道"的阿公，也帮着在三角地小菜场拎回了几只鸡。感动得汤家姆妈含着泪连声说："真谢谢了！真谢谢了！"小巷大杂院就是这样温馨。

我总忘不了儿时，每当傍晚从弄堂口传来的那悠长叫卖声。两字一拍，拉得那样长："桂花——糖粥""甜——酒酿"尽管马上要吃晚饭了，但妈妈还是给我们兄妹三人买了一碗。最后弟弟把粥垢都刮得干干净净。看到他那馋劲我们都笑了。呵，在我们童心里这便是琼浆玉液，是愉悦。晚饭后弄堂口又悠悠地担来了豆腐脑……

夏天，太阳刚落。家家户户把竹椅小桌拿出，从弄堂口一直摆到弄堂底，密密麻麻，这条巷又变成了纳凉的好地方。"丁零零"，自行车的铃声在弄堂口响了，邮递员来了。新来的邮递员开始把自行车推进来。两三次后，他便干脆把自行车架在弄堂口，以步代车，人们总和气地问他："饭吃过吗？""来来，尝尝这只菜味道灵吗？"

1984年年底接到妈妈的一封信。剪开信封，一角剪报掉在桌上。"八十年代蕃瓜弄，今日开始造新楼"的标题跃入我的眼帘。标题下是一张建筑模型的照片。25层高建筑，现代、漂亮、气派。看了信和剪报上的说明，才知道我难以忘怀的、深深的小巷要拆除了，新的高楼即将矗起。妈妈暂时搬了家，住在"上只角"的外婆家，等新楼造好再搬回去。

　　除夕前我赶到上海，合家团圆欢欣异常。当晚躺在床上，心中仍在思念故家，深深的小巷仍在我眼前浮现。第二天，我便携妻儿到"下只角"的故居。房子早已铲平，打桩机在轰轰作响。深深的小巷没有了，我不觉有些惆怅。然而这声声的打桩机声坚实、有力。使我振奋、激昂。这难道不是故乡前进的脚步声吗？时代是这样的，高楼要代替小巷，新的高楼中仍然会有那种深深小巷的温馨。

过年忆旧

好几年没有在上海过年了。前年在香港过年,去年在越南过年。

前年的年夜饭,是在维多利亚湾边的海港城饭店吃的,在港的舅舅与舅妈、表妹特别兴奋与亲切。我们之间多年未谋面,每逢佳节倍思亲,这顿年夜饭了却了他们多年的心愿。尽管他们七老八十,也唐装在身,举杯频频,红光满面。香港的风俗习惯与内地基本无异。

去年的年夜饭是在越南芒街吃的。尽管越南过年的礼俗与中国并无大异,但从东兴过关到芒街,过界河、界桥、国界线;从中国海关飘扬的五星红旗出,到越南海关飘扬的金星红旗进,明显地感觉到了是在另一个国度。越南的年夜饭菜与岭南菜并无大异,但我却特别思念在中国上海的父母兄弟姐妹,心中想,明年过年一定要在上海了。

今年过年在上海,在父母老家。兄妹三家各自准备了菜肴,弟弟掌勺,妹妹打下手,我跑堂。

其实过年最看重的还是年夜饭,那是传统习惯上的团聚之夜。父母老了,都是80以上的高寿了。60年前,物资供应再紧张,父母在过年还是要准备四个冷盆,一般是:爆腌肉、白斩鸡、熏青鱼、辣白菜;四个热炒,一般是糖醋黄鱼(或者炒鱼块、鱼片)、炒时件、炒肉片、素什锦。过年的大菜要烧一钵:水笋烧肉、油焖烤麸、八宝辣酱。汤一般是蛋饺、肉丸、肉皮、黄芽菜(或菠菜)、线粉汤。很多年来都是这样,那是一年中最美味的菜肴了。为准备这些菜,要省下各种票证。这些看似普普通通的菜,是父母对子女的爱,对外公外婆祖父祖母的敬意。我们家人都不善饮酒,拿两毛钱,打点果子酒,就都面红耳赤了。这时过年的气氛全出来了。

穿新衣,那是必须在大年初一才能穿,但年三十已折叠放好,这感觉比年初一还好;拿着压岁钱,大年三十晚父亲不知什么时侯放在我们的枕下,红包里放着崭新的一两块钱;放着鞭炮,那是用压岁钱去买的。一百响或者二百响之类是舍不得一下就放完,总要拆开,一个一个地放:或点燃后扔着放,或捏在手里放,或放在坍脚钵斗里,或插在墙缝里。过年的氛围更浓了,浓到60年后的今天我仍记忆犹新。

　　我曾在江西永丰插队的山且村过年。油灯凄凄，心绪惨惨，人家团圆，兀个形单影只，其间思亲之切，感怀之深，难以言表。村民关切，稍解乡愁，有不知晓者一句："你过年怎么没回去？"顿时激起无限哀愁。那年月回趟上海都要大队与知青办批准，还有家中父母的经济负担，能有能力回去吗？

　　我曾在江西乐平矿务局桥头丘矿过年，那时有上海知青二十余家，每家轮流请客，各家各显主妇才能，但年三十那顿晚饭，以酒浇愁，思乡思亲。以后过年都想方设法请假回上海，远方故乡与亲情在召唤。无论火车多拥挤，哪怕是钻在车椅下，蜷缩在厕所里，也毫无怨言。

花　痴

我说的花痴其实就是痴花。办公室里一帮小女人痴上了花。说花也不是花，更多的是绿叶，而且将痴迷带到了办公室。桌上是水仙、风信子、白掌、白玉、海芋，厨角放的是绿茹，墙角摆的是虎皮兰。那小女人仿佛就是绿中的花了。阳光满屋，绿翠熠熠，人面桃花。办公室像是植物园的一角，花园的一隅了。

事情的起因全在翠翠。翠翠虚岁55了，一帮小女人都叫她翠翠。这既是应了她名中的翠，又应了她喜欢养翠绿水生叶类观赏植物的特点；再有，翠翠还是沈从文笔下的一个自然鲜活的人物。翠翠侍弄绿叶如同子女，有次用一罐啤酒细细抹擦白掌，翠叶纤尘不染，片片如同涂蜡。以致有同事不辨白掌的真假，说道："这塑料做的白掌像真的一样。"唉，真亦作假了。现在走进翠翠的办公室，诸位都觉耳目一新。翠翠兜售她的理论："白天都在办公室工作，环境再重要不过了，我现在都觉得满眼舒畅。"

于是各个女同胞都被感染，如同一夜梨花开，个个都侍弄起花草来了，紧追的是东东、苑苑、可可一帮小女人。她们决不喜欢带泥土的植物，都只爱水生栽培类，一个个如同凌波仙子、风信姑娘。东东的理论是：女人如同宝玉说的"都是用水做的，不得有半点浊气"，因此用泥土培育的植物不进办公室。苑苑的道理为："女人冰清玉洁同水，还柔情似水哩"，所以对水栽植物特别有意。可可理由很简单："上善如水，水为生命之源，能有什么比得上水的境界？"于是一帮自称花痴的女人将栽培绿叶提高到理论层面、哲学高度了。大有一呼百应的阵势，形成了规模效应。苑苑一叫道："午饭后去花鸟市场！""好！"东东、可可必随，还会有同志者相应相和，驾着车，呼噜噜，咕嘟嘟，气势蔚为壮观。不一会儿捧着、端着、提着盆盆罐罐，袅袅娜娜，靴鞋咯吱咯，满脸喜悦，满载而归。

她们养水仙用一色的青花瓷盆，莲荷图案，亭亭净植，清淡雅致，充满书卷气；栽白掌、白玉一概用全透明各式各制各形的玻璃器皿，根根舒展，叶叶坦然，小鱼摆尾，翕乎往来，动静相宜。

水生植物色是一抹的绿,却亦有浓淡差异、深浅之别。而间或有别色,或乳白或鹅黄,却也是为了衬绿,一派素雅恬淡。苑苑还振振有词:"生命之树常绿!"这绿确实养眼,浮躁时让人平静,焦虑时使人安宁,紧张时让人缓释。

戒　烟

我也抽过烟，那是在40年前开始的。

毛主席一声"知识青年到农村去，接受贫下中农的再教育很有必要"的最高指示，让一列火车把我们抛在江西樟树镇的火车站。然后卡车把我带到井冈山地区的永丰县，再是拖拉机将我拖到江口公社，行李最后是老表肩担臂扛。我过山岭，涉滩河，到了一个名叫"山且"村的地方，我落户在罗家祠堂的偏房。

"那里的同志应当欢迎他们去"，不愧是老区，落实最高指示不折不扣。山且村的老表让我们住全村最好的砖砌祠堂，刚到一个月，每天轮流到各家吃派饭。刚坐下，老表首先就是敬烟，我先是拒接，有时看到同学抽，自己也偶尔点燃一支，吸几口玩玩。反正山且村的老老少少、男男女女都抽。渐渐我也自然了，习惯了。

当"欢迎"结束后，代之而起的便是漫无边际的插秧、耘禾、割稻、打谷、挑担、吆牛扶犁；作田之外还要砍柴、担水、烧饭、洗衣。白日水田蚂蝗叮，夜晚床上蚊虫咬。没有书读，没有娱乐，没有希望，没有出头的日子。这样一天只有工分四分，十分劳力一天也只有四角。所以只能抽着烟，坐在田埂，望着那赤日炎炎似火烧；坐在床头，盯着那墙隅呆呆木木。那时抽的只是劣质的纸烟，或者是老表自己种的烟叶，晒干，切丝；用纸一卷，接口处用舌头舔上唾沫，就可以抽了。有时饭可以不吃，烟不可不抽。体力支撑不住之时，极度疲乏之际，思想混乱郁闷之极，深深地吸一口烟，然后长长地喷吐出来，仿佛吐出了心中的怨气，喷尽了全身的劳累；让神经重次振奋，让精神再又吊起，让自己有生存下去的勇气。仿佛心中在唱：乌鸦头上转，太阳快下山，指望熬过了这一年……这样的日子，整整熬了五年。

以后在铁路上做民工，煤矿里当矿工都没断过烟。我的苦，我的难，似乎都化解在袅袅的香烟青雾中。我常常手指夹着香烟，猛吸深吐，长吁短叹，闷头不言，漠视一切，目空人生。

一次探亲回上海，父亲一旁默默看着我吸烟，良久才说："你一个月才37元,这样抽烟今后如何养家糊口?"我嗫嚅解释了几句,然后一言不发。母亲却一字一顿地说:"男人一有困苦就喝酒吸烟,不当为!"望着母亲那实诚的眼光,我羞愧万分。男人儿子,当立于家、立于世。现在我每每在电视电影中看到男主角稍有挫折就酗酒猛抽或闷头抽烟的镜头,就想起母亲的话。我的人生有着时代的风风雨雨,但那句话支撑着我坚强地走近花甲。

其实,这不仅是抽烟,更是一种人生态度的转折,也是一种人生的境界。如鲁迅先生所说:"真的猛士,敢于直面惨淡的人生,敢于正视淋漓的鲜血。"不能直面,不敢正视,是男人吗?因此,我戒的不仅仅是烟。

后来我在苏州教书,当了回教导主任。每年开学之初,想进这所中学读书的学生如过江之鲫。我的办公桌上扔满了"中华"烟,可我没动过抽烟的半点心。我始终记着妈妈说的"不当为"三个字与自己说的"不抽了"三个字。

那件短大衣

往事并不如烟，至少于我。

我的母亲比我父亲坚强。我们兄妹全去上山下乡插队落户的那会儿，父亲肝胆欲裂，茶饭不思。子女三人一走，父亲立马感到"膝下承欢无一人"，万念俱灰。家中徒壁，妈妈挑起了生活的重担。这种情况，一直到了1972年，我去了煤矿才好些。我每月除了伙食费外，都将工资寄回家。我深知长子的责任。1975年，我28岁了，女朋友是邻居，从小青梅竹马。我与她哥哥是同学，她与我妹妹又是同学，从小过家家。那时，也将她从黑龙江塔河调到了江西。双方的父母都催促我们结婚。

临结婚前，妈妈与我去买衣服。在南京西路的一家店里，我看中了一件呢子短大衣，价格是65元。妈妈建议我试穿，一试，样式、大小合身有样。我对着镜子看了一会儿，知道家境不允许，知道囊中羞涩，于是断然说："不买！"第二天，我从未婚妻家中回来，见那件大衣已经放在我的床头了。妈妈只是平静地说："我存着一笔钱，是为你结婚用的，你爸爸也不知道。"既然已经买来了，又是我喜欢的，又见妈妈那欣喜劲，我也高高兴兴地穿上了。

1985年，我从江西调到了苏州教书，那时妈妈身体特别不好。父亲告诉我，你母亲在你们插队时"献血"过多，身体太亏。我知道这"献血"的含义，那是卖血！妈妈挑起家庭重担的真正含义，于是我全都明白了，心震撼了。为了子女母亲用自己的血在灌浇我们。我也突然明白了我结婚时的那件短大衣，顿时羞愧万分。那时明知家境如此，连看都不应该，竟然还要试穿！望着妈妈那满是皱纹的脸、瘦弱的身躯、干枯的手，我不禁紧紧搂着她。"姆妈！"我呼叫着，热泪盈眶。我明白，我们母子之情是用母亲的生命与热血写就；我知道，母亲用她那瘦弱的身躯撑起了贫寒的家。何等坚强与伟大！以后，我每次见到妈妈就要拥着她，让她感受到年近六十的儿子对她的热烈的爱。她总是开怀地笑，透着无邪与真挚；漾着幸福与满足。于妈妈，有爱就足够了。

以后，我与妻每每"晒霉"时，看到那件短大衣，总要细心刷得干干净净，晒得透透的，让每一缕阳光都抚着母爱。每年冬，我都要穿；寒潮袭来，特别御寒。那是享用不尽的母爱和温暖，直暖心窝呀；有一种在母亲怀里或在襁褓中的舒适与安全；那更是我心中的千千结啊。

我拿着这件短大衣，把这故事讲给了儿子听，儿子肃然起敬，用手慢慢地抚摸着。后来，他也要穿这件大衣；每次与奶奶相见也拥着她。

五味之外

　　酸、甜、苦、辣、咸为五味，烹饪炒菜煮食要调料，以至于川陕善辣，湘黔好酸，苏锡喜甜，两广嗜苦，宁绍偏咸。君不见：四川的麻辣烫、陕南的油泼辣子、湘西黔东苗家土家的酸菜鱼、苏州的蜜汁豆腐干、无锡的甜蜜蜜排骨、广西的苦瓜、广东苦药般的凉茶、宁波的咸鱼、绍兴的咸菜，至于五味调和派生出酸辣、糖醋之类，不胜道也。

　　那么五味之外是什么？五味之外是无味，即淡。五味本为自然，作为调料就不自然。那淡，永远是自然，是本色，是本源。图画画面要留白，留有想象的空间，自由的天地。音乐的乐章要有间隙，让音符余音袅绕，回声缥缈，要"此时无声胜有声"。那么"淡"就是"留白"，就是"无声"。无淡就无所谓五味，口重了，反而觉得清淡可口。赤酱浓油之后，一勺清汤，一口淡菜，那种舒坦从嘴到胃，从周身到精神都延展到了。

　　吃食如此，人生道理亦然。喜怒哀乐、七情六欲犹食之五味，恬淡、清净、无为、禅定即为五味之外的境界。人坎坎坷坷的路走多了，风风雨雨披戴多了，自然渴望一份安宁、一丝恬淡。商场职场官场经历久了，就有回归的祈望，就想走进自然，享受一缕清风，喜欢"明月松间照，清泉石上流"的景与境，巴不得"潭影空人心"了。入禅入定，忘我无我，让自己的身心歇息一番，整顿一息，多好！

责　任

　　一日，笔者游走自然博物馆。见一少妇携子在恐龙遗骨标本前，煞有介事地介绍说："囡囡，这是长颈鹿的骨头做成的标本。侬看吓人哦？"闻之愕然！不为知识仅为猎奇，用无知去教育后代，其后果令人不寒而栗。

　　某日，笔者乘车听到一英俊先生与其小女对话。"爸爸，我在书上看到罗马帝国。什么叫罗马？在哪里？"小女边看车窗外边发问。先生沉吟了一会儿，答道："罗马就是罗马尼亚简称。"听之骇然！不为学问仅为圆说，用愚昧去开启后人，其后果无异火中取栗。

　　我们为人母、为人父的都若这般的话，我们真的要国将不国了。6月1日胡锦涛总书记来到少年儿童中间庆祝节日，强调："全党全社会共同关心未成年人成长，培养社会主义事业建设者和接班人。"对子女的教育培养直接面对的是为人父为人母的责任，义不容辞，责无旁贷。

　　教育培养子女首先就是要提高为人父母的素质，知识素质，人文素质，特别是思想道德素质。这应该是做父母的责任，这同样也是做社会公民的责任。"身教重于言教"，父母的一举一动、一言一行无不深深影响着自己的子女。父母勤奋，子女则努力；父母爱读，子女则会写；父母仔细，子女则谨慎。耳濡目染，习以为常，家庭熏陶就是指此。同理，父母的素质提高了，子女的素质同步而进。因此，教育子女作为一种责任，为父母的一定要战胜自我，克服陋习，不要现在不注意，放任子女自流，今后却要怪三责四的。今天的自我约束，自我提高，不仅于己利，更于子女利；今天的辛勤浇灌耕耘，明日定会有丰硕的果实。"教学相长"不仅适用于师生之间，同样也适用于父母与子女之间。

　　培养子女也要教育有方、得法，路径正确，才能事半而功倍。教育子女要从小抓，俗话说"三岁看到老"，就是这个道理。"六一儿童节"要谈要抓，"六一"过后更要常谈长抓，功夫全在平日。看见问题要及时教育。古言："养不教，父之过。"这句话已经把父母的教育责任说得非常清楚了，也把教育的时机讲得非常透彻了。谚语云："没有规矩，不成方圆。"《弟子规》《大学》《中庸》《道德经》，子、史、经、集，就是从小学习做人的规矩。这类书的畅销证明了社会需求，佐证了今日父母对传统规矩的重视。放大来看，凡世界上一切经典都可以作为子女教育的规矩。

无数的事实证明：人具备了素质，跌倒了可以爬起，失败了可以再成功，打散了可以东山再起。唯有教育才是家庭、社会、民族的最大财富和千秋伟业。教育的成功者才是民族的脊梁，社会的栋梁，家庭的支柱。

但愿文首两例的类似情况不要再现。

祝你平安

"祝你平安,祝你一生平安——祝你平安,祝你一路平安——"歌声在我耳边回荡,在我心里回荡。"平安"二字寄托了祝愿者的美好愿望。

在我们心里,平安是最美丽的微笑,平安是最温暖的心意,平安是最亲切的问候。

过节的日子里,平安的祝福,一句句,一声声。简单朴实,却最能打动每个人的心坎。这平安,是平凡生命与坎坷岁月交织的网结;这平安,是人生情爱与向往的支柱。人生最要紧的就是这"平安"二字,如果没有平安,那我们追求得再多也只是空的;人世间,没有比平安更幸福的人生了。

平民百姓,人生一世,草木一秋,花开花落,寒暑易节,谁不盼望个无病无灾,无祸无难?

佛语:"知足常乐。"所企所图所盼无非就是"平安",否则范蠡为何泛舟而不知所终?五柳为何结庐庐山而不待官场?"解甲归田"要的是平安,"老婆孩子热炕头"想的也是平平安安。

俗语:"平安是福。"无祸就是福。我们平头百姓都具有这种思想,因为我们在平凡生活中,都懂得珍惜和寻找身边诸多平常的幸福心境,细细品味着小桥流水,清风明月,叶伸花舒,稻香麦熟;细细体味着节日团聚,亲朋相逢,承欢膝下,共享天伦。

人们之所以都企求祈愿平安,因为她是每个人生活中必不可少的最基本的最切实的幸福。因为她是人与自然、人与社会的和睦与和谐。作为平常人的平常的愿望,不敢奢望大红大紫,大富大贵,大起大落:自然只有面对现实求一个人身无灾祸,家里无饥寒,榻前无病人,门前无官司,平平淡淡,寻寻常常,安安心心。

人们都需要祝福平安,可平安从何而来?平安不靠祭祀天地,不靠求神拜佛,全靠我们自身的修行。只要我们每个人都心无邪、念纯净,立身简朴而无奢侈,淡泊而无贪欲,修身养性放首位。不贪吃,饮食有节,可保身体之平安;不贪占,廉洁自律,可保工作之平安;

不贪色，洁身自好，可保形象之平安。为人一世一生，日日不过一饭、一榻、一桌、一椅而已，过多何益何用？所以好人才能一路平安，一生平安。每一个人都如此，大家不仅可以得到自己的一份平安，也能给社会创造一个平平安安的大环境。社会便会和谐和睦。

"祝你平安，祝你一生平安——祝你平安，祝你一路平安——"这是人人都喜欢唱的一首歌。"平安"应该是大家喜欢吟诵的一首心田的诗；"平安"也应该是大家在心中描绘的一幅最美的画。子女在外，一个平安的电话；父母在外，一趟平安的旅行；一封海外来信的一声平安；一次远朋来家的一声问候，都会引起心中的激荡，对己对人都是莫大的慰藉与喜悦。平安是幸福的愿望，她是美好的向往。她要靠我们自己创造，她要靠我们自己去体会，去感知。平安是一种心境，她要随遇而安，知足常乐，乐则平安，那么你就是一个幸福之人了。拥着平安，你就会在人生岁月的长河中寻找到乐趣，你就会感到人生的弥足珍贵。

时尚行踪

程 昊

第一辑　理财杂说

从银行金卡说起

某支行每逢发工资之日，银行调整利率之际，排队如长龙。排队一长，随着时间的延伸，耐心渐失，怨言渐起。偏偏此时有某公、某女直抵窗口优先，怨言终于有了火山喷发的时机。性格温文尔雅的说："请你排队。"暴烈火躁的吼："出来！侬算啥？不排队！"孔武有力的说："出来！否则我就要拖了！"某公、某女却用手指指服务窗楣的标志道："我是金卡，优先理财！"手持金卡还潇洒地扬了扬。大家睁开火眼金睛细细一瞧，果不其然，在普通服务窗口上赫然贴着"金卡优先"四个大字。普通存户问及银行职员，他们礼貌周到却是浑身充满着冰冷地回答："是这样的。"于是营业厅一片哗然，双方各执一词，互不相让，僵持拼抵，甚至有人打了110。你叫警察怎么办？又没有人违法违纪。

银行金卡服务优先的是是非非确实也值得一议。

其一，金卡持有者原本是为了花钱买方便，三十万抑或五十万作为方便的门槛。结果有时非但没有买到方便而且受气费时，真叫人搞不懂了。炒股也有个大户室，火车有软卧与硬席之别，飞机都有公务舱与经济舱之分。我到银行办事，如此也不过分。现在"优先理财"变成了"忧心理财"了，金卡何用？个性化服务何在？公道点说，到市、区分行确实有贵宾室，到了路支行就往往没有如此优待了。与普通储户在一起，人多时常常就会发生大大小小如上述的那一幕。因此，从造成这些不快来说，银行有责任。有些银行可能更多地考虑了经济效益，不顾当地的社会人文环境，不顾客流与业务变化的情况。因此，有条件你就上，没有条件你暂时就别上，硬上硬干往往没有经济与社会效果。

其二，于普通客户来说，拿工资来存款，是普普通通的工人、农民工、退休者，社会的改革已使他们付出了很多。贫富分化，社会上的腐败现象已足以使之耿耿于怀。今天到银行排了很久的队却遭遇金卡持有者的"优先"，更有甚者扬扬得意，颐指气使，令人火山爆发。银行是企业，当然"喜富"，但不能"嫌贫"，社会的平等至少也应该体现在公共场所，众目睽睽之下。大小都是客户，如何在此时此刻体现服务的差异和应变，才是银行的服务理念与水平。过去中国有句商业老话叫"老少无欺"，《沙家浜》中阿庆嫂有句唱词"来的都是客"，关键问题是"全凭嘴一张"，就是说的此理。

其三，从这件小事引开，随着我国金融业入世进程加速，外资银行逐步参与人民币业务，面对激烈的金融竞争，我国的银行确实应该改进服务意识和理念，提高管理经营的水平。"顾客就是上帝"，有顾客才会有业务，有业务才会有生存的基础。上述案例发生的当天就有不少客户拿了所有的存款转存到建设银行、农业银行去了。银行的柜面服务是银行的脸面，银行职员的服务态度应该是礼貌周到，但更要心肠火热。好好地解释说明也许结果就不一样。特别是支行的基层领导，更应该具有处理偶发事件的能力与智慧。

和气生财

中国商家早就有"和气生财"一说。

于治国理财而论是如此。

徭赋租税太重,君主与黎民、官吏与百姓矛盾尖锐必失和气。若官逼民反,于国家库府钱财而言,要用于镇压调解,开支明显增加,何有财而生、而增?对外交结各国:坚持原则,捍卫国家统一,尽量远交近攻,斡旋于列国之间。加入世贸,友好睦邻,近年来我国外贸不断发展,农民"皇粮"不缴,工人职员"调节税"调整,何愁财不生、不来?此谓"和气生财"之大道。

泰而和,平安就是和气,磐如泰山,稳定安逸就会滋生财富;反之,如柳宗元写的"种树郭橐驼"所言"旦视而暮抚""爪其肤""摇其本""木之性日以离矣"。如此,木何以硕果累累?国泰才能民安,民安才能殷富。自然、社会都是如此之理。

于治业理财而言也是如此。

商家首先要以平和心态对待钱财:在商固然应该言商,但决不掉在钱眼里,决不只见钱不见人;钱为人用,钱是身外之物,钱的本质就是用,就是流通。《史记·货殖列传》语"财币欲其行如流水",诗仙那一句"千金散尽还复来",不就道尽了其间的奥妙与玄机吗?那种对钱的超然与潇洒,那种仙气和顺表现得多么淋漓尽致。这样平和的心态才是治业理财之本,才是治业理财之出发点与回归地。这样商家才会老少无欺,诚心相待,货真价实,才会创立品牌,才会"酒香不怕巷子深"。

和气理财、和气生财是理财之道。中国凡商以大德为道,《周易》中早就说了"利,义之和也",这从本质上道出了"和"与"财"的关系。"和"的本义就是以人为本,有了"和气"才会有"人气"。《大学衍义补》上说:"财生于天,产于地,成于人。"将这个道理讲得非常明白。"海尔""春兰"产品的售后服务,建设银行、中国银行的理财服务不正是真正体现了这个道理吗?由此可见,"和"不仅仅是一种经商的态度,更是一种经商的理念,一种经商的境界。如此,才会货源充足,客流不断,财源滚滚。也正如《沙家浜》中阿庆嫂所言"铜壶煮三江,笑迎八方客",六面迎风,财运亨通。按上海话来说就是"运道来了,挡也挡不住"。

但反过来说,若投机一时则将身败名裂财亡。目前市场上不乏这样的投机者,这种人经商牌子是自己做塌的,这种商人俗称为"奸商"。他们所做的都是"一次性"生意,目前还有一定的市场与空间,他们变换手法,在顾客身上恶狠狠地、血淋淋地宰上一刀,吃顾客的肉,喝顾客的血,自以为得计。当社会市场法制完善与公民的意识提高之时就没有他们的立足之地了。何况法律的绳索正在套向他们。这种没有文化意识的商人终将被淘汰,这种唯有利益的商人终将"搬起石头砸自己的脚",出血的是他们自己。

机缘缘来缘去

俗话说："机遇总是为有准备的人所把握。"此言不虚。其实，机遇就是机缘。机缘总是随风而来，乘风而去，转瞬即逝。你要把握，就看你是否眼疾手快，就看你是否当机立断了。

从商投资理财更是如此。细细理来，缘来无非是：时机上的占先，空间上的拓取，产品上的开发。

当别人还没有认识到股票是怎么回事，还处在懵懂之时，可你已经着手操作，你在时间上占了先。当国家为了实行房改，采用买房退税政策刺激房市之际，房价在低谷徘徊，你却买进了房，享尽了时间领先的优越。当上海等大城市已开始流行饮用纯净水，周边苏州、无锡、嘉兴正是你纯净水商业拓展的处女地，农村城镇则是纯净水商业拓展的第三波所在。服装流行样式在空间上的拓展时间更快，"时间就是金钱"从这个角度来讲，没错。那么同样产品的创新开发无疑是自己在制造机缘了，可以预见，在能源日趋紧张的今天，谁开发出适应市场的新能源，谁能和石油抗衡，谁就掌握了命脉。也可以看到，昨天对水资源的漠然无视与今日对水资源的珍惜以及对水资源的深度开发利用的截然不同态度，正说明机缘有时是掌握在自己的手中，但又不尽然。如果你坐失良机，让后来者赶上，你的机缘必然失去。所以，从商投资理财，不要抱怨没有机缘，机缘正如美一般，在于你独特的视角与眼光。

问题是：你能否发现机缘，捕捉机缘。机缘离你而去，有时不是你没有发现机缘而是你没有当机立断，没有及时加以捕捉，机缘与你有缘无分了。很多人会留下许多终生的遗憾，就是此因。细细想来，机缘更多地存在于新的政策、新的产品、新的举措之中。前文提到的股票、房改、纯净水无不如此。每一新事每一新物出现，机缘的空间很大。投机的人多了，机缘的空间自然减少了。"领先""先机"就是说了这个道理。当然有机缘就有风险，事物从来就是如此。从商投资理财的机会如此，其他事物情理亦如此。

机缘缘来缘去，犹如春夏秋冬的来来去去，更像风儿的来来去去。有人不知不觉，有人木知木觉，有人却稍有触碰就灵感知觉，更有人能先知先觉。这就看你有没有慧根、明眼、聪耳了。

经商的义利荣辱

"商"字,古代为部族,继而又名为朝代。至于作"商人"讲,那是假借义,如《史记·苏秦列传》中有"力工商",即努力从事工商之业。请注意:在古代"商"与"贾"(gǔ)是有区别的。靠运输奔走贩卖的称"商",靠囤积盈利的称为"贾",所以习惯上也就概括为"行商坐贾"了。后来"商贾"连用,即泛指商人了。一旦成商,就应该入道。商道就是讲行商德行,就是要知义知利,知荣知耻知辱。

古人将义利荣辱的关系论述得很明白清楚:"是故君子先慎乎德,有德此有人,有人此有土,有土此有财,有财此有德。"(《大学》。)从知荣知耻知辱的德行出发,获利发财,最后再回到积善成德的轨道上来。否则就是你不知荣、不知耻、不知辱、不识好歹,为君子不齿,为常人不屑,为见利而忘义之徒。玄高,为春秋时郑国商人。公元前627年,玄高往成周经商,及滑,路遇袭击郑国的秦军,遂冒充郑国代表,以四张牛皮和十二头牛犒劳秦军,以示郑国已预知秦军来袭。又秘密派人回郑国禀告险情。一个生意不大的商人,将义利荣辱孰轻孰重,分辨得清清楚楚,如此果断,如此明确。以热爱郑国为荣,以服务郑国人民为荣,以义为重,以荣为重显赫彰明。

凡商,若无大德以道,只是技巧一技。可惜现在的奸商、滑头商、投机商、黑心商不少,且屡屡被曝光。小至马路边的摆摊小贩,大到著名卖场厂家,他们不知损人利己为耻,不知见利忘义为耻,不知违纪乱法为耻。更有甚者,稍有几个黑心钱财,便吆三喝四,大呼大叫,趾高气扬,自以为不可一世,颠倒黑白,以骄奢淫逸为荣,以艰苦奋斗为耻。某些演员艺人不注意社会形象,某些名角大腕亦复如此。仗着财大气粗,颐指气使,是非不分,荣辱不辨,在世人的眼里是何等可鄙可卑可耻可笑。

《史记》有言:"天下熙熙,皆为利来;天下攘攘,皆为利往。"但,请当今营商者谨记:"夫义者利之足也,废义则利不立。"(《国语》。)你想要做生意,你想要获利,你想要发财,你必须将义放在利前,你必须知荣知耻知辱。你欲获大利,你欲投资新的项目,手头资金周转困难却想用拖欠员工工资来解决问题,将信与义置于脑后。到头来员工不满,工作效率下降;或者员工上访,劳动监察部门来查,结果是"赔了夫人又折兵"。这样的情况我们在电视上还看得少吗?类似的事例还少吗?所以明理的经营者都懂得:义在利前,知耻而后荣。创建品牌,建立信誉才是经商颠扑不破的真理。否则你永远做不大,做不久,做不强。

礼品是一杆秤

"麦当劳"曾经为就餐的顾客赠送造型独特、制式各异的"史努比",共计五十六款,此举很得孩子的欢心,有的孩子已经不在乎吃"麦当劳"而在乎得"史努比"。这样的卡通形象戏谑滑稽,可爱若人,不要说孩子喜爱,连成人也会爱不释手。香港苹果杂志社曾为它的不同客户对象赠送塑料苹果、水晶苹果甚至金苹果,所有的赠送礼品都和苹果标记有关。荷兰银行所有赠送的礼品都有凡·高的画。

显然这儿的"礼品"含义绝不是礼尚往来的示意美好的个人家庭行为,而是指企业厂商给消费用户的一种让利,一种回馈,一种报答。就其本质是一种商业行为,但也就此可以看出企业的文化内涵、经营理念、指导思想。

《说文解字》中释"礼(醴)"为"履行所以事神至福也";"品"字《易·乾卦》说"品物流行",《增韵》解"物件曰品"。我们不妨理解为:侍奉客户,祈盼福到的物品。我们希望顾客上帝有福祉,更希望公司企业在亿万顾客上帝的茫茫大海中直挂云帆。事实上,现在许多公司企业厂商都充分认识到了这一点。无水便无鱼,水大鱼才活,海阔才能任鱼跃。公司企业厂商赠礼是商业行为:是在培育市场,是在培育客户,是在营造和谐的买卖关系,是促销手段。但是有的公司企业厂商却是纯粹将赠礼品作为"钓饵"钩你来买它的货,骗到算数,发礼品券等于是白纸一张。这种品行不上品不入流,是要严加整治和打击的。有的公司企业厂商还将过期货、劣质货、滞销货作为礼品,他们不是将客户看作"上帝",而是施舍的对象。这是目下在商场市场上礼品的"下品"。还有些公司企业厂商对礼品的选择是"脚踩西瓜皮,滑到哪里是哪里",带有很大的随意性,完全由部门负责人的个人喜好决定,或者完全顺从大溜,缺乏长远的系统的意识。这是目下在商场市场上礼品的"中品"。"上品"者,如"麦当劳"、香港苹果杂志社、荷兰银行。

礼品就其本质讲是一种商业行为,但更是公司企业厂商的内质外现,是一种广告行为。"礼"与"品"是精神与物质的组合,如何组合学问不小。"礼"有轻重之分，"品"有上下之别。我们的老祖宗早就有过说法，"品节斯，斯之谓礼"（《礼记·檀弓》）。俗话说："千里送鹅毛，礼轻情义重。"由此看来：礼品在于得法、适时、合度。四时不同，春桃秋菊夏荷冬梅，花也各异；节气相差，春节中秋端午冬至，气氛也不一样。你能夏穿棉袄，端午吃月饼？香港苹果杂志社曾为它的不同客户对象赠送塑料苹果、水晶苹果甚至金苹果，是合度。因为礼品的本质是一种商业行为，所以不得不考虑成本，不得不考虑礼品接受者的身份等级以及他能带给你的商机利益。"麦当劳"得法于"攻心为上"，攻孩子之心，得人心者得市场，由此可抢占市场的份额。

  应该说礼品是顾客客户与公司企业厂商的一座桥梁，它构架起相互之间的理解；是平台与载体，通过它，顾客客户可以看到公司企业厂商的形象与诚信。礼品也是目前市场公司企业厂商经营方式多元的体现，是寻求新的商机的手段。礼品的真正意蕴就在于此，不知公司企业厂商是否注意到，深切体会到？

理财三戒

外资银行登陆抢滩已成现实，内地银行颁"指引"促商业银行金融创新，发展中间业务是中资银行在此之前做的应对外资银行的准备。目前商业银行已有62家取得了衍生品交易资格，去年交易额达到14万亿元，近30家银行已经办理理财达1300亿元，电子银行业务也达100亿元，银行发卡从2001年的3.8亿张，增长到目前的10.3亿张。房市虚涨基本压抑，股市一度牛气，金市屡屡攀高。市民投资欲望陡然膨胀起来，投资理财之念，如同潮水涨起。如何面对这波浪潮，而今且提三戒。

一戒冲动。投资理财是理性行为，是建立在对投资领域丰富经验和投资项目充分论证基础上的。自己本身就是外行，又没有冷静研究和咨询的过程，风险可想而知。前一段时间炒房失风者还少吗？空手套狼，空麻袋背米，不是被吃就是压死；反之也是"肉包子打狗有去无回"，抑或"捡了芝麻丢了西瓜"。工薪阶级，小买卖经营，还要养家糊口，积攒点钱不易，不要盲目追求"以小博大"，那是赌徒的心态。想一夜暴富的心态，容易引起冲动，也容易丧失理性，那么也容易失败。

二戒侥幸。侥幸是冲动的前提，老想"万一我成功了"，须知此侥幸概率就是万分之一。胜数少，失算大；获利小，付出多，侥幸其实就是赔本的买卖。有万分之一的侥幸者，声名大扬，全市全世界皆知。人人都趋其利，若鹜如蚁，人的心理状态本来就是如此，只想到"万一"，没想到"一万"；满眼是"万利"，不见其"一害"。九千九百九十九的失落者，"打掉牙往肚里吞"，怕别人说他傻，无用，没福分。所以知者少，言者寡。此言此议，希望侥幸者戒。

三戒轻信。"人云亦云"，张三说股票好，李四说纸黄金好，于是今天买股票，明天买纸黄金。不知东西，不明南北，撞到的少，跌倒的多。"憨人有憨福"，但这绝对是少而又少的。这还是好的结局。如果碰到骗子或骗局那就大大地倒霉了，目下这样的案例不少，足以引起轻信者戒。

那么如何理财是好?

一是不少银行都有理财室,你可以请理财专家帮你策划,规避风险,保值升值。你也可以选择理财产品,例如建行、工行、中行、农行都有不少理财产品。

二是投资理财的水很深,喜欢游泳的人可以从"浅水区"练起,逐渐游向"深水区",经年冲浪,乐此不疲。其间受陶冶,练悟性,在风浪中学会游泳,丰富经验。注意金融新产品,研究动态、趋向、背景。

初涉者由银行理财专家引入门较为妥帖,随后涉水时间既久,水性自然会成,功夫自然会到。现代社会金融知识已相当普及,金融资本操作已是现代人的一项必修课,有心有意者一定要懂得戒律。

输赢寻常事

　　许至诚做股票十年，先赢后输。七八年前赢的时候，积累了一笔资金。老母与他儿子住朝北一间，冬天冷，夏天热。老母与儿子生活在习性上有很大不同，着实不便。老母说："见好就收，买房子吧！"至诚正在节节胜利之时，势如破竹，春风得意，只想赚得更多，赢得更大，满脑是钱。那时节，至诚狂妄得很；人也如球，充满了气，鼓胀得很，哪把老母的话放在心里。一眨眼，局势陡变，股票指数总在1200点左右徘徊。原来的价值缩水一半还多，见人如同祥林嫂，喋喋不休诉说股市怨情，自己也如球，泄完了气，"吃瘪"了。原来的得意化作了悲哀，苦恼，怨恨，心态也起了变化，叫旁人看了也难过。

　　其实，许至诚大可不必如此这般。当家理财，金融投资，炒股买房，投资黄金，开店经营无不要有一个好心态去对待。一句话，要赢得起，也要输得起。这句话的底蕴是，人的自身是"1"，其余都是"0"。如果"1"没有，那么"0"再多，也是空的。俗话"留得青山在，不愁没柴烧"就是对这句话的最好诠释。如果有了这样的心态，什么样的坎不能过，什么样的难关不能闯？

　　输得起，就是指那种"屡战屡败"还要"屡败屡战"的精神，虽然是一字之易，却是一种全新的境界，"败不馁"说的就是此。股市下挫，就割肉，那么连翻身的机会都没有了。见输就急得黄汗直淌，就乱了方寸，未免过于痴迷金钱，鼠目寸光了。说到底，这是赌徒心理，是投资理财大忌，是没有文化底蕴的折射。如果有了好心态，即使"满盘皆输"也输得起，处变不惊。这样的人从某种程度来看，也是人才；这样的人定会"东山再起"。只要不盲目，"赢"是早晚的事。

　　赢得起，就是"胜不骄"。就不能像许至诚那样稍有进账就狂妄。心态好的人就要"见好就收"，说到底就是不能过贪，不能过欲，否则"物极必反""盈满则溢"。这就犹如吃饭，七八分饱才有益身体健康，才会运作有常，天行其道。决不能一见赢，心房就膨胀，眼睛就发红，欲望就扩大。在盈利之时，要有一颗平常心，要有一种平和的心态。要知道世上无常胜的将军。《孙子兵法》云："知彼知己，百战不殆。"但是，要做到既完完全全了解自己，又完完全全了解对方，这可能吗？俗话说"要有自知之明"，自己了解自己都很难，更何况是了解对方呢！因此赢他个七八分就非常不错了，这就是"见好就收"的由来了。

输输赢赢寻常事，不必输就怨天尤人，长吁短叹，窘迫万状。这种状态何以能赢？一旦赢了，就得意忘形，自以为是，自傲自大，这种状态怎能不输？这就如同博弈，输一着就青筋暴露，抓耳挠腮；心静者，神情潇洒，自然技胜一筹。同理，经商理财投资炒股亦然。要知足常乐，心存感激。股市房市金场经商都有风险，有风险就有输赢，有输赢就应该有好心态去应对。这才是经商理财之道。

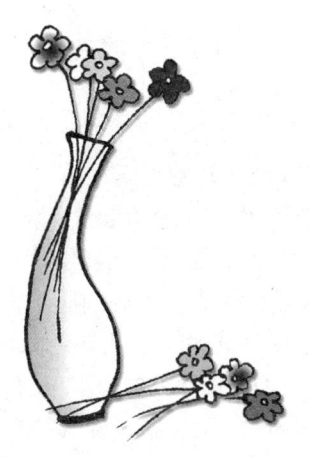

平常心看铜钱

现在大多数人经商理财是掉在铜钱眼里。满眼是钱,想的是钱,追逐的是钱,以致心态失衡,鼠目寸光,急功近利,唯利是图。他们与孔方兄太切近了,日日肉贴肉,浑然一体,如同已出。至此,反看不清孔方兄的真面目,"亲则疏"了。反而他的经商理财的情感被孔方兄牵制,他的经商理财思路被孔方兄掌握,他的心灵被孔方兄搅乱。这种人其实攒不到钱,挣不到钱,赢不到钱。他从根本上失缺了文化,没有文化作为底蕴的人经商理财易失方向,容易迷糊,更会短视。所以现代企业都有其企业文化。企业文化就其本源是一种文化理念在经商理财中的升华,是一种理智,是一种哲理。

首先铜钱是身外之物,经商理财一定要有好的心态,铜钱眼外看铜钱,心态就会好。在温饱保障的条件下经商理财,要见好就收;世人经商理财蚀本亏欠大多是心太贪,赢了想再赢,赚了想再赚,结果往往与愿望相反相违。《易》中道:"盈则亏,满则溢。"其实凡事有个七八成就非常不错了。道理是非常明确的,大家都懂,但具体操作起来,就如前面所述,常常情感超越理智了。往往心态会被孔方兄扭曲,掉在铜钱眼里心态会被铜钱淹没。心在那种场合要膨胀,脑在那种场合要发热,丧失了文化哲理的立场根本,不能以平静的心去对待。钱真正是身外之物,你想想:凡人活在世上一床、一椅、一饭而已,睡多了要得病,坐久了不舒服,吃多了问题更多。因此有了铜钱是身外之物的观念,你会乘风扬帆,见利就收,随遇而安,知足常乐。

其次铜钱眼外看铜钱,你会辩证地看经商理财中的问题。股票的涨落,房价的跌升,黄金的高低就犹如"人有悲欢离合,月有阴晴圆缺"。股市现在大跌是在大涨之后,涨涨跌跌原是规律,原是情理中的事,不必大悲;房市现在大涨,是在房市长期低迷之后的必然,但目前的狂涨又有其经济规律,不必大喜。范仲淹说"不以物喜,不以己悲",倒可以作为座右铭。可哀的是:目前法规不全,制度不善,暗箱操盘,违规炒作,资产流失,中饱私囊。但高层注意到了这些问题,想必经商理财的环境优化为期不远了。

淘金心态

最近由银行推动理财又有新品上市，一股"炒金"热初起端倪，继去年底上市的鸡年金条被悉数购空之后，"奥运金"又成热点。自改革开放以来，"君子爱财，取之有道"已成为大家的共识，从炒股到炒房，再到今日炒金。百姓百态，百种心态。

一是从众心态。改革开放的闸门一开就是"工农学兵商，大家齐经商"，见了面就问道："发了财？"888的数字谐音"发、发、发"成了世上最佳音；电台电视台甚至还开辟了频道"学说广东话"。待到股市股票盛行，似乎人人都成了上市公司的股东；人人都成了股迷、股疯；见了面碰了头，在办公室、车间、家庭、马路，谈的是K线，涨停板，上证指数。等到房产兴起，加之拆迁，买房成了全社会最关注的热点，百姓生活"衣食住行"的"住"能不是大事吗？而且"小康不小康关键看住房"。你买我买，你贷款我贷款，最倒霉的是最后从众跟进的。

二是定式心态。上海人做股票也好，买房子也罢，有一种思维定式，叫"买涨不买跌"。这是从众心态的极致反应。思维定式犹如物理上的物质运动的惯性，也犹如股票在涨，房价在涨，一旦要它停下来，还要有个过程。思维定式的本质是缺少创新精神，缺乏独立的思维空间，既无另辟蹊径的能力，也少冒险的胆略。所以发财致富轮不到他们，最多只是分得残羹冷炙一二而已。

三是观望心态。凡涨、凡跌、凡临界、凡新政策出台，观望一番，踌躇一阵，看看别人如何策划，看看别人有何举动，不为天下先，不为人先，既是处世金针，又是理财警言。观望之际，弥望之时，机会丧失殆尽。目下股票指数下跌近千点，尽管股市不规范之处多多，但做中长期未必不是吃进好时机。

凡此种种心态是真正炒家炒的"栗子"，是真正炒家充分利用的心态，是真正的"冲头"，股市房市金市，炒股炒房炒金就是炒有这样心态的人。就是炒你的从众心态、定式心态、观望心态。

当然股市带给股民，特别是低层投资者很多阴影，所以现在不少投资者存在一种真实心态,就是在投资过程中只相信真金白银,对空幻的阿拉伯数字的股票、纸黄金都存有疑虑,这里既有传统投资的心理心态,也有大量上市公司违规操作与黑幕带来的丧失信心的体现。这种心态是投资理财过程中,投资者在市场不规范的情况下,自我保护意识的体现。尽管时下,"炒金热潮"阵阵涛声,可是真正的黄金买卖,真金白银的买卖,真枪真刀的买卖千呼万唤还不出来。这里面可能还牵涉到真金白银如何快速验明正身等问题了。

要在淘金场上淘金,看来投资者在投资理财中要调整心态,摆正位置,改变策略。

戏说"贝"字旁

电视电影有戏说,如"戏说乾隆"。而今,咱也戏说"贝"字旁,择其一二。

中国古代以贝为钱为币,因此仓颉他老人家造字的时候,凡与钱财有关皆以贝为形旁为义符。中国文字原为象形、会意、指事、形声、假借、转注。从"贝"字可以看到国人对钱财的观念,原始的金融概念,以及金融的发展轨迹,对货币的思考。

现时报纸杂志出现频率最高的字莫过于一个"财"字。"理财"是财经类及其他相关报刊最引人注目、最吸引人眼球的栏目。天下熙熙,世人纷纷皆为财忙。但有钱无才,有钱也会变无钱。有才无钱,无钱会变有钱。此才是才能才干,知识智慧。你缺乏应有的ATM相关知识,缺乏应有的警惕,碰到ATM莫名的"故障",银行卡卡在机口里,转身瞬间就丢失了4 500元。不法之徒用高科技之才,眨眼入袋。凡此种种不一而足。"财经"是人运用智慧才干操作钱币之道。学习之处即为"财经大学"。"财政"本为理财的法规、政策、措施。因此以此设立的机构名曰"财政部""财政局""财政所"云云。

另一个出现频率极高的贝字旁是"贪"。《说文》解:"欲物也。"《离骚》说:"爱财曰贪,爱食曰婪。"孔夫子说:"食色,性也。"此原本无可厚非,但超出了生理道德法律范围,那绝对是不允许的。贪财贪食贪色之人是只见今日之人,是只图眼前利益之人。君不见贝字上的一个今字吗?贪者往往会有非分之念,过头之想。贪财就会有"马无夜草不肥"的举动,或索贿,或改账,或挪用,或这或那。贪食就会撑大自己的胃口,摄取更多的营养:血脂增高,血糖增多,血压升高,脂肪堆积,肝功能弱化,肾器官虚亏。贪色更是败坏了道德,掏空了身体,后院起火,鸡飞狗跳,夫妻离异,子女怨恨。所以《诗·大雅》有"贪人败类"之说。由此看来物欲寡淡为好,于己于人于家于国于大自然都有利。而今提倡节约型社会极有道理。

与此相对的是贫。《说文》解："财分少也。"是社会资产分配问题，是自己的努力不够，是天时地利之因？但事实是贫者无财，贫者无资。贫者要吃饭，贫者也要生存，于是到城市打工。建筑工地、菜场摊贩、装修装潢，到处有他们的身影；冒风雨，触寒暑，耐艰苦，挑重担皆是因为一个"贫"。

　　其实汉字的灵性全在于它不是拼音文字，那些方块字的造型本身就能勾起你想象，让你有无限的想象空间。民族文字是民族文化的精粹，是否也可见我们的民族是一个充满想象力与创造力的民族？

中国的儒商和我们的理财

中国儒家的伦理对我们民族精神的影响是超越时空地域的。儒家的价值观影响了我们一代又一代。

孟子说"君子爱财，取之有道"，中国人对经商理财首先讲究的是道，讲究是否合乎法定规范，讲究是否合乎礼仪道德，讲究是否合乎价值规律。以这样的儒学思想去经商理财自然技高一筹，自然胜多失少，自然而然地会建立起一种经商理财的哲学思想，这绝不是今天泛泛平庸之辈所能理解与想象的。这样经商理财的风范，犹如书生意气，挥斥方遒。这样的经商理财行家就称为"儒商"。同样，这样的军事指挥员，就被称为"儒将"。中国的晋商、徽商就这样从深山走了出去，走向了九州四方。

儒商的为商之道即为人之道。经商理财首先讲的就是心态，急功近利，势必为蝇头小利而斤斤计较，这是儒商所鄙夷的。儒家讲究"见义勇为"，儒商就要讲究"见利思义"。儒家讲究的是"和为贵"，儒商就讲究"和气生财"。这儿的"和"，不仅仅讲的是对顾客的态度，也讲的是对商道中人，同行同业。"顾客是上帝"的观念早在儒商中扎根；尽管"同行是冤家"，要讲竞争，但儒商的风度，大家的风范是"君子不同而和"。这是一种境界，一种秩序，一种平衡，一种和谐。

儒商的品牌思想应在欧洲现代经商理念之前。中国的一句老话"酒香不怕巷子深"，说的就是此理。儒家的伦理转化为一种企业或经商理财的品牌思想理念。"酒香"讲究的是质量，以质量取胜的理念是品牌思想的根本。否则，即使你"天时、地利、人和"都占有了，但是不讲究质量，结果等于零。这与今日不创品牌冒充品牌，见利忘义的某些企业商家相比，真是天壤之别，不可同日而语了。这样的经商理财者缺乏大家风范，王者之气；无儒风儒气，肯定做不大，做不强，做不久，颓败倒闭是必然的。"风物长宜放眼量"，小家子气，短视者是干不了大事的。

以"儒"来命"商"，那就一定要有文化气息，一定要有一种超然物外的眼光去看经商理财了。掉在铜钱眼里就是"只缘身在此山中",所以他们往往"不识庐山真面目"了,只有将经商理财的思想哲理化,你才能"横看成岭侧成峰,远近高低各不同"。你才会清晰地看透经商理财的规律与本质。

儒商视商场为战场。既然是"和而不同",不同就是差异,就是矛盾。斗争是必然的。所以孙子兵法,"三十六计"都能用上。在商场上经商理财,孙子兵法,法法相宜;"三十六计"计计相益。就看你心计一念,运筹帷幄了。因此儒商在商场可以尽施才华,力展解数。你有多大本事,你有多少先见之明,你能创造何种发明,商场上全见分晓。

儒商是将儒学哲理化。我们是否可以考虑一下:在经济社会发展的今天,我们祖宗先人的遗产是否也应该整理一下,来继承发扬呢?

第二辑　文化之旅

深深的小巷

　　深深的小巷越远越深，越远越窄。它是一条伸向美好明天的幽深小路；它是一条伸向幼稚童年的短暂小路。

　　随着岁月的流逝，随着时间老人的脚印，渐渐地居住小巷里的人都搬走了，有的老了……小巷失去了年轻时的风貌。在它的身边，是一座座直冲云霄的大厦。小巷的"孩子"不少离开了小巷，离开了哺育他们童年的小巷。

　　清晨，小巷在一片自行车铃声中，在谈论小菜价格声音里惊醒了。只要推开窗户便可以看见推着自行车的年轻人，系着红领巾的学生，挎着菜篮的老人……小巷显得那样拥挤，那样小。

　　傍晚小巷里更是热闹。红领巾们谈论着一天的学校生活，年轻人说笑着各自回家。再稍晚一些，公用自来水龙头旁边便沸腾了！淘米声、洗菜声与苏州方言融合在一起，像一支快乐的乐曲在小巷回荡。每当晚霞盖住小巷时，人们三三两两从家里出来了：散步，串门……就连冬天也不例外。孩子们常趁这时候溜出家在狭窄的弄堂里躲猫猫。傍晚，劳累了一天的小巷，终于在一片叫卖桂花赤豆粥声中入睡了。

　　记得童年时，有一年父母从江西回来探亲。那时已是深夜十点了，到家晚饭也没有吃呢！我正睡在被窝里，从被窝缝往外看着陌生的父母（因为我从小就是由奶奶带大的，所以很少看见父母），只听见他们在和奶奶说："为了赶火车，我们晚饭还没有吃呢，怎么办？"我不禁从被窝里扑出来，说："王大妈那有卖桂花赤豆粥，他们夜里也出来卖的。"爷爷应声说："对，我去买两碗。"不一会儿，他端着两碗热气腾腾的桂花赤豆粥回来了……这件事虽然已过去了好几年，可是我还记得很牢很牢。

　　我爱小巷，这条充满江南水乡风味的小巷。深深的小巷是通向童年和明天的彩虹。

谈读书

写"jing"在题中，总有些不伦不类。其实在口语中说"jing"，能表达"净"与"静"两个含义：一是有净地净土可读书，二是读书有静境能静心去读，达到心静思净。

读书是一种眼睛在文字上的行走：或肆意漫步，或匆匆疾步，或款款而行，或走走停停。如果说一本书是一片原野，那么心就是播种机，眼睛就是播种机下移步换景的车轮。

一个人在尘世中待久了，就格外向往一片净土。特别在浮躁喧闹的都市，骚动尘嚣的人群，那么书房、书就是一块净土，"爱得我所"。我喜欢一副楹联："志不求荣，满架图书成小隐；身虽近俗，一庭风月伴孤吟"。书房、庭院、风月，那便是净土所在。也如鲁迅先生小诗中句子"躲进小楼成一统，管他春夏与秋冬"了。古人这样比喻书：书似青山常乱叠，灯如红豆最相思。书卷多情似故人，晨昏忧乐每相亲。眼前直下三千字，胸次全无一点尘。是呵，净界之所，全在于胸中无尘，思中无邪，脑里无杂，只有净才可读得书，读得进书，读得好书。真的，如果一个人在尘世中抱负得不到施展，寻求不到精神的净土，那么书就像一扇朴素的门，只要你真诚打开，然后走进去，把浮躁喧闹、骚动尘嚣关闭在门外，你就可以有了一个很大的虚净空间。没有"居庙堂之高"的牵绊，没有"处江湖之远"的纷扰。《摩微经》中有这样一句诗："欲净其土，当净其心；随其心净，则国土净。"是的，红尘中被名利羁绊的人常常抱怨生活的疲惫和劳累，我想：如果我们像《红楼梦》里禅悟的贾宝玉一样，从红尘这个喧闹不宁的家出走，然后遁入书卷这个寺庙。那么，放眼生活的这片土地，必定是"白茫茫一片大地真干净"。

境净定会心静，读书须讲究一个"静"字。孤灯如豆，寒窗夜读；曦光初露，庭院晨诵；寂寥午后，阳台浅吟；月光如水，头枕诗书。或雪夜拥被，低首埋卷；或香茗一杯，好书两本；或雨打芭蕉，诗词数阕。静里透静，闹中取静，宁静似水。只有静，读书才有氛围；唯有静，读书才具心境，才开卷有益，妙趣横生，掩卷长思，思绪万千。"宁静致远，淡泊明志"是静心读书后的一种人生况味与境界；怀拥书香睡去，头枕智慧醒来，不失为一种幸福。当我们静下心来读书，沉溺其中，读书的心犹如一片洁白的羽毛，曼妙轻柔地落在书籍这智慧的常青树上，花开花落两无言，独成一树风景。

　　净可读书，静可读书，净静读书，细细品味，做一个真正的读书人。即使一泓浅水，时间长了终究会汇集成闪着光芒和幸福浪花的汪洋大海。

长伴长相知

我在金融业工作,当然要读金融业的报纸,因此选择了《上海金融报》。因为她"专业引领财富",因为金融在改变人们的生活,在改变人们的观念,在更贴近人们日常的时代,《上海金融报》的良师益友作用显而易见。

打开《上海金融报》第一版,你就可以醒目地看到"财经要闻""财富论坛""视点""今日话语",这些正是所有人关注的要点:"财经要闻"是政策层面,"财富论坛"是理财的观念层面,"视点"是动手理财的切入层面,而"今日话语"则是技术层面了。大家投资理财不能不关注此"四面",我在金融业工作更应仔细深入研读,这于市民于我而言难道不是良师吗?《上海金融报》一报在手,从"民生·经济"到"海外聚焦",从"专栏·互动"到"新闻分析"无不透出领先引领的作用;由"钱题"到"钱沿",由"解惑"到"量裁"无不显现了权威、实用、知识的效应。韩昌黎曾曰:"师者,所以传道授业解惑也。"《上海金融报》就是这样的师者。

我认识《上海金融报》已经很久了,她又似益友。有时我总有一种表达的冲动。人生要承载的东西很多,因此,人性就容易变得脆弱,这就需要有一种寄托,以托付这种沉重,把它转化为轻盈。这种寄托于你或许是一本书,或许是一杯酒,或许是一次旅游,或许是一回倾心长谈;但于我,就是一份《上海金融报》。在《闲话理财》栏,我从中国传统文化的角度切入,来谈种种的人生感悟,来寄托自己的看法、忧思与不安。发表了类似《淡出大味》(2004年6月8日)、《兵法看商道》(2005年7月26日)、《平常心看铜钱》(2005年3月22日)、《机缘缘来缘去》(2005年11月4日)、《心态决定财富》(2007年4月20日)等二十多篇金融文化的文章。当我从内蒙古草原归来,身上还带着塞北的风,就在《格调》上涂抹了《瀚海无边》(2005年10月14日);当我从新疆雪原回沪,衣上的雪还未掸净,也在《格调》上急写了《天山上的来客》(2006年10月31日)。读《说文解字》,在《七彩宝地》写随笔《戏说"贝"字》

（2005年11月25日）；开会发礼品，在《旁观者言》作《礼品是一杆秤》一文（2005年12月20日）。居家过节，春节中秋端午，热热闹闹，亲情融融，其乐昌昌，就在《闲情偶步》栏，书了《节日的底蕴》（2004年9月3日）；同事朋友相聚，南友北朋，方言相杂，包容四海，遽而有感，《上海金融报》便是一个听我倾诉的朋友，是我静心思考的平台，我从那儿汲取力量，得到启迪。在这个平台上我认识了顾国泉、尹娟，我神交了麦客、阿海；我能与读者互动交心，与大家分享体会感悟、欢乐与忧虑。

在金融已经融入了我们生活的每一个角落的今天，金融正在改变我们的生活与城市。上海有数千万的股民、基民本身就说明了这一点。作为贴近市民生活的《上海金融报》有着更广阔的天地，更有作为的前景。当股市牛气冲天急奔之时，我们需要注入镇静剂，让民众理性；当股指受挫之际，我们要稀释众生的焦虑之心。仅就这一点，《上海金融报》就是我们的良师益友，就会同我们长伴长相知。

读书的本色

五一长假有机会逛书城,看到"中国儿童文化经典导读"类书籍畅销,人们终于认识到了读书不仅仅是为了"功利",为了一块进阶的敲门砖,而是修身、养性、立德,而是愉悦身心,陶冶情操,确立人格。

功利读书,读者读久了必然厌倦,习者练久了必然痛苦,但"书中自有黄金屋,书中自有颜如玉"在刺激着,读书走上仕途的锦绣前程在召唤着,于是有了"十年寒窗"之说,有了"头悬梁,锥刺股"的传诵,于是读书成了痛苦的煎熬,坚忍的磨砺。读书变了色,乏了味,走了调。读书不再是民族智慧的闪光,不再是民族文明的弘扬,不再是民族文化的传承了。读书只是个人狭小范围的个人利益,读书只是个人眼皮底下的个人事情。

读书的这种变异从封建社会开科取士开始越演越烈,危害愈深。从吴敬梓《儒林外史》中的范进到鲁迅笔下的孔乙己都是功利读书变异后的极端。他们的心态被扭曲,精神被折断,思想被毒化。他们身上看不见睿智宽宏,感觉不到机敏觉慧。他们在人们眼里只是滑稽可笑、愚蠢痴呆的形象。急功近利读书更是一种短视行为,一种只顾今天不问明天的做法。犹如井底之蛙,夏季之虫。又犹如河伯拘于墟,曲士束于教。这样的读书,了无趣味可言,毫无生机可说;这样的读书,孩子不会爱,我们也不会爱。即使是"黄金屋""颜如玉""锦绣前程"刺激召唤,恐怕行得了一时,也做不了一世。功利读书,尤其是急功近利读书都不是读书的本色。

非功利读书或者淡化功利读书,为求智慧而读,为寻真理而读,为修身养性而读,为立德传道而读,境界高超,情趣迥异,感受全然不同。

一阕《沁园春·长沙》写透了伟人读书求真的境界,一句"问苍茫大地,谁主沉浮"道出了伟人读书的高超,使后人激荡不已。"天下兴亡,匹夫有责"这是读书人的心底呼声,这种振臂高呼,天下景从,鼓励了多少仁人志士;"先天下之忧而忧,后天下之乐而乐",这也是读书人心底的呐喊,这士大夫立言立身的名言传颂了多少代人。这种为国为民为天下的读书,这种忘我无我的读书本身练就了高超的境界。这种物我两忘,唯有民、唯有国之境界的高超,与唯有个人的功利读书无异于泰山之于息壤,沧海之于滴水,太仓之于悌米。

挑灯夜读是一种情趣。夜阑人静,读书默想,陶冶情操,确立人格是一种滋润。听雨掩卷也是一种情趣。春雨淅沥,雨打芭蕉;秋雨萧瑟,风曳竹丛;掩卷沉思,钻研课题,深入探求是一种享受。无功利读书不会感到痛苦,因为喜欢,因为热爱。这种读书犹如"夜来风雨声"也好,犹如"润物细无声"也罢,是一种景,是一种情,是一种意,更是一种精神享受,一份清净,一道美丽的风景。

有情趣的读书,有境界的读书是读书的本色。原本读书就是志趣,就是情致。这才是读书的本质。

二胡一样的贫民

  这世上有一种流传广泛却不太为世人所颂扬的乐器，那就是像中国贫民一样的二胡；这世上有一个数量庞大却不太为神明所垂青的人群，那就是像二胡一样的中国贫民。

——题记

  如果说，婉转悠扬的小提琴，灵动飞扬而不乏雄健沉稳的钢琴是17世纪欧洲贵绅优雅的舞步；抑扬顿挫、低回深沉的古琴是竹林七贤震古烁今的低吟长啸；嘈嘈切切、错杂纷繁的琵琶是长安歌伎撩人心弦的风花雪月，那么，沙哑苦涩的二胡就该是中国贫民声声的叹息了。

  二胡在中国已有近千年的历史了。顾名思义，它是从胡地传入。也许是戍卒、胡商，抑或是边民，还是虏获的胡姬？而这，注定了它带有浓厚的悲剧色彩。

  有多少戍卒边兵——胡人或汉人，曾用二胡掩饰过他们的白发征夫泪呢？有多少迁客游子，曾用二胡抚慰过他们的黯乡魂，追旅思呢？又有多少边民，曾用二胡哭诉过他们的如风飘絮的破碎山河与流离？又有多少歌伎，曾在声声二胡中强颜欢笑？

  二胡，寄托了太多这些苦难贫民的悲哀与感伤。终于，它哭哑了嗓音——它的音色实在不太好。对香山居士来说，就像"山歌村笛"，声色"呕哑嘲哳难为听"。

  然而，你在穷街陋巷走一走，总有窗户会飞出这如泣如诉的声音直钻入你的耳膜。天桥下，火车站，楼门口，墙角边——常会有一两个人用二胡拉着不成曲调的音符。听着这，我常常想：芸芸众生的民众，帝王靠他们开创江山，但功业与地位却不属于他们；豪商巨贾靠他们积累资本，但利润与产品却不属于他们；军官将相靠他们填充沟壑，但胜利与和平却不属于他们。

  多少幸福与快乐由他们创造，但是不幸与苦难却由他们承受担当。贫民就像二胡一样，总是丝竹的陪衬，戏曲的伴奏，少有独自登台上场的时候。就算有,也是凄苦的曲调,所以喝彩与掌声很少属于他们。

当然,二胡也没有太多的古曲传世,就像没有什么贫民的历史被载入汗青一样。

不过,可怜人也自有可恨处。贫民爱发牢骚,好怨天尤人,不开明,没文化,不雅——如二胡沙哑、低沉、厚重的音色。然而,这并不是他们的错。他们只是活得太真,他们活得太本分,所以他们活得太累。于是"聪明人"夺走了他们的幸福。贫民从来没钱亦没闲——采得百花成蜜后,不知辛苦为谁甜。

但是,贫民还在,二胡也没有消亡。为什么呢?阿炳的《二泉映月》为我们做了诠释。

阿炳出身还行,但少时行为不检,终于薄产累尽,自己也染病而盲。经历了人生的艰辛,沉浮的辛酸,他感悟通明,他把对过去的忏悔恼恨、对人世的叹息感慨,在皓月下、泉潭旁用自己的手指和二胡的弓和弦化作了咿咿唔唔的缕缕不息的音韵。他用这告诉世人:尽管他又瞎又穷,尽管他的前路没有一点星光,但也还有希望。

贫民的希望是他们为自己点燃的灯。

我自己就是一个贫民的儿子,我坚信希望的存在。

无以名之,歌以咏之。

红房子的随想

红房子西餐馆在沪上久负盛名,到"红房子"吃西餐应该是非常优雅的,正如北京人到"燕莎""莫斯科"吃西餐一样。刀叉的放法、拿法、吃法都应该讲究,特别是吃牛排时的刀切叉送更应该讲究优雅,更是一种文绉绉的体态姿势,于女人是风姿绰约的体现,于先生是体现温文尔雅的修养。吃西餐,小的细节包括如何吃面包,面包必须掰下一小块一小块,送进嘴里。抿紧唇来咀嚼,切不可很心急很粗鲁地拿起面包狠狠地咬。昔日到红房子吃西餐,那些个服务生态度到位,个个温良恭让;做出的牛尾汤香浓,是地道的法国味。

而今,原来的风味格调荡然无存,味同嚼蜡。吃客百相,偶有喧哗,如同酒肆茶楼,走向大众化普及化固然不错,但文明的遗失,人文的缺漏毕竟为憾事。究其底蕴,"吃文化"的中外文明是一致的,也就是要讲究"吃相"。俗话说"坐有坐相,立有立相,吃有吃相",就是此理。由此,想到我们生活中亦有很多"相"。

众生固然百相,这是人的本性本源。然而我们生活在社会中要和谐,要统一,必然要求每一个去改进修正自己的"相",以期与社会同步共进,所谓"同心同德"就是此意。作为单位、公司的每一个员工有义务、有责任来"相貌"。建行的文明窗口、微笑服务、竭诚为客户服务就是要求我们以崭新的面貌来做我们的事业,就是要用自己的"相"来树立建行的形象,来铸就建行的企业文化。

众生已有百相,"相"从来就有雅和俗之分,从来就有"阳春白雪"与"下里巴人"之分。外在的"相"从来就是内在的素质的显现。由此看来建行员工要有好相,就要不断提高自己内在的人文素质、道德修养。心正才会相端,心好才会眉慈目善,呈现一团和气。反过来说,这个人"吃相难看""吃相吓人",他工作的人为难度要大些。既然如此,我们为何不趋利避害、趋吉避凶呢?

道理很明白,日常工作起来就要时时处处注意修炼才好。我们每个业务部门的衔接贯通、我们在争取客户时与客户的交流沟通,特别是我行的窗口服务部门更是要提高素质修养,如此我们建行的运作才会更流畅。

壶有生命

去朋友家看见朋友的橱里收藏着不少茶壶。

我也收藏茶壶。我所收藏的茶壶,有新壶,有旧壶,也有古壶;有商品,有艺术品,也有精品。

我收藏茶壶,不只是兴趣与欣赏,还有实用价值。因为我对喝茶有兴趣了,才渐渐地去收藏茶壶的。后来反过来是对壶的兴趣高于茶了,但品茶依旧是兴趣很浓的。因此我所收藏的壶,我都会用来泡茶,不论是哪一类,也无论是哪一等级的,即使是名贵或精品,或老壶,都一样会有机会发挥茶壶的功能。

我的信念很简单,茶壶是泡茶用的茶具,因此必须用来泡茶,壶的价值才存在,这样壶才会有生命。即使是贵的,精品的,很古的,都是如此。任何宝贵的东西,如只能在特定的时空环境里显摆,而不能在日常生活中时时应用,此物又有何用?在用茶壶时,我是如此的心态,我真的是不想浪费茶壶的宝贵功能与价值。或许更应该说,越是好壶,越应该用它,因为有欣赏价值。自己欣赏,朋友欣赏,分享其好。况且一把好茶壶,也包含了好的泥质,泡茶时更能凸显茶的好味,所谓相得益彰是也。既然泡茶是为了品茶,当然更应该用好壶。

好的茶壶,要在时时的泡茶中才能显出魅力,那么生活中的真谛,更应该是要在时时应用中,才能显示其可贵。壶的生命在于此,真理的生命亦如此。

茶壶一定是泡茶用的,失去这个作用,不论有多么高的艺术价值、收藏价值,都是不完整的,缺乏生命的。

欢乐英雄

永不凋谢的花一定是假花。一个人不可能永远生活在欢乐和幸福之中，能够品尝生活的人肯定会品尝忧伤，这样的心灵才能称为健康。拒绝忧伤就如同拒绝成长，不可能走进真正的欢乐境界。

欢乐其实是一种很高的境界。人的一生要失败好几回，才知道成功的意义。欢乐的心态，必须经历无数的苦痛，品尝无数的忧愁哀痛。快乐并不是一时的高兴，而是一种乐观向上，积极进取，淡泊明志的人生态度。经过无数次苦难后，真正明白了欢乐就在这一切中，没有谁能剥夺你的欢乐，因为欢乐是心灵结出的果。

许多人总是经常忧伤、痛苦，他们总是求人生一帆风顺，稍有不顺就觉得老天不公而怨天尤人，他们不明白人生不如意之事十之八九，真正的欢乐是在不如意中寻找一条通向如意人生的路，并坚定地走下去。

世上无数伟人都能乐观豁达，并不是他们没有不如意的事，而是他们有能力承受不如意并超越不如意带来的痛苦与忧伤，这才走进了欢乐的境界。

没有人会赐你欢乐。

欢乐是生长在心中那棵大树的果实。

结婚要我

我要结婚了。

我真想避开世俗的婚礼,避开纷繁杂乱的礼节,避开令人目眩的酒宴,我只想和我的爱人在一起,和养育了我们的父母在一起,和爱在一起。我只想追寻自我,追寻清静,追寻属于我们两个人的世界。可我办不到,我不能。

不是我要结婚而是结婚要我。

结婚需要我去拍各种各样的婚照。如果结婚后上班,同事一定要看我们的婚照,要和在我结婚之前结婚的同事的婚照做比较:要比新郎,更要比新娘;要比拍照的店家,更要比婚照的姿势;要比婚照的装帧,更要比婚照的背景;要比婚照的服装,更要比新人的容颜。说一句戏谑的话,婚照成了"产品大展销""产品大拍卖"。无缘由地给人品头论足,或许无缘由地滋生是非,我是非常非常不愿意的,还是清净无为为好。但是不拍婚照可能腹诽更多,新娘在小姐妹中更过不了关,可能有人会问:"侬拍的新婚照拿来看看,好吗?"

"我没拍。"

"哦唷,侬结婚太省了,介做人家做啥啦?"

"哦唷唷,还是侬会过日子。"

我完全可以置之不理,或者不当回事,可是现实生活中你能不当回事吗?你能置之不理吗?道理很简单,你生活在这样的环境里,你一个人无法改变它,你必须做这"生物链"的一环。

结婚需要我去请各个辈分的亲戚。"结婚是要请的",这是祖宗的规矩,小辈必须遵循。于是如同在我之前结婚的前人一样,一家一家去请,可别人内心不一定真正想来,可是又不能不来,事情就这样虚伪。在我请了走了之后会说:"又要准备礼了。"这话多半是无奈,是负担。我也不喜欢这样,可怎么办呢?习俗就是这样沿袭下来的,人人墨守成规。打破需要勇气、时间、精力,我耗得起吗,吃得消吗?好了,好了,太平点吧。

结婚需要我像木偶一样地站在酒店门口,这是最令人尴尬的事。

春和景明或是金秋十月固然好，人累点，腰酸点，腿麻点，颈直点罢了。早春料峭，深秋寒风就不是滋味了。更难堪的是那木偶般广告般的"行为艺术"，连匆匆而过的行人也为之侧目，给别人指指点点，让人家说道说道，议论一番，比在大街上吆喝推销还难受。

　　结婚需要我拿了酒杯去和我认识的与不认识的人碰杯。小生本不会喝酒，偶尔兴之所至，三两好友雅座小酌，尽兴尽情，有趣有味。可要与不认识的碰杯干杯，吆五喝六或毕恭毕敬，或彬彬有礼，都不是真心真情真意。何苦违背本愿，强人所难？但折磨就在此，必须将本心隐去，满脸堆上笑容；将真意抹平，形态可掬；将真情化释，显示"新婚快乐"，这才合时合势。这才是好儿子，好媳妇，好女儿，好女婿，好朋友。可你们为儿子、媳妇、女儿、女婿、朋友想过没有？但父母在上，泰山在上，朋友为重，你能漠视吗？于是只能"霸王硬上弓"了。

　　结婚需要我去满足父母、岳父母、爷爷、奶奶、外婆、外公的心理需求。一场婚事绝不是两个人的行为，所有的直系血统关系都要加入，都要参与。人生一世，婚礼一场，风光一时，似是逻辑的必然。长辈都想热闹风光，都想沿袭世俗。不这样，仿佛我没结婚。

　　看来结婚非要我不可了。只有方方面面平衡好了，七亲八姑才太平，世俗人情才通过。

落雪了

今年上海下雪了。十年未下，一夜全白。其实冬夜寒风白雪也是一种景致和情趣。

下雪了，全白了。玉楼琼枝，滴水成冰，呵呼为汽，处处不胜寒。

于是各色羽绒衫、各式皮装、各种呢大衣；围巾、绒帽、手套有了表现的时机，真正意义上的冬装有了去处，展示了作用。冬的风景线凸显了，清晰了；女人们的冬装比夏装更优雅，更有一种蕴藏着的美，更令人遐想，更有万种风情。

一夜的雪，一夜呼啸的寒风，一夜的情。孩子们起来，就急着拉开窗帘，看到了积雪就高呼"噢——"，就急切地要穿衣。他们要到雪地里去蹦，去跳，去跑，去滚；去堆雪人，去打雪仗，去滚雪球；去吼，去叫，去嚷。他们要尽情地去玩，去疯。因为雪给他们带来了愉悦，欢畅。

今年上海的雪，在2004年12月30日降临，31日零下5摄氏度。劳累了一年的人们，在元旦温暖的被窝里是何等惬意。起来后走出房门，呼吸到凛冽的寒气，感到何等清新，何等淋漓舒畅。一场雪，带来了冬的感觉，冬的心境，冬的心情。这才叫"酷"，真正的"酷"。

走在冬的街上，火锅店异常火爆。寒冷的雪与温暖的店形成了强烈的反差，正是这种反差，给了匆匆的路人一种恋家的感觉。家中的热菜热饭，家中的妻子孩子，团团圆圆，那才叫作真正的热——心热了。在家中一杯滚烫的咖啡，一杯酽浓的红茶，隔着硕大的玻璃窗，看着"雪花儿飞飞，雪花儿飘飘，雪花儿姐姐飞下来了"；听着犀利的如狼似虎的北风的嚎叫，这种反差形成的感觉——"有家真好"。是雪带给了你这种心境心情。

噢——落雪真好。

我期盼着再落一场雪。

日历随想

岁月流逝,又到了一年飞雪的季节。但,除了寒冷,零星的雪花没有使我感受到这个季节的惬意。翻去2002年的最后一张日历,像一名忠于职守的职工,站完最后一班岗之后,她将悄然而去。2003年,搭乘圣诞老人的雪橇,悄悄叩开新年的门扉,精力充沛地踏上征程。

有人说,日历是船,载着365个日子行驶在生活的河流之中;有人说,日历是帆,高高地扯起驶向彼岸;有人说,日历是太阳、月亮、星星、岁月交割,晨昏明暗;还有人说,日历是雪花,一片接一片地下……然而我说,日历是成绩单,记载着历史与良心的评判;日历是希望,催促着今天,期待着明天,向往着后天。不论日历是什么,她深厚的脚印是实实在在,一步一步走了过来,又走了过去。

抓住一张飘落的日历,也就抓住了你自己。日历在变薄,阅历在增厚;日历在减少,成绩在增多;日历在隐去,胜利在召唤……

尽管前途漫漫,时而或会有暴风雨雪,别忘了,跟随而来的一定是春天。

商业文化中的茶文化

中国商业文化基于传统的中国文化特别是儒家文化的影响,近年来虽然受到种种外来商业文化的影响侵蚀,但哪怕是在最西化的上海还是可以看见这种遗韵。特别是茶文化。

一家茶叶店一副楹联是"七碗生风 一杯忘世",楹联是草书,笔力洒脱,一派清淡的风骨,桀骜的个性,不拘于世事,不苟于俗尘。其实细细品味其间的含义,比"晶晶亮,透心凉"之类的饮料广告更有意味与诱惑力。既然茶有"生风""忘世"之效,比解忧解烦的烟酒更胜一筹,那么这茶叶是不能不买的。

进了茶叶店,一排透明清澈的玻璃杯泡着各式茶叶。"碧螺春"明前的叶芽儿,小小的嫩嫩的,一腋两片在碧绿的茶水浸泡中无忧无虑地舒展着,优柔无比。你见此,不仅想啜、想喝,更想把整个的身子浸泡在其中,物我同一两忘,如那一腋两片的茶叶才舒心尽情,所以"忘世"一词是恰当的写照。"乌龙茶"却是别样儿的。从壶里洒出就有一股浓郁的"乌龙茶"香扑鼻,感到醇厚得如同山林的深幽一般,一盅酱赤色的茶汤弥漫着翕郁的水汽在扩展,在沁入你的情怀。喝"乌龙茶",这茶叶店有一幅字:"一杯淡,二杯鲜,三杯甘醇,四杯韵犹存。"这儿的"鲜"读"xiǎn",意思是"少",二次冲水还嫌少,到第三杯才喝出味,才入佳境。买茶叶,指导喝茶之法,懂茶道那要靠悟性了。嗅着这浓郁的"乌龙茶"香,这茶香顺着鼻孔、气管,润着肺部的每一个细胞,让这每一丝一缕的芳香,伸展到全身的角角落落,舒坦通泰,仿佛腋下"生风",轻盈欲飞。别忙,还有引人入彀的一联"借问茶香何处有,安溪乌龙铁观音",这才是福建安溪茶商的目的。

中国茶文化源远流长,且不说陆羽《茶经》之类有些专业深奥,单这一家普普通通的茶叶店,走进店面就有一股沁人肺腑的芬芳,更有一片浓浓书香的文化味儿,其不仅是在营商,更是在为茶文化做广告;其不仅是在买卖茶叶,更是为整个的中国传统文化做宣传。如果要谈及商业文化,茶文化中的文化味儿最浓,文化之韵最沉。我这一世是最怕进商店，唯独茶叶店例外。

中国的徽商、浙商、闽商不少以买卖茶叶起家。既然是读书人做买卖，买卖人也要读书，商与儒浑然一体，儒与商自成一家，因而此间也多儒商，因而文化自然融于其间。中国商品中的茶叶如同中国文化中的茶道；茶叶中的文化犹同文化中的商道。

我的"六一"礼物

我与书的因缘是童年六一节时的一次生病。

那年"六一"儿童节,在江西。我因疟疾躺在病床上,胳膊上插着吊生理盐水加奎宁的针头。呆呆地望着小玻璃管里的药水一滴一滴地滴下,无聊得难受极了。爸爸来了,他坐在我的身边,给我讲美猴王的故事。尽管我身子在冷热中,可我思想飞扬起来,神情游移于身外。眨巴着眼,十分入神。最后,爸爸讲得他自己都没了词,才说:"明天我带书念给你听。"他疲倦得在我床边瞌睡了,可是我却惦记那孙猴子的命运。第二天,爸爸给我带来了《西游记》连环画,这是父母送我的第一份"六一"节礼物,父亲有声有色地读,边读边比画,我的心情也随着孙悟空的命运而抑扬。书里竟有那么精彩的世界,我想读书。我要读书。可我识不了那么多字,我无法进入那精彩的世界。于是我首先进入了连环画。我用图画来弥补我的不足,边看图边认字。那年,我四岁。

第二年"六一"节,爸爸带着我到商店问我需要买什么,我毫不犹豫地答道:"我要买书。"他诧异了,却拉着我的手径直奔向解放路的书店。最后花了18元买了一套36本的《东周列国志》,用了父亲近三分之一的工资。以后我将我第一套自己的书送给了堂弟。尽管我到现在还留恋着这套书,可我知道:书要有人读,才有意义,才有价值。从此我与书结缘了。初始由于识字不多,我读书往往"猜读""跳读""乱读""瞎读"。因此也闹了不少笑话,我将"锦衣卫"说成"棉衣卫"、将"如来佛"讲为"如来沸"。为此,父亲只得先教我拼音,再教我查字典。书的魅力不言而喻,以后因为书我的眼睛近视了,以至于到了父亲要限制我读书的时间与地点的程度了。由此,我明白了高尔基为何读书而挨打,满身木刺挑掉后还沉迷于书。古人为何"凿壁偷光""刺股悬梁"了。无功利读书才灵性,才觉悟,才能修身养性,才能以就懿德,这才合读书的本缘。这才是读书的形而上。"书中自有黄金屋,书中自有颜如玉",功利读书,最多只是近读书的本缘,这只能是形而下罢了。

与书的结缘幸福无比，快乐无比。冬日，倚在床头盖上鸭绒被或在融融的阳光下，坐在摇椅上，酽茶一杯，此其何乐也？夏天，浓浓的树荫下或密密的紫藤架底，坐在竹躺椅上，香茗在手，这是何等愉悦。飘雪了，浓咖啡散发出沁人的芬芳混合着书香，你不感到陶醉？下雨了，听着雨打芭蕉，读着唐诗宋词，诵着雪莱、莎翁，你不感到这是一种福分吗？与书有了缘分，你对这种幸福与快乐才会有切肤之感，才会有发自心灵深处对书的渴求。书陪伴我走过了童年、度过了少年，而今仍与我同行。在人生的旅程中，有了书，我在最困难的时候看到了希望，在顺境中清醒冷静，这不也是幸福与快乐吗？

　　以后每年的"六一"，长辈送的礼物都是书，我有了书常常放在纸板箱里。以后书渐渐多了，放不下了。看书、找书要从床底下拖进拖出，很不方便，于是父亲叫木匠为我打了一个书架。我的书有了一个安逸的去处。要看书、找书只要将手指点着书脊顺下去，到了所需处抽出便是。以后随父亲工作调动，书架送了人，父亲为我买了一个书橱。这个书橱我一直用到现在，可我心里在想：今后，如果我有了房子成了家，我一定要有个书房，宽敞明亮。这样我对书才应缘。

偷 闲

今年高考的作文题是"忙",那是最贴切现实生活的。这不,上班日子,忙忙碌碌的,像个电动的上了发条的陀螺,一转就停不下来了。心里就好生羡慕那些悠闲的人,期待有些闲适能随意而至,以尽吾兴。

如此,能择一晴朗的日子,邀一位同我般闲散的友人,懒散地对桌而坐,一大壶沏好的茶,桌角堆着几本散乱的书。此时清净中氤氲着茶香。手机、寻呼机"唧唧"的叫声与我们无缘,两个人就这么随意地聊聊,聊聊茶、聊聊水,聊聊山石花木,再聊聊桌上的书和书里的人和事。有时将自己置于主流与旋涡之外,会有散淡的情怀生出来,倒容易更平静地察看世情。

闲坐久了,倒多了一分比匆匆忙忙时更难得的冷静及平常难以体味的情趣,颇有几分在"人生边上"的况味,不由自主想起日日流落于行色匆匆的街头,忍不住徒怀感叹。面对经济日益飞速发展的今天,此景此情更是越演越烈,每一个社会成员,都仿佛成了一个时钟,一经安装在某一个部门,时间就成了你的主人,生活就被加以物化,几点几分起床,几点几分上班,几点几分开会——每每街头遇到熟人,也张口便问:"最近忙啥?"熟人便报以疲惫不堪的神态,答曰:"瞎忙。"但你仔细观察,那故作疲惫的面容里还透着压抑不住的沾沾自喜。明了的人便知这"忙"是赋予了一种优越感,正所谓大忙人者,大要人也。如今在社会上生存,你能闲吗?

由此看来,现代人的闲暇是"偷"出来的。因此,也就很难真正在平静中品味"闲"味,尽管也曾一个心地惦记着,但现代生活节奏如同磁悬浮高速列车,现代乘客们已经很难扼住其忙碌的惯性,常未及停稳,于闲适的小站喝口热茶,便又匆匆驶往下个目的地了。

对于那些徜徉身心的闲聊、闲逛、闲坐更是奢侈与难得了。因此,亦有所失。正如一首诗、一幅画,托尔斯泰、钱锺书,是不可能于匆匆的一瞥中获得其真味的,怕只有在闲坐中慢慢品尝方好;又比如一段历史、人生一段经历,于闲坐中与友人、亲朋促膝而谈,或许能有更高层次的感悟。

偷得浮生半日闲，切不可小看这半日闲，这也是对生存状态的调整，一种与友人与自然交流的极好方式，一种恬淡中潜藏哲理的睿智之举啊！

古人闲看庭前花开花落的情调，在我们现代人看来，怕只存梦中了。大千世界，红尘滚滚，闲得多了，易生无聊与空虚；俗生之路碌碌，忙得太多了，亦失去生存之意义。人生在世，把握住了一个忙中偷闲，又要使"闲"名副其实，也就不枉此生了。常于寸金光阴里偷得一份光阴做会儿闲云野鹤，恐不只是人生的一次小憩与养精蓄锐，不只是一段旅程后的加油与洗礼，更应是一种不易把握的人生境界吧！

王开的婚照

　　上海有着另一种历史意义上的地标,有着特殊的"心标"。我的祖父母的婚照出自"王开";即使生活再艰难,父母的婚照依然出自"王开"。"王开"的情调不是浅俗直白,她是优雅而不造作,高贵而不冷峻,温情而不甜腻,是一个上海个性的地标。

　　对于人,对于事,对于情的艺术表达最根本是真实,唯此才能再现一个时代,一个个人,真实是至境。"王开"的大师们一向善于捕捉对象刹那流露的真实美好的情感,善于调节光和影对形象的塑造。这种稔熟的丝丝入扣、充满风情的艺术技艺,一如萨克斯的如泣如诉,一如老克勒的一举一动。这是一种深厚文化的积淀、一种醇厚人文的外显,耐得住历史的咀嚼,并从中品味出丝丝的醇厚的甜味来。

　　从小我倚着床架看过祖父婚照中的西装革履,神采奕奕,祖母拖曳婚纱手捧鲜花,面部表情纤微毕现;也趴在桌上看着玻璃板下父母正襟危坐,尽管是中山装、紧身夹袄,但"王开"的大师们还是捕捉到了那绚烂的瞬间。长辈们近乎固执地认为,婚纱照总是要到"王开"拍的才算是正宗的。"王开"照相在世人的眼中是上海的地标。因为"王开"是骨子里的上海,是这个城市的重码和情调;"王开"代表了这个城市的传承和经典,水准和档次。

　　"王开"著名的艺术总监、《解放日报》著名摄影记者、中国十大人像摄影大师王伯杰为我们的婚纱照执镜。半个世纪的摄影生涯雕刻了他,也塑造了他,技艺炉火纯青。尽管还有几个月就要从"王开"正式退休了,但只要摄影棚里的灯一亮起,他就眉飞色舞起来。无论是灯光的前移后动,色彩的暗亮明浅,还是我们的坐姿站态、手势足状、笑容眼神等等,只要会在照片上呈现的每一个部分,每一个细节他都一丝不苟。

　　我们非常有幸让"王开"的大师留下了人生旅途的身影。当我们在旅途走累了,看看流年碎影,或许还会有人生新的感悟与启迪。也许,时间就像一条河流,岁月的潮头从上面奔流而过,沉淀下来一层层或深或浅的沙粒,它们是文字、是影像……后人的目力所及,往往不过是最上面那薄薄的一层,更多更炫的精彩却在更深处沉睡,等待着某一天,或许就是明天,对光和影的感悟会给我们新的惊喜。

相遇是种缘

相遇是上天赐予的缘分，是两个生命的接触；那可以是一次平平淡淡的照面，也可能是一晃而过，擦肩而行。这种缘分与接触充满了随意，芸芸众生，纷扰红尘，相遇相识者有几？相知相爱者又有几？俗话说"百年修得同船渡，千年修得共枕眠"，细细想来，此话确是有理。可是我们有多少次，对偶然相遇的陌生人置之不理；有多少次，对邂逅的熟人呼啸而过。我们似乎不在乎相遇、相逢、邂逅，因为这意义早已被我们麻木的心灵忘却，被我们生活的节奏甩开，被我们工作的压力榨干。

其实，相遇本该是一次惊喜。两个生命的轨迹由此相交，相碰，相撞而产生耀眼的火花；这火花可能会燃起一片熊熊烈火，可以壮丽你的人生，可以成就一番事业，可以照亮其余生命运行的轨迹。相逢本应是一次感动。彼此的嘘寒问暖，相互的问候关切；彼此的握手相拥，相互的拍肩挥手，就会架起两个人心灵的桥，沟通两个人情感的流。于是，一句话语、一个举动使你和他有了人性的联动。邂逅应该是一种敬畏，天地间有时竟然有如此令人惊异的邂逅，有时竟然使你的人生命运发生了变化，人生的轨迹由这次邂逅而改变，你不得不感慨上苍的冥冥，你不能不敬，不能不畏。

远远地，你是否看见了伯牙与钟子期的相遇。在高山泉源边，两人因为偶然的相遇而相携走进自然天籁，一曲《高山流水》流淌出两个偶遇知音的传奇故事。是两个知音对相遇的珍惜，才在历史上添上了绝妙的一笔。

远远地，你是否看见了白乐天与琵琶女的相逢。在江月之下，芦荻之侧，舟楫之中，"大珠小珠落玉盘"的乐声；一曲《霓裳》，一调《六幺》竟激起江州司马的无限慨叹："同是天涯沦落人，相逢何必曾相识。"于是文学史上留下了叹为观止的《琵琶行》，传诵了千百年而不衰。

远远地，你是否看见了绍兴的沈园，陆游与唐婉的邂逅。在池水轩榭旁，四目相对，心有灵犀，无言有言，雷火电光，哀婉痛绝，此情绵绵。天数？命运？恨不得时光倒流，分秒停止，能如何？无奈何。于是陆游只得挽袖提笔在照壁上写下了"错""错""错"。

我的耳畔总响起那一首老歌："自从当年相遇后，不知何日能再见，我总想把她忘记，无奈日夜在怀念，她的声貌和容颜，随时浮现在眼前，在这美好的深夜里，她的微笑又出现。"这是对相遇的缅怀，对相逢的留恋。这是人生永远的珍贵的纪念和心灵的歌唱。歌词里流露出无限的珍惜与缠缠绵绵的情意。人们啊，请珍视今天的相遇相逢邂逅吧！请给碰面的人以宽容，以温情，以理解，以关爱。不要给自己，给别人，给人生，给历史留下遗憾。

今日你和同学、同事相遇，与朋友相逢，与旁人邂逅，茫茫宇宙，浩浩星空，相会面对的概率极小。既然相遇就是一种缘，相逢就是人生的又一笔财富，那么请从容和缓地爱护、挽留吧！伸出你的手，也许有太多有形无形的手早已迫不及待地想握住它了。

存 感 激

"受人滴水之恩,当以涌泉相报"是知恩必报,怀有情感,心存感激。于是天地多义了,人间多暖了,四方变活了。

风调雨顺,五谷丰登,稻黄麦熟,苹果红了,葡萄紫了,这是上苍与大地的恩赐。因此从远古起,人们对大自然心存感激。

父精母血,十月怀胎,孕育生命,含辛茹苦,抚养成人,这是先人与父母的赐予。因此从有人起,人们对父母亲心存感激。

生命共处,相守相望,互利共惠,一方有难,八方支援,这是群体与社会的赠予。因此从有群体起,人们对社会心存感激。

鸡犬相闻,朝夕生活,同舟共济,同命相连,同根相连,这是民族与土地的给予。因此从有国家起,人们对祖国心存感激。

心存对自然的感激,人们才会珍爱自然的恩赐,才会节用,才会惜材,才会尊重,才会与自然和谐统一。中国古代的"天人合一"正是心存感激的哲学体现。

心存对父母的感激,人们才会尊老爱幼,才会懂道明理,才会"老吾老以及人之老,幼吾幼以及人之幼",才会大同博爱,共享天伦。

心存对社会的感激,人们才会有"天下兴亡,匹夫有责"的责任感,才会有回报社会之心,才会有"修身、齐家、治国、平天下"之志。

心存对祖国的感激,人们才会唱出"人生自古谁无死,留取丹心照汗青"的绝句,人们才会激情燃烧,人们才会"甘洒热血迎新春",人们才会千里寻亲,万里寻根,一句CHINA,一声华语,都会激起海外游子的满腔热血沸腾。

只有心存感激的人,才会懂得真爱,才会明白真情,上苍自会酬谢,大地自会报答,父母自会疼惜,社会自会了解,祖国自会记得。

只有心存感激的人,才会真正成为自然之子,社会一员,家庭角色,祖国栋梁。

只有心存感激的人,才会不败不灭,才会是社会、自然、家庭、国家的一链一环,与之相承相接、相呼相应。

学而时尚之，真亦悦乎

我走出来时穿着牛仔裤和名牌跑鞋。然而眼前的木屐，宽衣大裤和鄙夷的眼神告诉我，我又落伍了。

这世界怎么了？我不知道。但我懂得了一点——这就是当代的时尚。

现在，时尚倩女靓男，日潮韩流，小资雅皮，炫奇耀怪。时尚的意思是，你不这样做，不单别人看不起你，你也会觉得无地自容，相形见绌。

可细细想来很是奇怪。时尚是谁定的？时尚又从哪里来？

我讲一个故事：话说八戒在印度备受悟空嘲辱，一日遇一象群便欲出气。他先语于头象："看我的短鼻子，这才酷呢，既前卫又简洁。"头象见八戒两脚直立，很是威武，便奋而割鼻。八戒又语："这小子真帅，超一流。"于是在舆论的引导下，众象皆欲割鼻。八戒代劳，顺便收取小费。事毕，众象皆喜，八戒亦然。

现在的事实，又是多么相似。人们觉得黑发土气，而外籍人士的各种发色才美，宁冒伤发伤脑之险，奋而费高价染其发；觉得外籍人士的钢琴叮咚才悦耳，将自家的古琴古筝弃置一边；觉得外籍人士独立自在的风格才值得发扬，而本土传统的忠孝之风、家庭责任应该入土。

没有价值了吗？好好品味那些时尚吧！它们中间能有多少是自创，又有多少是引进？而所引进的，又有多少只是当地的糟粕呢？

一百多年前的清末，即将落幕的政府引进废铜烂铁，却以其为神兵利器，为自强求富之本。

一百多年后的今天，有人引进外国巨片、流行大碟等文化垃圾，却以其为现代化创新之经典。

可怕的历史在重演。

或许时尚一代会说，他们活力四射，动感十足，个性千种。可是又有多少活力是咖啡与威士忌的刺激，多少动感是美元与英镑的堆积，多少个性是学来与模仿的共性？

学而时尚之，真亦悦乎？不亦愚乎？

或许是命运的轮回。千年前，中原大地，汉唐盛世，气象万千。欧洲、西域之使者云集，趋之若鹜，对其文化更是心驰神往。千年后，中国雄风不再。而朝向，也改变了。

学习本不是坏事。可为什么不学别人的先进技术、先进思想呢？

说到底，我们是否把自己需要的生活方式，全然交给了时尚？而时尚恰恰是最靠不住的，它的背后，商业利益的狡黠眼神无时无刻不在注目着大众，盯着你的或是鼓鼓的，或是瘪瘪的钱袋。东施效颦，只能让我们失去自己。

一日，见一群时尚男女因平日手机换得太快，荷包不堪重负而抱怨。

问之："何不节约开支？"

答曰："这就是时尚呀，没办法的。"

哑然莫名。

心想，手机店老板必窃笑不已。

学会接受

汽车发明的初期，轮胎的制造者想寻找一种最硬的材料来造出轮胎，以抗拒路上的颠簸，结果轮胎不久就被切成了碎条；然后他们终于制出一种可以吸收路上所有压力的轮胎，也就是今天的橡胶充气轮胎，它可以"接受一切"，能够在路上支持很久，忍受许多颠簸。有时候刚不敌柔，坚硬不如弹性，抗拒不如接受。

生活中，工作上，每个人都有各自不同的愿望和理想。每个人都渴望生活得舒坦些，精神安逸些；每个人都希冀工作顺利些，协调些。然而，工作和生活的顺利安逸并不是如你所想的能实现，在各种愿望、期盼，甚至连小小的打算都未能实现的时候；在你生活、工作中遭到种种不幸与坎坷的时候，你就要学会接受。如此，才能使工作、生活、学习充满弹性，吸收困惑疑难。要学会多方面、多角度看问题。艳阳天固然可喜，在大雨中，我们依旧可以寻找美。这样才能淋去凄苦情怀，冲出一腔旷达胸臆。世间可能有太多的坎坷不平，只有用宽容与坦诚，用开放的心态，支撑起不屈不挠、勇往直前的信念，引渡一颗饱经忧伤的心灵，引渡平平凡凡、踏踏实实的人生。

莎拉·伯恩·哈特是法国人喜欢的一位女演员，她是四大洲剧院独一无二的"皇后"。一次，莎拉·伯恩·哈特在坐船横渡大西洋的时候碰到暴风雨，摔倒在甲板上，她的左腿受了重伤，而且染上了静脉炎，腿痉挛。莎拉·伯恩·哈特忍受着剧烈的疼痛，经过长时间的治疗，情况始终未见好转，且有越来越重的趋势。医生告诉她必须把腿锯掉。对一个舞蹈演员而言，失去一条腿就等于失去了舞台，风采不再了。莎拉·伯恩·哈特沉思不语了很久之后，才平静地说："如果非要这样的话，那就锯掉吧！我只有接受命运的安排。"手术后莎拉·伯恩·哈特恢复得很快，尽管她失去了一条腿，但她并不放弃，依旧活跃在舞台上，得到了观众的认可。

学会接受，你就能以一种行云流水般的胸怀来享受已有的一切。酸的，甜的，苦的，辣的，咸的；平坦与坎坷，欢欣与苦涩，漫长与短促，成功与失败；生离死别，聚悦合喜——你会觉得这样的生活才是真实的，富有质感的。人生应该五味，应该多彩，应该绚丽，应该接受挑战。

学会接受，你会珍惜今天，更立足明天。你会发现，一年三百六十五天，每天太阳都是新的。只有学会接受，你才能更细地品味生活、工作。打开心灵的窗户，让和煦的阳光涌入你的胸怀，新鲜的空气沁透你的肺腑，清冷的雨水冷静你的头脑。

学会了接受，你才能直面"惨淡的人生，正视淋漓的鲜血"，正视发生的一切，直面困惑与苦难，才能走出暗淡，去迎接一片光明，才能跨越危崖峭壁，急流险滩，茫茫岁月。

如果我们在漫漫人生路上，也能够像轮胎那样承受所有的挫折与颠簸的话，我们就能够活得更长久，更顺畅，就能够享受更真实更精彩的旅程。

如果我们一生中，也能够有莎拉·伯恩·哈特面对挫折的心态，那么这足以洗去我们失意后心路上的汗尘与劳累，会多一份闲适与静远。

学会接受，我们就有了平和的心态去继续。

也说"傍"

查字典"傍"字：一说，靠近，邻近。引申为，依靠、依附。一说，为"旁"，旁边，侧边。

说女人依靠依附有钱人为生，称之为"傍大款"。其间，不乏妙龄少女傍耄耋、大肚、粗汉，可于女人而言应该有巨大的好处，巨大的经济价值。简言之，起作用的是"钱"。是钱在起推波助澜的作用。这是在改革开放初期的一种人事现象，一般说来带有贬义。但随着时间的推移，意义演化，范围扩大了。

一是企业傍外资、港资、台资。一旦企业挂上"中美合资""香港与内地合资""台湾与大陆合资"的标签，商品价格（物价）立马可以上调，一物一旦带上了洋味、港味价钱就不一样。同理，你一进外资、港资、台资企业，你的工资待遇也不一样。这是紧随着女人傍大款之后的新的形式的傍。开初的意图是引进新的企业管理模式，引进高科技，引进新技术，但到后来就变味，就变质。变得和"傍大款"的女人一样，卖身求荣，唯图眼前之利，鼠目寸光，见利忘义，甚至忘民族大义。那就不仅仅可悲可叹，更是可恼可恨了。

二是教育也会傍。国内的大学与国外的大学傍，原本是合作办学，但先河一开，风气一坏，什么事都会变质变性变味。在普通教育中，先是初中傍高中，什么初中都叫什么重点高中的分部，而后是中学傍大学，某某中学都叫某某大学附中。再是分不清楚谁傍谁了：企业老总傍名牌大学的 MBA 或者 EMBA，大学也主动推出广告办"总裁班"。企业也类推，小厂傍大厂，垃圾厂傍名厂，劣质的产品也挂上了优质的牌号。鱼龙混杂，搅在一起，还美其名曰：联动发展。

经营者想早日成功的心理是能够理解的，要在激烈竞争中立足，背靠大树，提携一把，也是能够理解的。但凡事都要立足于自我，否则你的命运依旧掌握在别人手里，光是傍，光是靠，那么连你的依赖也会随你一起垮掉。

换个角度来看，可见创新、创名牌、创业之艰难了，否则这些人不会采取如此的捷径与方法。比尔·盖茨的微软创业立新可见一斑，一个好的品牌,从创牌到家喻户晓,其间投入的精力、物力、时间可想而知。既然打出一个牌子不易,就不应轻易出卖,图一时之利最后砸伤的是你自己。不信,拭目以待。

一字之差　观念之异

一则故事很能说明道理。

夏衍在临终前，突然感到十分难受。秘书就说"我去叫大夫"，不料，夏衍老人极其艰难地说出一句"不是叫，是请"——说罢老人就昏迷过去了，再也没有醒来。这句话就是老人的遗言。这遗言纯净无比，厚重无比。谦恭忠恕之道是我们民族的优良传统，也是一种深刻的教养，这种修养扎根于人的心灵。秘书与老人虽是一字之差，反映了他们两个的观念之异，涵养之别，文化之距。

由此联想到在商场、银行、超市等营业处所，往往在显著的位置看到"票币当面点清，离柜概不负责"的提示语。有时也能极其稀罕地看到，有一银行营业网点将其中的"概"字换成"恕"字。这一字之差，体现了该银行营业网点以客户为中心的服务理念，反映了他们服务工作的细致程度，拉近了与客户的距离。

"概"字意思是一律，无一能免，底子里透着经营者的霸道气，虎威相，一副"舍我其谁"的模样。"恕"字"仁也"，意思是在说：宽容我，原谅我不负责任了吧。"以己量人"，以人为本，底子里透着经营者的仁厚、忠恕。可见"概"字与"恕"字虽殊途同归，最终的目的都是希望客户在离开柜面时正确核实票币数量和真伪，但是仔细研究，前者将客户置于被动、服从的地位，容易造成客户心理的反感与对抗，员工也容易形成以自我为中心的经营服务意识。后者则将客户真正当作上帝，员工也更容易在自己的工作中注意对客户的服务意识，体现了企业的文化观念，体现了经营服务的真诚，更能唤起客户对银行、财务制度的沟通与理解。

有句金玉良言叫"细节决定成败"，其实任何事情都是由细节构成的，"泰山不让土壤故能成其大，河海不择细流故能就其深"说明的就是这个道理。经营服务无小事，经营服务无止境，这正如高山与江河。在外资金融经营企业进入，同业竞争日趋激烈，不同金融产品趋同的今天，同是黄金买卖：农行有"聚宝盆"、建行有"黄金宝"，那么优质高效、细致周到的服务无疑是赢得主动权的制胜法宝。一张残币、一句话引来大笔业务的事例已屡见不鲜了,但一个细节、一个小错引起投诉,引发争端也常有发生。这些事端的本质就是观念之异,外现只是一字之差。但愿所有的银行,所有的经营单位都能转变企业文化观念,研究谋划好经营服务工作的每一个细节,哪怕只是一句提示语中的一个字。

成都喝茶谈茶馆

　　茶叶舒展在茶碗，茶水在口中齿间顺喉慢慢渗透而下，茶客会咂出人生的况味、情感与生命的态度。"杯里乾坤大，茶中日月长"，水沸茗香，人生如茶。

　　上海具有民族特色的茶馆似乎是越来越少了，多的是咖啡馆。按易中天的说法上海是滩，是中外交接之地，西风先进。于是特别留恋城隍庙的湖心亭，特别留恋盖碗茶了。

　　去川西游才体悟到民族特色的茶馆在成都不少，在川西的坝子村镇更有不少。屋里房外，摆开八仙桌就可以招待十六方。宽巷子，从街头到巷尾，摆开的全是桌子，坐着的全是茶客，喝的全是盖碗茶。价格从三五元起，只要不换茶叶，只要你有时间，任你泡一天。在武侯祠后，有戏看的茶馆一碗茶也仅十元。文殊院、青羊宫都有茶馆，这是上海远不能及的。上海是个沿海城市，是个"时间就是金钱"的城市，可能不在乎茶资，但更在乎时间。按成都人的说法"时间就是生活"，他们更笃定，更恬淡。坐茶馆是成都人最喜欢的休闲方式，一碗盖碗茶，坐在街沿上摆龙门阵、看报纸、逗鸟、打瞌睡、搓麻将，悠闲而舒适。茶馆给这个古老而现代化的城市增添了几分雅致闲适的神韵，正如杜甫所言，"落日平台上，春风啜茗时"。茶馆在成都人生活中的位置没有变化，是成都文化生活的特征：让茶香携着悠悠的时光，去体味生活的情趣；让茶叶释放淡淡的苦涩，去品尝艰难的人生。

　　成都喝茶首数"顺兴老茶馆"。这茶馆原就有上百年的历史，复建于1999年，是参照成都历代茶店、茶楼风范，聘请茶文化专家、古建筑专家和著名民间艺人，精心策划营造的一座集明清建筑、壁雕、窗饰、木刻、家具、茶具、服饰和茶艺于一体的艺术巨构，这是天府茶人传承巴蜀茶文化的经典杰作，又是一座中国首创极具东方民族特色的茶文化的历史博物馆。

　　"顺兴老茶馆"大门的对子是："中外同赏戏，古今皆品茶"。大门匾额为马识途老先生所书。里面的对联亦为马老所拟所书，上联是

"忙里偷闲何不到老茶馆坐坐",下联是"苦中寻乐且邀来好朋友谈谈"。

进门后,左侧是嵌于馆内古巷青壁上的高三米、长九十一米的浮雕,由中国著名雕塑家历时半年倾心创意设计,再现临江古镇景观、市井院落风貌、老茶馆风俗特写、旧时水井诸像等川西民风民俗和建筑艺术,堪称西蜀现代《清明上河图》。

右侧是茶馆,里面摆满了几十张桌子与靠椅,正前是戏台,两侧全是明清风格的走廊与间隔开的包厢。大红灯笼高高挂,名人书画镶嵌其间,文化氛围甚浓。你可以慢慢地坐喝,同时欣赏巴蜀舞蹈、川剧折子戏、川人脱口秀,特别令人难忘的是川剧中的变脸与吐火。茶具当然是盖碗茶的三件套:碗盖、茶碗、碗托(又称茶船)。喝茶时碗盖要倾斜,茶水啜出而茶叶仍存。还有炒黄豆、甘薯片之类的川西风味特色小吃,慢吞细嚼,满口生香。只要将碗盖拿离,自有茶房将开水用长嘴铜壶,隔人隔座筛入,一条漂亮的银色的开水弧线划开幽暗,泄入茶碗,水壶戛然而止,茶水恰与碗齐,滴水不漏!行云流水,瞬间完成,眼花缭乱,令人惊叹万分。穿行其间的还有专职掏耳朵的,看着别人眯眼舒坦样,想来这耳朵挖到了煞根之处。

茶文化真是一种可以感受的文化,是可以吃、可以品的文化。

古城街巷院　成都家春秋

　　成都旅游感受最深的是街巷院，多的是茶馆。不管宽巷子、窄巷子，还是文殊坊、李伯清书院；不管武侯祠后，还是青羊宫旁都有茶馆，就连不知名的小街陋巷、偏远的坪坝场寨，也只要安上八仙桌，摆上茶盖碗，拎起铜水壶就是饮茶摆龙门阵的地方了。今天，可以说成都有世界上最多的茶馆，最多的饮茶人和千百款茶品。

　　来到宽巷子，天刚刚暗下，这条巷内已人声鼎沸，川音川调，此起彼伏，整条街基本满座。入乡随俗，我们也叫了几碗盖碗茶，围坐一张竹桌边，体会上了成都人的夜生活。周围的茶馆饭店生意红火，炒菜的火焰不断冒起，我们不时被散来的辛辣味呛得咳嗽了。坐满人的巷子里还不时有摩托车穿梭，双方之间互不干扰，也没有怨言。坐在宽巷子品茶自然舒适，同时更享受这种人文环境，不由得让人去看、去想、去体会，成都——这一座有着悠久历史文化的城市的味道，它所具有的与众不同的特色，它所具有的内涵，它所表达的内容，它所向外人宣示的文化魅力。

　　李伯清书院喝茶要清静得多了，雕花桌椅，窗明几净，古琴声声，缥缈弥散。服务员温文尔雅，慢声细气，空气中流淌着慵懒的气氛。我用盖碗茶盖轻轻拂去茶叶，慢慢啜饮着。细品茶水之味：茶水淡淡的很润；细思历史文化传统：魏晋之时，天下战事，文人无以用世。文人雅士，崇尚清谈，高谈阔论，以茶助兴，于是茶烙进了中国文化人的骨子里。这莫不是川人龙门阵的一影？千百年倏忽过去，因茶而战争和平，因茶而悲欢离合；礼仪世俗，艺术斯文，肌美肤白，强身健体都被茶包容进去，连大地上都留下了"茶马古道"那深深的运茶痕迹。最终，茶以各种形式成了全球大多数人的日常饮料和一部分人的心仪饮品。

　　我觉得：茶是精灵。春光三月蓄天地精华而萌发的一芽，摘下后千万般焙炒，直到没形没色。可水一沸浸，叶芽儿又舒展开来，吐芳吐味，出形出色，凤凰涅槃，不怕历练。故而茶是君子，让人敬重，要好好地泡她、品她、饮她。人不亦如此？

不论俗还是雅，极厚的茶文化沉淀在每一碗茶水里。喝茶时的优雅、淡定、悠闲、舒适已在街巷院成了家春秋，已经变为成都这座城市的脾性。重大的节假日，几乎整座城的人都在茶馆里，让所有第一次来成都的人目瞪口呆，这其实是一座城市在喝茶。

这座城市对茶太痴迷了。因为茶润成都。

我也痴迷茶，还想再去成都。

楚音淼漫

　　当离开喧嚣的上海，摆脱繁重的工作与负担而徜徉于岳麓书院那千年庭院，一定会被这古朴、清新、优美的环境所吸引。但是很快就会发现，这里更为珍贵的却是她闪烁的文化光彩和浓郁的文化气息。这里的每一组院落，每一间房舍，每一方石碑，甚至每一片砖瓦，都深含着隽永的文化品位。

　　当跨入岳麓书院大门，我们能够从雅致、端肃的建筑群中感受到儒家士人的严谨和闲适的读书生活，欣赏到他们的审美情趣和生活理想。在岳麓书院会发现：整齐严肃的讲堂与"鸢飞鱼跃"的园林构成了一幅鲜明而又浑然一体的有趣画面。然而这都是我们的视觉，我们还能听到湘言楚声吗，听到千年古乐吗？我有幸听到了湖南大学艺术学院演奏的古代编钟、古筝、古琴。

　　中国古乐一派天籁：声振音响，悠扬淼漫，回气荡肠；余音袅袅，音纯清新，荡涤心灵。或游慢，或激越，或跌宕，或升扬。宫、商、角、徵、羽，无不淋漓、酣畅、尽致。聆听编钟，心随钟声走，意随钟声散；细品古琴，心被拨动，思被挑起，弥漫之间一片纯净。竖耳古筝，竹林朝阳，渔歌唱晚，秋风红叶，梧桐落黄。听中国古乐是一次深厚而又奥妙的儒家道统文化的耳听"心传"，是对从远古的尧舜到胸怀文化使命感的孔孟，再经有开拓精神的周、程、朱、张的文化的再一次感染熏陶。

　　"此曲只应天上有，人间能得几回闻"，我听闻了一回，是我的大幸。对从那浩繁而发黄的典籍中发掘出古乐的文化使者，我怀着深深的敬意。中华的有声文化遗产得以传承，有了"驿站"。更要紧的是延续了几千年的中华有声文化能让今人听到，能让今人听到历史的声音，这历史的声音告诉今人他们的思想、情感、观念、行为与人文精神。我从淼漫的楚音中感受到岳麓书院文化的丰富、深厚、多姿多彩与勃勃生机。

德夯散记

湘西的德夯并不为很多人熟知。德夯是武陵山脉中段的一个苗寨，距湘西土家族苗族自治州首府——吉首市24公里。苗语里德夯意为"美丽的大峡谷"。

湘西历来是入川的重要通道，德夯的武陵山脉可不是张家界的武陵源。张家界的武陵源只是武陵山脉具体而微者，那么修筑在武陵山脉上的公路本身就是一大奇观了。汽车沿着峒河，过矮寨镇就开始艰难地爬山，坡陡弯急而多。如果说立交桥是现代交通的新概念，那么在20世纪30年代，在武陵山脉中，智慧的中国人已经造就了公路天桥。不熟悉车道的司机，开这湘川公路没有胆量与技术是不行的。为了这条湘川公路，无数的开路先锋倒下了。所以，在公路天桥附近有"湘川公路逝世员工公墓"与"开路先锋铜像"。当今人艰难地驾车时可曾想到艰难开路的先锋？望着蜿蜒曲折如带般的盘山公路，汽车如同甲虫在爬行。我不由得想到了聂耳的《开路先锋》中的歌词"前途没有路，我们来开通"，耳畔不由得响起了"轰轰轰哈哈哈轰，我们是开路的先锋"歌曲声。修建公路如此，那么我们凡做事不也需要有前行者与先锋吗？因此我们做事要想到他们，特别是在取得成就庆贺之际；前行者与先锋尽管有失败与牺牲，但他们永远是值得纪念和被铭记的。

我们从武陵山脊走向山脚的德夯村寨。

刚走下山谷就听到水声轰响，右面山壁瀑布如带如练，在下午阳光的照耀下，金灿灿亮闪闪，对照朋友画的地图知其名为"玉带瀑布"，想是起名者必夜行此道，在月下所得。

又走了没几步，就听到如泣如诉如忧如怨的山歌，歌声在山谷间悠悠地回荡。只见山茶树丛里一位头包蓝巾的妇女在唱着，以解寂寞和疲乏，这是我听到的最真实最质朴的苗族山歌。这歌不是用钱可以买到的，不是商业化的产品，不是作秀的表演，是天籁；这是苗人内心的抒发，全无城市的浮躁，是自乐是自娱。我总在猜想：这是否蚩尤败退后的哀怨在后人身上脉延？是否苗族被迫迁徙深山老林里的愤灃的后续？歌为心声嘛！

　　观"玉带瀑布"最佳处是在"天问台"。"天问台"四五平方米大小，三面绝壁千丈，无栏杆铁索之类，一面通路。此路亦如同黄山"鲫鱼背"，我是骑"鲫鱼背"而至"天问台"，不敢直立"天问台"边俯视。在"天问台"使我想到了屈子的《天问》，中国古代的文化人无不从自然中受到启迪，无论是文、书、画、琴、棋，乃至思维与生活方式，与天合一，与自然和谐。楚人多才，潇湘多文。柳宗元不贬永州写不出八记，是山水给了他以灵动与感慨，是山水慰藉了他受伤的心。我们今天走进自然，不也是寻求调剂？此事要问天问地问自己。

　　右视是"玉带瀑布"与"玉泉门"，正视是两处绝壁耸立，比"天问台"还高还险，如同雄鹰两翅翼，两处绝壁山峰相间五六米，是为天门之险。后来经过此处，两峰间是一条小路，旁边还有一个水潭，水潭幽深，一路无人，凄神寒骨，悄怆幽邃。出了此关，豁然开朗，一路阳光璀璨，梯田层层，远处鸡鸣狗吠，一处村寨隐现，那便是德夯了。

涤荡尘世的神仙池

九寨沟之北,若尔盖以东有一景点叫神仙池。距离九寨沟45公里,但有九寨沟的海子,黄龙的钙化池,还有松赞干布马道与黑河。神仙池距离"九寨天堂"与甲蕃古城55公里,距离成都480公里。

路是远了点,正因为是距离远才使神仙池远离尘世的喧嚣与繁杂。一池碧纯透彻的水、一片耸立傲然的林、一条蜿蜒曲折的路、一茵绿色如盖的草、一帽高山顶端的雪、一股冷清爽朗的风都使你耳目一新,眼睛顿亮,肺腑清新,心胸开阔。这是神山圣水之地呀!人迹罕至,自然保存,精致玲珑,晶莹剔透。

神仙池是九寨地区唯一未被砍伐的原始森林。其中成片的山坡被黄色、乳白色钙质包裹,如同黄龙一样,形成奇特的盆状钙化池和钙化坡。这里却有着黄龙没有的高山湖泊和茂密的原始森林。这儿的海拔比黄龙低,为2 400米。人体感觉舒适,深深地呼吸,感到吐尽了胸中所有的污浊之气,涤荡了脑中所有的繁杂之念,似乎不打坐也入定如禅。世事奇妙于此,自然神化于斯。

神仙池的核心景区的起点在仙境桥,结束在摸佛洞。中间依次为水帘洞、金银滩、神泉、瑶池、青龙海、莲台彩池、仙女池、神蛙海。沿着栈道上到摸佛洞后,再从另一边的栈道下来,全程将近两个小时。在这两个小时里,我被梯田般散落的海子与钙化池牵引着走走停停,感慨万千:世上自有天境,这儿不枉名叫神仙池,物我两忘,纯净透亮的心多么舒坦、自在、潇洒、飘逸。在这里没有如织人潮,没有劳心劳神之况,心也需要休息。

神仙池春夏是最好的季节,野花盛开;深秋,那是五彩斑斓的林的世界。深秋与初春钙化池与瑶池上面有一层薄冰,但下面的水却在流动,别有一番景致与情趣。可惜我没见着,听导游介绍而已,但我信,那是别致的景与情。

一天旅行后,尘世俗事已涤荡殆尽,夜宿神仙池。在宽大的落地窗前,听着黑河流淌的声音,举目望去,一片翠绿的高山森林和蓝天白云。屋内壁炉中燃烧的木柴噼啪作响,咖啡的香气在空气中弥散,真感到一种疲劳后的舒坦与惬意。

凤凰之歌

我认识"凤凰"是从凤凰牌香烟包装上开始的，那是一种长着如同孔雀般的头，有着长长的美丽尾羽的会飞的吉祥鸟，是鸟中之王。然后知道了凤凰牌自行车，骑着"凤凰"飞跑着，是那个年代的炫耀的资本。再往后知道了雄的叫"凤"，雌的叫"凰"，通常单称作"凤"。"凤"与中华图腾"龙"合成"龙凤呈祥"，那是大吉大利之物了。以后读了郭沫若的《凤凰涅槃》，至今还记得郭沫若诗中有句"死了的凤凰重生了"，认为那是一种极美丽极有品性的动物。

湘西有个地名叫"凤凰"，那是从读沈从文的作品知道的。他著作中的湘西和凤凰叫我在惊讶之余，对那片只有所闻而无所知的神奇的土地产生了无数令人沉迷的联想：那落日黄昏时节万丛青山环绕着的边城；那白脸长身见人善作媚笑的吊脚楼上的女人；那在险滩急流中放排撑船的赤裸古铜色胸膛的船夫水手。湘西的急川险江，不仅锻炼出湘西男人强劲的身骨和女人柔媚的婀娜，更赋予了他们浪漫的气质与侠义的精神。湘西的男人和女人爱得坚如磐石，自然如山林，坦荡如沱江，荡气如瀑布，是敢爱敢恨、敢生敢死的纯男人和纯女人，不然沈从文何以写出柏子、龙朱、贵生、翠翠、萧萧、三三？

我从张家界赶到凤凰则是在一场暴雨后的黄昏。出北门就看到沈从文笔下的那沱江了，水流是那样清澈，江底的水草随着江水的流动而像湘西凤凰的女子在沱江边洗衣服那样婀娜起来。西边的虹桥凄迷朦胧而又静谧安宁，有种"疑是天上宫阙"的感觉，那是一种无与伦比的境界。走在沱江上的"跳岩"桥上，江水从间隔中泻过，仿佛在向我述说一切：平静与秀美是表象，水面上的每一个细碎的波纹暗含深意，一切只有等待时间去证明；有多少人生就从这水面上匆匆掠过，不论是湘西王陈桀珍，还是熊希龄、沈从文，更不消说河妓与水手了。江河的秉性不正是生命与人生的无常？望着高高低低的不辨历史古今的吊脚楼，沿着沱江行走，一股沧桑的感怀油然而生。"跳岩"桥上行走着依旧穿着民族服装的苗人，河滩上依旧有用木棒捣衣的姿态没有丝毫变化的白脸长身细腰的妇人，沿江过去依旧有酒家、客栈、作坊，白鹅依旧"曲项向天歌"而随波逐流。吊脚楼那细脚伶仃的木柱，仿佛托起了一段深沉的历史。只是路上过分夸张的广告，像不真实的布景，与此格格不入。

　　从内心而言凤凰对我的吸引力比张家界更甚，因为凤凰有更多的人文积淀，因为有了沈从文，才让我去撩开大师的文字去探勘凤凰；去寻找柏子、龙朱、贵生、翠翠、萧萧、三三；去探看充满艰辛酸楚的沱江。凝视沱江，我感到大师仿佛就是用如椽的大笔，蘸着这江水，蘸着河妓的泪，蘸着水手的汗来书写凤凰，来书写湘西的民俗风情，来书写自己的人生。一个沈从文带出了凤凰，牵动了凤凰城。

　　入夜有人放起许愿的河灯，星星点点的河灯犹如天上的点点星光，河灯闪烁着微弱的烛光，随流而漂，天上人间，人间天上，我也放了一盏河灯，莲花样。

感遇土家

一早打开旅馆窗户，天门山赫然就在眼前，朝阳仿佛给天门山镀上了一层金。远处传来了早晨清晰的鸡叫声，一派异地的感觉，感受到特别的新奇。

昨天导游在电话中约定七点出发，六点三刻他已在等候我们，游张家界所聘的导游小喻就是土家族人。其实湘西的土家族人已经相当汉化，我们已不必在历史与现实中去苦苦地叩问了。张家界共有157.43万人，少数民族116.46万人，其中土家族102.6万人，占总人口三分之二以上。在湘鄂渝黔的土家族共计有800余万。所以进湘西遇土家族人是自然之事。

不一会儿就和导游小喻熟了。他二十岁出头，是考出导游证的正式导游。黝黑的肤色，是导游工作的见证；清澈的眼睛，是善良心地的外现。同行有人坐滑竿上黄石寨，他去打交道，说着我们不懂的土家话，然后让我们不要坐，不要理睬脚夫就直走上山。没走出二十米，后面的脚夫就减价肯抬。他忠于职守，为他的游客着想。凡在危险之处，他都要提醒大家小心走过，细心体贴。他和我们一样登山，还要介绍景点的传说、典故，全无偷懒耍客的迹象。吃饭帮我们找饭店、点菜。全然没有某些导游的狡黠，盘算宰客。连来过张家界的同行都感到导游小喻的淳厚朴实。

其实没被现代商业污染的土家族人，都是如同导游小喻一般。土家族人素以大山的民族著称于世，吃苦耐劳，朴实善良。面对武陵源的大山，面对黄石寨、袁家寨"放大的盆景"的千山万壑、奇峰异岭，面对居住于斯生长于斯的土家族人，是否有沧海桑田，岁月如歌的感慨？其实真正的博大精深的土家文化大多应该仍掩藏在武陵大山的莽林古道中，神秘莫测，谜底难寻。

可巧我们在凤凰旅居之所的客栈主人也是土家族人，已不知其姓名了，四十多岁。床位要价并不要奸，比别的客栈每床多收10元，因为面临沱江，是吊脚楼之故。以诚待客，一派忠厚。他中等个头，肤色白皙，眼神炯炯。他家客栈的走道上有一盆花，正盛开，花香袭人。同行的女生走过，不由得闭眼，用鼻深深地吸了一气，由衷而言"好香啊——"不一会儿这盆花就摆在那女生的房里了。当我们要离开凤凰前往吉首德夯时，店主竟然将开的花全采摘下来，送给那位女同胞。

由此不禁感到土家汉子的心细情深。其实，在漫长的封建社会中对爱情压抑最深的还是汉族。中国的少数民族在爱情上较之汉族，还比较开放，如同山野里的花，任其开合。土家族，这是一个多情善感的民族，正如土家山歌里所唱的那样："不变猪来不变牛，死了变个花枕头，白天跟姐守床被，晚上跟姐睡一头。"土家男儿多情种，那种对爱的执着确实令今人汗颜。

高昌神游

新疆高昌成了旅游点，以它历史的身价来揽客。听导游说："高昌商业化了，从上午十点到下午三点是旅游高峰，人群熙熙攘攘，简直是一个集贸市场。"我笑了笑，打趣说："这不正恢复了历史上繁荣的原貌？"可我还是选择了避开高峰。因为这是历史的遗迹，是需要细细地品，慢慢地嚼才能消化感受的。

高昌古城位于吐鲁番市40公里的火焰山下，是一座与交河古城风格迥异的兄弟城。高昌古城在历史上是丝绸之路的经济枢纽，历代兵家必争之地，也是世界宗教文化荟萃之地。据史载，此地因"地势高敞，人物昌茂"而得名。

我到达高昌正近黄昏，人潮已退，夕阳在线，秋风阵阵，暮霭弥散开来了，似烟如雾，缥缈虚幻，给人以迷蒙渺茫的感觉。高昌又恢复了它本有的沉默不语，萧瑟悲壮。夕阳为断壁残垣抹上了凄凉，给人以幽思之情，怀古之思。

坐着驴车，进入占地200多万平方米迷宫似的故城，在古老的大道上，伴着叮当作响的驴铃声，仿佛自己也走进了两千年前的高昌。进入故城，遗址呈不规则方形，分为外城、内城、宫城三部分。放眼望去，一片衰败，全是半坍塌的分散的土墙、残垣、断壁。随着夕阳下沉，那千年的兵营马桩，陈旧的昔日街道，断落的大家门楣，残存的佛像壁画，颓败的庙宇神龛似乎远了；那西汉大将李广利披盔戴甲，执剑戍边，带兵屯田；那大唐高僧玄奘袈裟，升坛说法，指点迷津似乎近了，仿佛呼之欲出。

那昔日的高昌必定是街区井然，建筑整齐，通衢四达，街道纵横，店铺林立；那昔日的高昌定然有来自中原的黄皮肤人群，牵骆驼拉骏马，石榴、胡萝卜、胡饼满目，琵琶丝弦悦耳，经商贸易，熙熙攘攘，热热闹闹；那昔日的高昌一定是庙宇辉煌，香烟缭绕，朝钟暮鼓，诵经声声。这，在昏黄暮色下，有坍塌的房基为证，残存的佛塔为证，遗留的白骨为证。高昌，千年前已是东西文化冲撞的土地，东西经济交流的城市，是一个国际化的市场了。

高昌，那是汉唐将士戍边、建功、立业，展示才华的土地；那是边塞诗人吟咏、豪放的所在；是"葡萄美酒夜光杯，欲饮琵琶马上催"的地方。那一片土地，那一座城市是中原伸向西域的触角，是西域感受中原的神经。那时一定是中原强盛帝国鼎盛的时期，否则中原的鞭够不到那片土地。暮色下的高昌与乌尔禾形似；乌尔禾是自然的杰作，但高昌却是历史的造化。历史无语却异常凝重，历史无语却会告诉我们。

从西汉李广利屯兵到公元前104年建立高昌壁得以发展成郡，再从443年形成割据的高昌王国，到9世纪中叶漠北草原西迁的回鹘分部攻下高昌建立回鹘高昌国，再到1275年与交河古城同毁于战乱，历时1 300年。起风了，刮沙了，风沙淹没了高昌，但湮灭不了历史。多少世纪过去了，曾经繁华一时的高昌古城，早已成为地面的古老文明与埋藏在地下的文物，成为吐鲁番自古以来与中原政治、经济、文化血脉相通的历史见证。

面对暮色下的高昌，夕阳西下，残阳如血，满目凄凉，感极而悲。

长长的千年一叹。

格桑花开

高原的春天总是来得比江南晚。当江南红瘦绿肥之时，7月的香格里拉才是花开之日，高原的草甸上才开满了各色的花朵。没几天，就已经一团团紧紧地凑在一起，粉粉的矮矮的，像新娘的捧花把初春的高原打扮得异常漂亮，更映衬着群山的绿色。藏地的每个人都喜爱花，甚至情愿把高原上所有好看的花都认定为"格桑梅朵"。在藏语中，"格桑"是幸福的意思，"梅朵"是花的意思，也就是幸福花、圣洁花。格桑花喜爱高原的阳光，也耐得住雪域的风寒。这种生长在高原的普通花朵，枝细瓣小，看上去弱不禁风的样子，可风愈狂，它身愈挺；雨愈打，它叶愈翠；太阳愈暴晒，它开得愈灿烂。这也是藏地的每个人告诉我们对生活、对幸福最简单和最直白的理解及坚信。

其实，格桑花还有个梵文名叫"娑萝"。随季节变换、海拔高低，格桑花的颜色也会魔幻般地变化。白色、黄色、粉紫色。到了秋天，它会变成红色。在藏语里，"格桑"还被引申成"最好的时光"。每时每刻都是最好的时光，一切的好时光都要好好地珍惜和爱护。所以格桑花还有个鲜为人知却更值得我们记在心底深处的花语："惜取眼前人。"

在藏族地区有很多美丽的传说，我们只牢牢记住了其中一个："不管是谁，只要找到了八瓣格桑花，就能找到幸福。"

爱在青岛

　　青岛这座城市，没有北京的皇家威严，上海的灯火辉煌，南京的金粉迷离，亦没有江南水乡苏杭一带人间天堂般的小巧灵动，却是另一番景致。你可以说她是东方的，也可以说她是西方的，虽然一座拥有太多欧式建筑、弥漫着浓浓西欧风情的城市难免会透着些朦胧的殖民地气息，可依旧有那么多的人喜欢她。

　　青岛这座城市的美丽全在于它的房屋不规则，布局因势而异，各抱地理，随遇而安，层层叠叠，挤挤挨挨。那红瓦黄墙的小别墅错落有致，参差不齐，转过身来还可以看见那鳞次栉比的红瓦屋顶和园中的草地、树木、石凳、蔓萝藤架。海边那原木的栈道，没有收敛与打扮，脚踏上去会有粗糙的质感。仿佛只有如此粗糙的栈道才属于脚，也仿佛只有如此去颠簸才能抖落一身喧嚣。

　　沿海边栈道由西往东，总会呈现这座城市美妙的另一面——炎炎烈日掩不住的浪漫情怀，一身激情的年轻人裸露着肌肤，在大海的怀抱中尽情地玩耍嬉戏，全然忘记烦恼；满脸稚气的小孩在海边捡拾着彩色的梦想或在沙滩上堆积着无尽的想象；喜静的老人们则坐在岸边的礁石上悠闲地钓着鱼，眼中只有那片茫茫的海和那根细长的线；再者，便是那些在海边拍摄婚纱照的相爱之人，披着洁白婚纱的新娘或依偎在新郎的怀里，或与新郎携手漫步于沙滩，被精致的相机记录着这个世界的五彩斑斓和属于他们以及我们的幸福。

策马塔公

在康藏高原上，比这草原大的草原多的是，像平坦如铜镜的毛垭坝，雅砻江上游蜿蜒流经的普公坝草场……这个草原不大，却有个响当当的名字："塔公草原。"塔公在藏语中意为"菩萨喜欢的地方"，塔公草原地势起伏和缓，塔公寺高耸的金塔背后挺立着雄伟的雅拉雪山。在康藏高原当地老乡虔诚的信仰里，塔公草原的一山一湖一树一石都被演化以悠远的传说，或是美好的故事。这些传说和故事，就像阿婆手指下拨动的念珠，每拨动一下，就又讲述一次，年复一年、日复一日，根深蒂固。

高山间的草坝上，有一些散养的牦牛，在阳光的青草地上悠闲地觅食。5月，是高原鲜艳的季节；5月，是藏人耍坝子的季节。与她一起策马塔公草原，浅草才没马蹄，"马作的卢飞快，弓如霹雳弦惊"。雅拉雪山矗立在天边，一条玉带云正向她的头顶慢慢移来。耳边除了风声就是一片寂穆旷然。悠远的气息、窜动的风、流溢的阳光，一起倾泻，把人撞击得醉酒般恍惚。

天籁之音

　　同是藏传佛教格鲁教派的寺院，相比拉萨哲蚌寺的闻名遐迩，居里寺是名不见经传的；相比青海塔尔寺的佛学地位，居里寺显得无足轻重；相比拉卜楞寺一面山坡建筑群的规模宏大，近万人的人声鼎沸，独处深山只有百来人的居里寺是寒酸了些，寂寥了些。可是它已历经四十七代住持，傍着藏民的房舍，伴着朵朵酥油花绽放的绚烂，独守着一方幽谷的清净。

　　扎西是个喇嘛，高大魁梧，可说起话来，细声慢语，似乎多了江南书生的柔情。那天，跟在扎西的身后，爬上寺院大殿旁倾斜逼仄的木楼梯。楼梯尽头是一扇厚重的木头门，隐蔽在幽暗的墙壁里。"咔嚓"一声，木门在扎西肌肉紧绷的手臂下迟缓地推开了。阳光温柔地射出，一些肉眼能见的灰尘，就在天窗倾泻的光柱里快乐地窜动、飞舞。扎西一扇扇打开那些镶嵌在墙壁里的木头格子，边角残缺历经沧桑的国宝级壁画呈现在眼前。从大殿的窗口看出去，一些大大小小的白塔，规矩地旖旎延伸在寺院旁的山坡上。在夕阳西下的逆光中，它们散发出一种凄婉的美丽，让你不由自主地想去触摸它冰凉的石砌，去与那些一片纯白掩盖下的圣灵交流。经幡在与风的搏斗中猎猎作响，剧烈地扭动。扎西说，风每一次翻动经幡发出的声音，都是向天上的佛致敬。这是我们在居里寺听到的唯一声音，细想起来，这也是我们在藏族地区能听懂的唯一的天籁。

呼 喊

周休二日陪父母去了大奇山、千岛湖。大奇山峡谷近山顶处有一个呼喊擂台，大幅标语很煽动人心。几乎登到此处的人无不"哦，哦……""嗷，嗷……""啊，啊……"声嘶力竭地呼喊。

喊声在山谷回荡，使人心胸开阔、舒朗、解气，使人意气添增，肌体充血，使人神情清爽，回肠荡气。我也"呵……呵……""呵……呵……"大声地，从肺腑与心底深处呼喊。以此，在这青山绿水、高山深谷中来释放城市的喧嚣、人事的纠纷、工作的压力、内心的压抑，来调节和平衡心神与体魄、自身与社会。狂呼喊叫，最初就是最原始人类的情感的体现。社会进步与发展了，人们更多地捆缚了自己的行为，约束了自己的思想，以便更好地融入社会，更好地与你、我、他相处同行。向山谷呼喊，于身体而言是大口大口地呼，是深深地吸，是充氧，是洗肺；于精神而言是大量释放废物垃圾般堆积的思虑，是清除生活中的不快、忧虑、痛楚。人们的欢乐需要用笑声来显现，痛苦需要用泪水来冲稀，压力需要用呼喊来释放。

我55岁的老爸也"老夫聊发少年狂"般地"噢……噢……"地喊叫起来。听父亲讲早年他在江西插队时进深山剁柴，砍的是棍柴（都是树枝干），每次剁柴要走十几里山路。沉重的担子压在肩上，对身体是一个沉重的负担，对思想来说，由于前途渺茫无助，苦闷压抑。因此，他更是需要呼喊，以此，在远离家乡上海的穷山僻壤之处来发泄灵与肉的无比的苦痛，一声"哦嚯……"山谷回响，前者呼，后者应。如此，大家卸下担子，然后擦把汗，捧口泉水，站直了身子，挺挺腰，松松身。于是，他在劳累疲乏中有一瞬的歇息，在极端的愁苦烦闷中有霎时的宣泄。又一"哦嚯……"呼叹出了他的一切的一切。而后，再高呼一声："行哇！"于是大家又把沉重的担子压在肩上，再沿着逶迤的山路，在蔼蔼暮色中，向着依稀的村庄去了。

我们今日在深山大谷、青山绿水之间用阵阵呐喊来释放日常生活的压力；明日须得回城市再继续工作生活，再去承受生活的压力，直到再劳累、再疲倦。人生的历程不也如此？那么什么是人生的驿站？我们生活工作的驿站呢？

寂寞可以如此美丽

行走川西北，除了九寨黄龙外，其实很多地方未经开发或还在开发，更迷人更有魅力。

川北的若尔盖大草原是世界第一大高原湿地，一望无际的大草原绵延4万多平方公里。在若尔盖湿地核心区域，共有300多个湖泊，其中以"花湖"最为壮观。极目远眺，水天一色。绿草野花令人心旷神怡，烟波苇荡令人肺腑尽涤。这里，还栖息着各种野生动物，其中最为珍贵的国家一级保护动物黑颈鹤在这里形成了全国最大的种群。在这里观看鸟类也好，凝视"花湖"也罢，都是不同寻常的享受。背离城市，进入大自然，其实你更喜欢寂寞。一个人静静地排遣胸中积累已久的烦郁，享受难得的清净，默默地观望日落，夕阳在线，血色黄昏，满目清凉，入禅入定，透悟人生。

好像是动画片的一个长而又长的镜头，随着你蹒跚的脚步，从草原中心延伸出去的原木栈道一点一点退后，"花湖"从芳草如茵的地平线缓缓升起来。有人说入"花湖"像初恋的滋味，虽然早有准备，但当她闯入眼帘时还是像触电一般击中了内心，头晕目眩，一片空白。那湖水透彻的蓝，是那种无法形容的纯净；缱绻在水天之间的云彩，有着魔力般的妖艳。令人想越过栈道一直走到湖中心去，或许那里，会有更大的幸福。"上善若水"，就出于此。天地间，风呼，鸟鸣，虫叫；叶簌簌，水潺潺，心颤颤。天籁之音，自然之声，心灵悸动。除外就是静，就是寂寞，就是美丽。

从城市去"花湖"，差不多可以说是从地狱到天堂，从喧嚣到寂寞。经典的时间是在夏季，湖畔五彩缤纷，好像云霞委地，湖中则开满了水妖一样的绚丽的花朵，这种植物看起来平淡无奇，在雨水充沛的8月，把纯蓝的湖水染成淡淡的藕色，时深时浅，犹同少女思春时低头的一抹酡红。想想都叫人发狂。花有色有彩而无声，用色彩在默默地告诉你，告诉我，什么是美，什么叫大象无形，什么为大音希声，做人也是这般。

"花湖"在若尔盖以北，离成都650公里，景区还有唐克古城。

可以从成都坐飞机到九黄机场再换车,也可以从九寨天堂直接购票前往。

暮春至盛夏,草原芳草连天,形成一片碧绿的海洋,各种鲜花盛开,新鲜蘑菇长出来,黄鸭、黑颈鹤常栖息于湖畔,嬉戏自乐。那是去若尔盖最好的季节了。

看遍大漠孤烟

一到包头，一下飞机就直奔希拉穆仁草原，辽阔的草原在召唤我。

孩提时代我就向往高山、大海、草原。高山与大海早就领略。五岳早已登临：我赞美那巍巍的山巅，我领悟那"一览众山小"的感触；我喜欢那在登攀过程中的大汗淋漓，气喘吁吁；我也爱在登山后将那麻木酸乏的双腿搁着，慢慢消受着肌体疲沓的酣畅。四海也已涉足：我感叹那浩瀚无垠的大海。站在沙滩，任拍打的海水抚弄我的赤足。海天一色，蔚蓝澄清；椰树、飞鸥、风帆构成了美妙的风景。可是草原我到如今还没有触摸。

汽车贴着阴山脚下疾驶。与沪杭、沪宁高速公路不同，内蒙古的高速公路是真正的高速公路。阴山下的敕勒川还在，但"风吹草低见牛羊"的景色不再。一是连年的干旱，一是西北脆弱的生态遭到人为的破坏，草原沙化日趋严重。汽车擦过"青城"呼和浩特，折向北行。过武川，就逐渐看到草原与放牧的牛羊了，也逐渐看到蒙古包了。但这些蒙古包都是商业味特浓的旅游点，作秀而已。我们的车子在普会寺门口停下，等待接我们的牧民。

"希拉穆仁"蒙古语意为"黄色的河水"，是一个典型的高原草场，此时天空碧蓝如洗，草原绿草如茵。希拉穆仁草原上的普会寺，当地人称为召河庙，始建于清乾隆二十四年，已有200多年的历史，希拉穆仁草原也因此被称为"召河"。普会寺是一座蒙汉结合的庙宇，长方形院落，院中排列着三重殿阁，两层楼阁，造型优美，庄严宏伟。能在草原上见到如此殿宇，不得不佩服200多年前蒙古能工巧匠的精湛技艺。接我们的牧民来了，不是骑着马，而是骑着摩托车。他在前面引路，我们在后面跟着。黑色的沥青路，在红格尔敖包处没有了。我们的车在草原上的车辙上开，车过之处扬起土烟沙灰。越往草原深处，越是要隔很久才看见蒙古包。终于我们听到了狗吠声，羊叫声，马的嘶鸣声。住宿地到了。

我们到了希拉穆仁草原的深处。时近下午的五点，俯仰天地，天地二色,天蓝地青,蓝天白云,草青羊白。正如歌词里所描绘:"蓝蓝的天上白云飘,白云下面马儿跑。"环视周边,草原土岗微起微伏,远处蒙古包点点,白色的羊群隐现。蒙古包在希拉穆仁草原上静静地守望着四季,敲击着岁月的暮鼓晨钟。草原的风"硬爽",决不似江南的风,湿热、潮闷、黏人。马是要骑的。当然我是"走马"观景而已,要马儿跑,可能我就要从马背上掉下来了。从上海到草原,看着此景,拂着草原的风,透着草原的气,你会体验到什么叫天大地大;你会体会到"天似穹庐,笼盖四野"的描述精当;你会感受到"大漠空高尘不飞,草色青青羊正肥"。当夕阳西下之际,落日的余晖如利剑刺破云层,那草原,那天空,那蒙古包,那牛羊马,会引你情不自禁高亢嘹歌。在此一瞬间,我明白了草原的歌声为什么这般嘹亮,这般深沉,这般悠远。草原的人为什么这样刚烈,这样豪爽,这样开阔;我明白了"我就骄傲地告诉他,这就是我的家乡"。蒙古族人民不仅唱出了对家乡的爱,更是唱出了对草原的爱。太阳已近西边的地平线了,蒙古包处,炊烟袅袅,暮色霭霭,我们先人的一联"大漠孤烟直,长河落日圆"写得何等确切,其景其情其爱皆融入其中了。

  蒙古人以烤全羊盛情待客。当悠长的马头琴乐声响起,当主人唱着热情的迎客颂,献上洁白的哈达,敬上斟得银碗满满的"蒙古王"烈酒,你能拒绝吗?在此时此境中,缠绵的也会硬朗,犹豫的也会果断,不会喝酒的也会干上这一碗。这里不要细腻蔫黏的性情,桌上不要这么多的盘盘盏盏,盆盆碟碟;羊肉用手抓,用刀切;歌曲放声唱,大胆吼;蒙古包外是自然的沉沉的夜色,连风声都没有。这个世界仿佛就是这一个蒙古包,这一个蒙古包仿佛就是这个世界。我曾经读过描写蒙古族人生活的《狼图腾》,我深深赞同蒙古族人的生态自然观与人生观。一次迎客的风俗习惯就将这种自然观与人生观演绎得如此酣畅、淋漓、尽致。

  夜,很深很沉了。蒙古包外的空气中弥漫着草与泥土的芬芳与清香,有着露水的湿润。四周无声,仿佛天地间什么都不存在,只有自己。带着酒意酒兴,带着酒醉后的朦胧,独坐在夜的草原,遥望星空。你会体会到宇宙的无际与人的渺小;你会感到自己的存在,因为你听到了自己的呼吸,感受到了自己跳动的脉搏。在这种时刻你去体会人生，感悟生命，品味自己才是最理智与客观的，你才会感受到人与自然的和谐是亿万年不变的真理。人，从大城市的围城中突出，回归自然，投身自然，获得一息，调整心态是何等珍贵与不易。在这样的夜，你可以与历史对话：在希拉穆仁有过金戈铁马的风驰电掣，有过篝火美酒的轻歌曼舞；苏武牧羊从这儿经过，单于发令点兵从这儿开始；你可以问昭君，可以问天可汗。这样的夜，这样的月，这样的心情是很难得的。

不觉——

东方的天际已微微露出了鱼肚白。草原新的一天开始了。

马头琴声悠远

从小就向往大海、高山、草原。特别是在童年,到公园看见了大草坪,就欢喜得情不自禁地上去打几个滚,那是在街道与楼宇中长大的孩子从心底发出的对绿色、对自然的渴望与向往。电影中、电视里看到了那辽阔的草原,听到了那悠扬辽远的马头琴声就勾引起我无限的神往。因此也喜欢唱草原的歌,特别是《嘎达梅林》。那歌声高亢、辽远、深长又带有点抑郁、苍凉、悲怆,"南方飞来的小鸿雁啊,不落长江,不呀不起飞,要说起义的嘎达梅林是为了蒙古人民的土地——"这歌是英雄的悲歌,这歌是在悲歌英雄。这次到了乌兰察布市的希拉穆仁草原,我就点名要马头琴手拉这一曲,自己放歌。

我注意到那位蒙古族的马头琴手一拉上这一首曲子,原来的迎客的欢快全消失了,颜面变得严肃,眼神显得悠远。当《嘎达梅林》的乐曲在蒙古包里回荡,在暮色沉沉的草原弥漫,我们仿佛都进入了历史,这是一部用民族深厚情感,蘸着血写就的历史。她的每一字、每一页都是那样沉重,犹如那歌声的高亢、辽远、深长又带有点抑郁、苍凉、悲怆。所以这是一个真挚、不屈、勇敢、豪迈、刚毅的民族,这个民族永远仰慕英雄,歌唱英雄。这从每家的蒙古包内都挂着成吉思汗的画像可以看出,从每位马头琴手都会拉《嘎达梅林》的乐曲可以看出。

我还注意到那位蒙古族的马头琴手一拉上这一首曲子,原来那迅速拉动的马头琴弓弦缓慢了,那急速抖动的手腕也舒缓了。《嘎达梅林》的乐曲低沉得如泣如诉,那是在诉说蒙古族人在草原上的抗争,这是一个需要英雄而又英雄辈出的草原。因此,我仿佛在马头琴声中看到了:蒙古族人骑马奔驰,跃舞摔跤,开弓射箭,野蛮其体魄,锤炼其精神。是草原铸就了蒙古族人的性格,是马头琴造就了蒙古族人的秉性。他们阳刚、粗犷、宽厚、豪爽。在某种意义上,可以说蒙古族人是从马蹄声中、马头琴声中走出而又回归,这是他们精神的家园与寄托,是他们梦的附着。

红日照耀在草原上。当草原千里百花香时,当风吹动草儿起波浪时,可以自由放牧,这就是《嘎达梅林》的追寻,也是蒙古族人的追寻。

　　这是一个曾经骑在马背上的民族,蒙古包可以迁徙,但《嘎达梅林》的乐曲永远会在蒙古包里回荡,永远会在莽莽苍苍的草原回荡远扬,马头琴永远与蒙古族人相伴,马头琴声永远悠远绵长。

闽东惠安女

闽东最有特色的是惠安女,早听说她们是"保守裤子,现代装,文明肚子,封建脑",到惠安一看果真如此。

这句话,依我所见体验来看:"保守裤子"说的是裤子长,裤口宽,仿佛唐汉生风之裤装,挑担行走,飘飘逸逸,晃晃荡荡,宛如仙女,凡间走一遭。"现代装"指衣服短,露肚脐,一如现代都市时髦女子的露脐装,慢步小跑,婷婷袅袅,蛮腰生情,遐思百般,风采尽现。"封建脑"指头上既戴斗笠,又用布纱遮面,包裹掩饰,其颜、伊容,那顾盼流连的眼、那樱桃红艳的口,隐隐约约,似真非真,欲看而不得,却是给了极大的想象空间,朦胧美的理念在这里得到了尽情的发挥,最好的诠释。

令我动容而至心灵震撼的是惠安女的德行。在过去的漫长岁月里,她们要承受家庭的劳作:洗衣、做饭、喂猪、种菜,生育婴儿、抚养孩子、孝敬公婆,事无巨细,默默包揽,兢兢业业。她们还要扛起生活的重担:织补渔网、挑走海货、纤绳拉网,繁重的体力劳动,骄阳烈火,汗流如注。她们更要经得起思想精神的煎熬:每当风云突变,台风过境,凝视无情的滔滔海浪,望眼欲穿,盼夫之情,祈安之愿,时时刻刻,如针扎心,似火焚五脏六腑。当海面出现一点风帆,于她们而言,就是希望、光明、晴朗与太阳。这种自然给人类的磨难还可以从惠安沿海的房屋结构中看出:沿海多石屋,块块叠垒,坚实厚重,抗风耐雨。这不也是惠安女坚忍的心?

面对大海,面对严酷的大自然,闽东民众塑造了一个能庇护海上谋生者的伟大女性——妈祖。这位妈祖,在福建溯江而上直达闽西汀州,今日汀州还有她的天后宫。

我面对妈祖神像,只见妈祖容正、神肃、端庄。香烟缭绕,众人叩头,顶礼膜拜。

就我看来,惠安女就是活生生的"妈祖",是闽东真正的女神,是完全值得世人敬重与礼拜的女性。

我还在惠安沿海小镇的小饭店吃过一顿午饭,点的是海鲜饭、鱼卷汤。这"海鲜饭"其实就是我们上海人所讲的海蜒炒饭，放上葱花；那"鱼卷汤"是杂鱼的肉，加淀粉糅合后挤轧而成。厨师就是一位惠安女，她做的饭香汤鲜，入味入口，简单实惠。我由此而慨叹：惠安女人的节约简朴、心灵手巧可见一斑，否则何以支撑起闽东严酷自然环境下，悠久历史演变中渔民的家庭？何以代代香火永继，生生不息，兴旺发达？

观乌尔禾魔鬼城

9月下旬的一个午后,我从克拉玛依沿217国道随导游驰车前往乌尔禾。乌尔禾是一座方圆10公里的天然沙土城,它的名字叫乌尔禾风城。从地理学的角度讲,是我国最典型的雅丹地貌。蒙古语称之为"苏鲁木哈克",哈萨克语呼之为"沙依坦克尔西",意思都是"魔鬼出没的地方",因此又得名"魔鬼城"。

我们到达时已是日头偏西。

起风了。

风在"街巷"内旋转,风声鹤唳,鬼气森森。风又沿着"城堡""壁垒"间穿过,呼啸着,发出尖厉的嚎叫,令人毛骨悚然,心寒战栗。风又在地层节理中盘旋。由于地质软硬的差异,风蚀地形的不同,这里的"山堡"或大或小或高或低,这里的地质遗石,或立或卧或圆或方,从而风声粗细、音量大小各异,故而风声如狼嚎、似虎啸,犹马长嘶;如鬼叫、似怪嗥,犹魔鸣吟。于是沙土飞扬,尘烟弥漫,四下里一片幽暗空冥,怪诞凌厉,狰狞可怕。乌尔禾的风爱坎坷不喜平。

落日了。

暮色苍茫,夕阳在线,残阳如血,乌尔禾血色一片。血色中的乌尔禾显得苍凉悲怆。乌尔禾是大自然的杰作,是风的抚摸、烈日的关爱、雪的温柔,造就了它生的痕迹,死的气息。乌尔禾是经岁月的打磨在戈壁滩荒漠成形的。斜阳将像中世纪的古堡、如佛家的七级浮屠、似唐汉的烽火城墙的影子拉得长长的,抹上了一层血色,使人庄严肃穆、悠然高远、思幽怀古。纵横的沟壑、通幽的曲径显得灰暗迷蒙、深不可测,仿佛凝聚着不安与恐怖,又仿佛是地球脱离了运行的轨道,远离那万人讴歌的太阳后的失意与空虚。日暮之下的乌尔禾,仿佛时时处处充满了危机与险情。这儿是血色的红与背阳影的黑的拼图,这红与黑的色调在动态中,渐渐地这血色的红在泛黑,日落了。

乌尔禾是地球景观的另一面,它与高昌古城形似但本质完全不同。高昌古城是历史的赋予而乌尔禾却是自然的造化,天地的杰作。

望着暮色中的乌尔禾,听着这古怪的风声,你不能不赞叹它的孤独与荒凉之美,它独特的雅丹地貌赋予人类的感受。它与现代都市的繁杂喧嚣构成了强烈的对比,与那秀丽奇美的山山水水形成了分明的反差。多少个世纪以来乌尔禾被遗弃在沙漠的边沿,它以一种高傲的姿态遗世独立,这里无人问津,因为荒凉,也因为恐怖。乌尔禾以它的错落展示了一种不和谐,却又是地球千姿百态的和谐;以它的粗野、质朴带给人们心灵的震撼——什么叫生,什么叫死,什么叫永恒。

哈萨克姑娘

新疆那拉提的诱人之处就在于秀丽的自然景观与当地的哈萨克民族风情融为一体。

9月末内地的上海还酷暑蒸人，骑马走进恰普河牧场，清凉的山风伴着丝丝的花香扑面而来。起伏的山峦，茂密的森林，盛开的野花，如茵的草地与崎岖的小径组成一幅旖旎画卷。那种人体心身的清爽感受是无法言说的。

与我并辔齐驱的是一位十四岁的哈萨克小姑娘叫萨妮娃，她是地主为我安排的骑马的指导师傅、安全员，也是我在那拉提的导游。"萨妮娃"长着典型的中亚人窈窕高挑的身材，弯月似的深邃的碧眼，长长的眉睫。当她用眼睛静静地盯着你的时候，你会感到那是一潭澄清的透亮的水，你会觉得她的清纯无瑕晶莹剔透的心，犹如那拉提的绿草、空气、蓝天那样，没有丝毫的污染。我们骑着马在岗岚坡丘上，雪松冷杉间行走，只有马蹄踢打着大地发出的孤独沉郁声。萨妮娃不甘心这样的寂寞，一会儿策马一溜烟地没了踪迹，一会儿又快马加鞭地向我驰来。看着她那矫健的身姿，望着她那被风扬起的哈萨克式的杏红嵌缦云白边的马夹，那简直就是那拉提的精灵。她看着我那小心翼翼的骑马姿态，那不紧不慢的速度，就绕到我的马后加了一鞭。马一溜小跑，我不由得发出惊呼。她银铃般的笑声，从我马后传来。她为自己顽童的恶作剧而高兴得意。接着她一定要和我骑一匹马，要控制缰绳。放掉了自己的坐骑，跃上了马鞍，我被她控制了。她连连地拍那枣红马屁股，马儿的腿撒着欢，一溜儿地小跑。时间久了，臀部被颠得难受。我想：上海公园骑马只是让马夫牵着，慢走而已；真正的骑马刚开始就是如此这般感觉，习惯了，感觉还会回到"无"的境界。自然、社会、人生其实是一个理。我又想：骑马与坐车不同：车是机械，马是生灵；骑在马上奔跑，自己身子随着马的行进而颠簸耸动，一半仿佛是自己在奔跑，那是自然中生灵的交融，人与动物的情感汇合。这就是项羽之于乌骓，关羽之于赤兔那般情深意长的缘由了。

到了那拉提的恰普。绿草如茵的河谷上,散落着哈萨克人白蘑菇式的毡房。与吐鲁番葡萄沟的维吾尔导游相比,那拉提哈萨克人商业化还刚开始,民风还淳朴。不需要为你唱一首歌付5元钱,更不需要为你跳一支舞蹈而付10元钱。萨妮娃邀请我去她家的毡房做客,为我唱了一首又一首哈萨克民歌,跳了一曲又一曲哈萨克舞蹈,还拉着我的手教我。我为她的淳朴纯净感染,心弦也被拨动,不善歌舞的我,也吱呀咦呜地唱,"哦,太阳刚从天山跳出来……",也蹒跚笨拙地跳,舞步凌乱却步步充溢感情。在这洒满阳光的哈萨克毡房外的草地上,随着这那拉提姑娘的歌声舞步,你的心会被净化,你的灵魂会升华。

哦,我明白了:那拉提姑娘的眼睛就是这样心灵的透视,是那拉提的山水草原养育了这样的姑娘。

青岛的街路

青岛的街路最有情致最扣人心弦。

秋天，我喜欢沿着金口路的石道往坡顶走。

那红瓦黄墙的小别墅错落有致，参差不齐，转过身来还可以看见那鳞次栉比的红瓦屋顶和别墅园中的草地、树木、石凳、蔓萝藤架。秋风起了，银杏叶黄了，梧桐叶落了，枫树叶红了。那秋的五彩斑斓的色，那秋的气高神怡的天，伴着那散淡的心，看着要走的夕阳，树影的留恋越来越长。此时，那别墅的老洋房犹如贵妇的气质、风情与神韵，嘴角露着微笑，散发出醉人心身的特质与气息，就像达·芬奇所画的"蒙娜丽莎"一般。金口路那种恬淡和谐、宁静安逸还带有那么一点凄清最有情致。即使你走在黄县路、齐东路也会有这种感觉。那里街石憨憨，没有收敛与打扮，脚踏上去会有粗糙的质感。仿佛只有如此粗糙的道路才属于脚，也仿佛只有如此去颠簸才能抖落一身喧嚣。

坡路起伏蜿蜒，别墅柳暗花明，阳光斑驳，金风爽朗，每一栋别墅就是一个温暖的家，就是一份期盼，一份希望。秋天走在岛城的坡道上，就是如此这般扣人心弦：那皮鞋敲打街石的橐橐声，仿佛是用手指在敲击钢琴上那黑白相间的键盘，又好像你在老街里慢慢地溶解，和着那橐橐声，消化在暮色夕阳辉映下的别墅中。特别是在金口二路，你闲散地从那一扇扇黑色的门前悠悠地晃过；你可以不经意地看见那一扇扇白色的窗户，那是一家家的眼。树的枝条只是任性地伸出那院子矮墙，招惹行人，在幽静的街道上引你注目，让你驻足停留，细细观赏，慢慢品味，静静思索。偶有路人，或那一位姑娘红衫蓝裤白鞋，仿佛是令人心热的火焰，又好像是青春的召唤，热力的发散；或那一对老人，踯躅而行，相扶相持，老吾老矣，这也会感染你——哦，我与爱人亦当如此；或那一群孩子，叽叽喳喳，咧开缺牙的嘴，心满意足，在笑，在叫，在喊，在唱。那披上青苔已枯萎的老墙似乎在等待着，已经望见了那日日回归的孩子。

青岛老街的美丽全在于它的不规则，布局因势而异，随遇而安，层层叠叠，挤挤挨挨。道路镂刻着城市的性格，凹凸的路面是城市历史的刻度。城市也在长大，或许会有更多的石路老街别墅不得不真实地消失了，那些别样的生活方式和地域特征，也在新的城市概念中化解，只会留下某个沧桑的名字，以纪念洗刷不掉的记忆。

哦，我那难忘的最有情致、最扣人心弦的青岛的街路，让我牵肠挂肚，魂牵梦萦。如果我再去青岛，一定还要去金口路、黄县路、齐东路……

上善若比九寨水

写九寨沟的文章都提到了水色。我游九寨沟后的感悟也莫过于水，深悟水的质地。

当然，九寨沟展示着山水的静穆洁美。一如云想霓裳所写："心在九寨的清流里涤过，很清爽，很轻盈。"我也是用心去体悟：上善美柔至心。

九寨沟的山在水中，水在心中，水在人中，人在悦中。

九寨沟里河道纵横，水流顺着呈台阶形的河谷奔腾而下，形成数不清的瀑布。有的细水涓涓，有的急流直下，有的若玉带飘舞，有的似银河奔泻。宽度或长度超过贵州黄果树瀑布的就有六条之多。这其中最壮阔的，无疑是高约30米，宽达300米的诺日朗瀑布。水从静海穿林过滩慢悠悠地流来，又从陡岩上猛然跌下深渊，藏匿于水中的惊雷在水面复活，点燃了一个久远的神话。藏语中"诺日朗"是"男童"之意，让雄性主义高挂天幕，无疑让诺日朗瀑布成了寻根时代的精神基地。

看着水跌落在诺日朗，淌漫过珍珠滩，轰鸣冲击于夏措钙华，全倾狂泄在熊猫海。而后或静静地淀着，泛着孔雀蓝的光，称为草海、箭竹海、藏马龙里海；或幽幽地沉着，耀着斑斓五色，称为五彩池、五花海、孔雀河。有时从芦苇荡掩面而过，从灌木丛流经而过，从原始林弯曲而过，称为芦苇海、老虎海、树正群海。望着水流经过激起的水花、溅起的水珠，仿佛这水在轻抚你的全身，在梳理你的心绪。沿栈道而行，水流一直在缠绕着你，你会觉得自己要融化，会在与水的融合中参悟细品。上善若水，水利万物而不争，上善的精神其实就是水的精神，水的本质。在九寨沟的水边，你历经凡尘劫难的心灵的伤痛会被舒缓，会被慢慢释去。

凝视这水，上善的内涵因时因势而变，说无形亦有形。水或流，或淌，或跌，或冲，或激；或静，或动；或潺潺，或轰轰，或谧谧，这水充满灵气，灵气充溢。水会涤荡污浊，净化心田；水的精灵会唤回绵绵不断的善意，使人禅心顿悟；水的灵气更会劈开人心中的千千结，使你重新神清气爽，笑傲江湖。难怪爱情受挫，事业波折，心性疲惫，要出去走走。走到哪里去？山水之间，天下之水莫过于九寨沟呀！融于自然之中，暂处社会之外。寸寸心身，款款所愿，你能用九寨沟那圣洁的水洗涤，会心明眼亮。透过这雪山融解的圣水，透过这雨下林滤的净水，这水滴滴晶莹透亮无瑕，似水晶般的菩萨心。如此，你那远去的内心天庭之山，定开启；心际的梵钟神磬之谱，会鸣奏。你从九寨沟回来，会用九寨清流洗涤过的心去度量世界、他人。

造世者如此巧妙地平衡着社会与自然。

九寨水在人心中，人心自会平静，自会至善。

踏破贺兰山

第一次到宁夏,第一次看到贺兰山,我被深深地震撼了。

贺兰山突兀而起,雄壮、威武、磅礴、气势,视野一下高仰,眼界忽然升高;山腰烟雾袅袅,云霞蔼蔼,云蒸雾腾,更彰显了贺兰山的高大莫测,气度非凡;山下沙湖芦苇青青,水波潋潋,凉风习习,更是用轻柔绵绵来衬托了贺兰山的阳刚雄勃,伟岸刚劲。哦!独擎天宇的贺兰山。

可近千年前,一位出生于河南汤阴的宋朝将帅,在肃杀的秋风秋雨中凭栏远眺北方这贺兰山,把栏杆拍遍,眼光望穿,怨气喷泻而出,只为"驾长车,踏破贺兰山缺",只为民族的权益,民族生存的空间与时间。这豪迈的啸声,经过了一千年,还在我耳畔长鸣,要将这贺兰山踏缺,这是何等的气概与伟大!这是何样的穿透时间的力量!贺兰山的空间依旧:从地理气候概念来讲依然是半湿润区与半干旱区的分界;从产业地域概念来讲依然是农业区与牧业区的分界;从地理地质概念来讲,依然是平原与高原的分界。近千年前的岳飞就是要突破这道分界线,就是要一统山河。当然限于历史,囿于观念,岳元帅不免要"壮志饥餐胡虏肉,笑谈渴饮匈奴血",但那种爱憎,那种气度,那种雄心至今还令人仰望,使人击节赞叹。这就是那首《满江红》经逾千年还回肠荡气,激励人心,励志鼓气的感召。

面对横亘天宇的贺兰山,我想起岳飞,想起他的《满江红》,想起民族的意志与决心,想起民族的崛起与屹立。贺兰山依旧,昔人却已逝千年。岳元帅只忠于赵家宋廷,这是他的局限,也是历史的无奈。尽管徽宗、钦宗二帝被掳,有"靖康耻",但他不是战死壮怀激烈的疆场,却腰折在风波亭之下,屈死于卖国奸佞之手及昏君之令。痛哉!惜哉!

面对亘古不变的贺兰山,我又思索,以今日历史观看,这是一个民族融合的过程。中华民族的形成是一个生存在这空间中的各民族因资源、地域、经济、利益的竞争直至战争而不断融合、发展、壮大的过程。相合而相离,相离而又相合,血缘关系千丝万缕,剪不断,理还乱。弹指千年一挥间,江山依旧,朝代已换,历朝历代明君明帝无不包容怀柔天下,决不以贺兰山为界,决不以汉、蒙古、满一族为大,一家为一。于国如此,于个人也应如是,天理同一。

贺兰山蕴含着丰富的内涵:位于苏峪口国家森林公园北侧约5公里处,是贺兰山岩画比较集中的地段,岩画分布在沟口约600米长的岩壁上,有300多幅。贺兰山岩画笔法简洁,造型粗犷,构图朴实,内容有狩猎、放牧、征战、舞蹈、祭祀等,以及狼、鹿、羊、犬、虎、马等各种动物和抽象符号。贺兰山的岩画凝聚着游牧民族的思想文化,描绘着他们的思想情感,体现着他们的宗教信仰。我在欣赏岩画的同时,不禁会想起贺兰山是游牧民族当然的栖息之地,这儿是游牧与农业的分界,是历史与自然的节点。岳飞把眼光放到贺兰山,要"踏破贺兰山缺",以当时的眼光,他能望到此处已确是不易了。

桃坪羌寨

桃坪羌寨位于四川阿坝州理县桃坪乡，始建于公元前111年。因其典型的羌族建筑、交错复杂的道路结构被称为"东方神秘古堡"，是世界上唯一还有人在生活的著名古堡。桃坪羌寨现有逾百户人家，至今仍然保持着浓郁的古羌民俗。

羌族作为一个古老的民族，也是一个多才多艺的民族，我在这里看到了古羌人在建筑上的卓越成就。全是用片石块石垒起的平房、碉楼、过道。碉楼，羌语为"邛笼"。《后汉书·西南夷传》："依山居止，垒石为屋，高者至十余丈。"唐人李贤注说："邛笼，碉也。"平房、碉楼，呈四、六、八角几何状，下宽上窄，呈梯形，下墙厚一米左右，顶部盖瓦或木板，四壁筑有枪眼，它是历史上羌族内部及与其他民族之间相互斗争的产物。碉楼依势而筑，层层叠叠，鳞次栉比，钩心斗角，巧布机关，犹如迷宫一般。道上、台前、阁中，挂晒着金黄的玉米、鲜红的辣椒，在高原的蓝天、阳光下格外显眼，格外平和宁静。

这里还有众多的节庆，我到此恰逢羌族的"花儿纳吉赛歌会"。参加歌会，会让你感受到不一样的桃坪，如果说羌寨的建筑是羌族的外形，那么歌会文化是羌族的灵魂。因为羌族人用歌唱出了他们的心灵。但现在的歌会更多是商业的操作了。尽管如此，你还是可以领略到富有民族特色的多声部的歌唱表演，其代表歌曲有《放牧歌》《祝酒歌》。羌族人的歌与西北其他民族歌曲一样，高亢、辽阔、响亮、圆润。一个民族的歌都是其历史渊源、民族特性与地貌特征的曲折体现。

桃坪羌寨的夜间活动也是丰富多彩的。热情好客的羌人会邀你一起围着篝火，喝着甘甜的咂酒，唱着豪迈的《祝酒歌》，跳起欢快的酒郎舞。咂酒是羌人以青稞大麦为原料，蒸煮后拌上酒曲，放入坛内，用草覆盖酿成。饮酒时，先向坛内注入清水。放入细竹管，大家并排相坐，轮流吸饮。咂酒，是羌族人农历十月初一"年节"时不可或缺的佳酿。现在作为商业化的旅游产品，什么时候去都有。

桃坪羌寨美食有烤腊肉、凉拌核桃花、鲜椒干菌、羌寨葱葱鸡、皮皮馅馍、酸菜搅团、洋芋糍粑。感受特别深的是烤腊肉。一般腊肉或蒸或炒。有水分滋润腊肉，腊肉自然津津有味。烤腊肉的腊肉本身水分已失，再烤熟，再失水分，其滋味被火逼迫，更入肉里，固然更鲜美，也更有嚼劲。只是牙齿不好的朋友要小心些。嘴干无妨，可佐之以"咂酒"或青稞酒。犹如吃橄榄，越嚼越有味，余味无穷。

由于地理位置的关系，桃坪一年四季盛产各种水果。由于日照充足，果肉甘甜多汁，独具特色。

桃坪羌寨海拔1460米，成都到桃坪羌寨行程180公里。可从成都朝北前往；也可以飞到九黄机场，从九黄机场往南，200公里左右。一年四季都有特色，但最佳旅游时间是从5月到9月。只是早晚温差较大，需携带外套。白天日光强烈，需要携带太阳镜。

天山上的过客

　　前面就是那拉提了，太阳将草原与天山照得通明，我脑中不由浮出"苍山负雪，明烛洞天"之句。"那拉提"在蒙古语中就是"太阳升起的地方"啊。

　　天山横亘在新疆的中部，是南疆与北疆的分界，同时也是塔里木盆地与准噶尔盆地之间的地隆。

　　9月下旬的一天早晨，我从乌鲁木齐坐伊尔型老式飞机到伊宁。伊尔型飞机说它老式，因为是双翼低空飞行的那种在20世纪五六十年代民航用机。从乌鲁木齐机场钻进"伊尔"，就感触到机身的逼仄，机舱的狭小。"伊尔"启动了，隆隆的巨大涡轮声发出的震动就让人感觉仿佛坐在"东方红"拖拉机上身子也在颤抖。那种感觉就好比坐惯了汽车一下去坐三轮车的那种新奇，那种怀旧，那种沧桑感。

　　"伊尔"在空中飞行，地下的景物历历在目，一切都具体而微了：山缩小了，却可见；江河宛如飘带，泛着银光；底下的公路犹如细带"修远兮"。在"伊尔"机上绝没有"麦道""空客""波音"那种封闭。在万米以上的高空，从机上舷窗往外看，永远是艳阳，永远是白云如棉，永远是湛蓝的空宇。

　　"伊尔"飞越天山了，明显地感到机身上翘，飞机在升高飞行高度。飞机在天山的雪域上空飞行，一会儿如薄雾般的云层在眼前飘过；一会儿天山历历在目，那蜿蜒起伏连亘的天山山脉峰岚的雪域，闪着银光，是那样晶莹剔透，那样冰清玉洁，那样圣洁伟岸。冰川如同高速公路一般从峰岚到山谷到山口铺展开来，气势宏大，泾渭分明；冰川条条，又好似银龙飞舞在寒山空谷之中。冰雪嵯峨，气缠雾绕。看到此景深深地被震撼：与地球上其他景观相比，天山的雪域冰川有着独特的价值，她给予人们的精神上的满足、体力上的锻炼和胆量上的考验都远远超过山川江海原野。天山的雪域冰川更有着她独特的风情，这种远近高低、千姿百态的琼楼玉宇是自然的雕塑，是宇宙的造化，是自然的精灵。

一股气流涌过来了，"伊尔"上下颠簸着。透过稀薄的气流还能看见天山冰雪玉珠，我仿佛自己腾云驾雾，感到天山是那样切近，那样真实，那样旷达与雄浑。我想：雪域与冰川是新疆大地与绿洲催发生命的律动，我希望天山永远地保持那份亘古不变的空旷与宁静。我又想：我这天山上的过客如果坐"麦道""空客""波音"就不会有这种感受，就会被云层隔离——然而世上被隔离的事与物又何其多也——只有低飞，只有撩开云雾才能看清，才能真实地去感受。

汀州古街

汀州古街的店招、格局、样式更透出股股悠远的历史人文气息，让人感受到真切客家民俗浓郁的韵味。

同是古城古街，福建汀州古街与河南开封御前街不同：汀州古街街坊逼仄阴暗，而开封御前街开阔朗浚；汀州古街门面破落、墙垣斑驳、台痕阶绿，而开封御前街店堂明亮、门面光鲜、朱漆粉墨。其实当你迈步两街之后你就会觉得汀州古街为真品而开封御前街是赝制。开封古城古街由于黄河多次决堤，被河沙淤泥封存，被战乱火烧而焚毁。但汀州古城古街远处崇山峻岭之中又无江水之淹，远离中原战场而无战乱之祸，故能残留至今。

汀州唐宋古街名曰"店头街"。街的石板路面上还留着车辙碾压的痕迹，行走步履的脚印，屋檐雨滴的记忆；用青石雕成的下水道的盖板仍在，但花纹漫灭模糊。沿街商家都是两层木结构，门面面板的油漆早已被时间抹净，只留下原木的本质，也应了"日久见心"的俗话。墙垣斑驳犹如老人刀刻般的皱纹：一脸历史，一派沧桑。

从北往南，门面一家紧挨一家，既然名曰"店头街"，顾名思义，以店立街成市。古街街首多饭店，卖传统的客家菜，诸如"菜干扣肉""四堡漾豆腐""新泉溪鱼"；也有卖风味小吃，诸如"黄粄""客家捶圆""米浆粿"。前中街多食品与日用品商店，食品店卖闽西八大干为多（豆腐干、萝卜干、地瓜干、菜干、猪胆干、老鼠干、肉脯干、笋干）。后中街坊铺为多，豆腐坊、木雕坊、竹作坊、裁缝铺、金银铺多见。其中木雕坊以雕菩萨为多，也有雕刻八仙、西游、三国人物，刀功纯熟，人物线条流畅，表情逼真，勾画了了，无不因势象形。技艺至此，不得不赞叹工匠的精思巧技，鬼斧神工。后街主要是服务行业，诸如理发、洗衣、缝纫之类，亦间有卖蔬菜摊子。每到丁字路口与十字路口都有过街廊厅或过街楼或四角风雨亭，这些建筑既可遮雨挡风又可挂天灯供夜间照明（现在此处装有电灯）。这里一般早上肉铺较多，兼有卖鱼摊，还偶供菩萨来保佑一方平安，不少善男信女都要到这儿烧香拜佛，求神灵保佑香火绵延兴旺。顺着这条街一直走到底，可抵古城惠吉门，过这古城门，清濯的汀江在望。

这样的商业布局，让我想到长安、汴京等唐宋城市的格局。客家从中原迁徙而来，汀州小府，自然聚在一街分段，既是如此，理当可见唐宋遗风。其实外迁的客家比中原本土的渊源保留了更多的传统：因为他们比源头更怀念故里，更有追寻祖宗的思念，更珍惜那说不清言不尽的情怀。古城古街如此，民俗习性更是这样。推而广之，在外的华人是否也有如此的情结？是否也有"城里的人要出去，城外的人想进来"的况味？

唯楚有材

车近湘江就看见橘子洲与背后的岳麓山，心头立刻涌上了毛泽东的《沁园春·长沙》词句："层林尽染，漫江碧透，百舸争流。"可惜到长沙是初夏，无此景，但已意会了毛泽东那"指点江山，激扬文字"的风采。岳麓书院西倚岳麓青山，东面对湘江，一派好风水，地灵人杰，也由此感受到了"恰同学少年，风华正茂"的灵气。

岳麓书院大门的正上方，悬挂着宋真宗"岳麓书院"御匾，大门两旁悬挂对联，上联为"唯楚有材"，下联是"于斯为盛"。相传清代嘉庆年间，书院进行大修，完工之后，门人请山长袁名曜撰写对联，山长以"唯楚有材"嘱诸生应对，众人苦思不得结果，贡生张中阶至，脱口答曰："于斯为盛。"联为流水对，上联出自《左传·襄公二十六年》"虽楚有材，晋实用之"，下联出自《论语·泰伯》"唐虞之际，于斯为盛"。对联是岳麓书院千年来人才辈出的绝好写照。大门两壁还有对联，"治无古今，育才是急，莫漫观四海潮流千秋讲院""学有因革，通变为雄，试忖度朱张意气毛蔡风神"，这是对门联的最好诠释。

就此门、壁两联的吟读，你可以品出岳麓书院人才的品位是何等高尚与不朽，湖南在历史上人才济济也就有她的独特渊源。早在南宋初期，岳麓书院就形成了当时理学中较为兴盛的湖湘学派，出现了以张栻为代表的湖湘学派的人才群体。明清之际，杰出的思想家王夫之也出身岳麓。晚清以后，这里涌现出了众多的人才群体，其中最著名的有鸦片战争前后出现的以陶澍、魏源为主体的政治改良派；咸丰、同治年间出现的以曾国藩、左宗棠、郭嵩焘、胡林翼为主体的"中兴将相"人才群体；戊戌变法期间出现的以谭嗣同、唐才常为代表的维新变法派人才群体；变法失败后以蔡锷、陈天华、程潜为代表的资产阶级民主革命派人才群体。1916年至1919年，青年毛泽东数次寓居岳麓书院半学斋，从事革命活动，探寻救国救民的真理。此后大批岳麓书院师生投身于新民主主义革命事业，如蔡和森、邓中夏、何叔衡、李达、谢觉哉、周小舟等，对中国历史产生了深远的影响，我

大有湖楚不逊齐鲁的深深感触了，真可谓潇湘才人尽风流呵。
　　人称哈佛是美国政治家的摇篮，那么岳麓书院也有此比。当然目前的岳麓书院是历史的书院了，也是书院的历史了。但是周边的湖南大学与湖南师范大学，周边的湖南大学城不正是岳麓书院的时间与空间的延伸吗？

文化凤凰

　　我对凤凰的景仰完全是源于沈从文。读沈从文的小说，有一种远尘脱俗之感，总觉得他的小说离那时的生活很近，又感到离现在的生活很远。他以诗化的笔调，以温和的心境，尽量看取人性的真与善；在他笔下的湘西凤凰有着别处没有的特质与风情。于是我就有了对凤凰的向往。金介甫先生称沈从文为凤凰之子，当我在凤凰看到黄永玉在沈从文墓前题写的"一个士兵不是战死沙场，便是回到故乡"的碑文时，我想沈从文为凤凰之子应该当之无愧。

　　其实凤凰的美，不仅在自然，更在她的文化，是展示在世人面前的一种清醇的传统文化美。

　　当然，去了凤凰，沈从文故居是不能不去的。沈从文故居是一座具有明清建筑风格的小巧的四合院，中间是天井。沈从文出生在这里，并在这里度过了他的童年与少年时期。他十五岁时从这里走了出去，后来大半辈子生活在北京，但他的作品几乎都与湘西与凤凰与沱江与沅水有关，令他魂牵梦萦的依然是故乡。当顺着沈从文作品的思想，走近或走进他的老屋时，就感觉到自己的触角碰到他作品细节的最深处，仿佛有莫名的气息从旧墙头的衰草里升腾起来，伴随着渐渐淡下去的日光飘浮在空气里。似是柏子、龙朱、萧萧、翠翠都向我走来；似是花狗的歌词"娇家门前一重坡，别人走少郎走多，铁打草鞋穿烂了，不是为你为哪个"响起；似是杨家碾坊的水车吱吱呀呀地在沱江沅水边转起。沈从文的文字构筑在一刹那都鲜活了起来，文学的魅力，莫非就在于此？

　　那老街是清一色的石板铺成，岁月将它打磨得溜滑润泽，这石板也记录着凤凰古镇的年轮与沧桑。不一会儿就走到了北门，北门本名"壁辉"。凤凰城从来与军事有关。沈从文在《凤凰》中写道："落日黄昏时节，站在那个巍然独在万山环绕的孤城高处，眺望那些远近残毁碉堡，还可以依稀想见当时角鼓火炬传警告急的光景。"这种军事文化还体现在民谚"无湘不成军，无竿不成湘"中。1851年，洪秀全的太平天国闹得清廷不可开交，曾国藩率领湘军与太平军交战，给了长期以来无用武之地的凤凰军人一个轰轰烈烈青史留名的机会。因当时凤凰被称为镇竿，他的子弟军团故称为"竿军"。残阳如血的黄昏，临江登城，历史就犹如这沱江与龙山一般，江水会流逝，但沱江依旧；山色会因时而变，但龙山仍存。

凤凰的虹桥是凤凰最重要的景点，是廊桥建筑风格。沱江的清流在与虹桥相望的望江亭处是"回龙潭"，附近的吊脚楼、万名塔、遐昌阁、"龙潭渔火""梵阁回涛"都是凤凰的好景致。但我难忘的是虹桥上的一家"边城书社"。店主是夫妻俩，一派读书人风范，不买书也无妨，与店主喝喝茶，谈谈凤凰，说说沈从文、黄永玉，甚至田兴恕、陈渠珍。买了书他一定会给你恭恭敬敬地盖上"古城凤凰""月夜桥溪——虹桥""画乡凤凰边城书社购书纪念"三枚印章，凤凰的文化氛围仿佛由此全部凸显在三枚印章丹红的印泥之间。

走在凤凰的老街上，看到的店招牌几乎全是篆书、楷书、草书，几乎全有对联、门楹。卖银器与蜡染的"熊氏正号"是"打金打银打世界，染山染水染江山"；酒楼是："市上百家此是闻香最佳处，瓮边尺寸地可为知味停车"；卖古董的是"古城最大老宅深院，民间稀有珍贵藏品"；工艺品铺子门口是"品小铺木雕，赏千古名绣"；甚至小客栈也有"画栋临街境雅趣无穷进来是客，丹青画客自喜有余韵投宿为佳"，横批"景物居"。当然更不消说大户人家了，田兴恕故居门联为"人杰地灵文武经纬，物华天宝提督军门"。无论门联的优劣得失，只是透过这些值得品味的文字，我确实嗅到了凤凰浓浓的文化气息。

我住鼓浪屿

去厦门随团旅游鼓浪屿一日也够，但那是走马观花，只得其表，只观其貌，是不能也不会体味到鼓浪屿的质里与神韵的。因此我到厦门，就喜欢住在鼓浪屿。

我住在位于轮渡码头与龙头路口的绿洲饭店。那典型的英式建筑前，有一棵古榕树，虬枝盘曲，遒劲坚忍；条条气根下垂，犹如盘缠在榕树上的藤蔓，显得历经磨砺，饱含渊源，写尽历史。整个绿洲饭店在它的掩蔽之下更显深邃内敛。再往前是一大片绿茵草坪，明媚光亮与码头广场连成一片。从饭店二楼大套间向外望，当然是榕树、草坪，再就是海，就是鹭岛沿海滨的鹭江道、同文路一带的厦门海关、建设银行大厦、邮电大楼。入夜，霓虹闪烁，五光十色，几疑是仙境所在，天上人间。海浪有节奏地拍打着礁岩，像是马利亚抚拍圣婴，那么柔情温馨，爱意绵绵。古榕树寂然无声，沉思古今。据史，如今的绿洲饭店建于1863年，是当时的英国领事馆。建筑为两层楼，四角出砖入石，结构方正严谨，落地门窗，柚木地板。如今我住的房间是当时领事办公室。

住在鼓浪屿最好去领略琴岛的风情。

鼓浪屿最适宜在清晨散步。空气中弥漫着水汽，呼吸会感到特别清冽，一切都在这迷迷蒙蒙之中。从龙头路往日光岩漫步，道旁的墙上有时可以看见古榕的树根紧紧地抓住一石一土，榕树的定力由此而来。气根下垂，条条缕缕，或是经历了无数的风风雨雨，显得格外老到；或是经历了无数的世事，显得格外沧桑。在晃岩路一带你不必侧耳就能听到悠扬的叮叮咚咚的钢琴声。琴声从窗户透出，弥散在这仿佛宛如之中，更是让人欲仙欲醉，顿生"此曲只应天上有，人间能得几回闻"的感触。此时你驻足环望，只见山丘起伏，树绿花红，景色秀丽，鼓浪屿似是镶嵌在碧波大海中的一颗翡翠，翡翠上的建筑，依山傍海，掩映在花簇绿丛之中，别墅幢幢小巧玲珑，各具神态，形式多样，风格迥异。这些建筑立面在柱廊、窗框、檐口、基座等处有许多线条处理和细节装饰都留下了欧洲古典建筑的样式。我想，那幢幢别墅不就是鼓浪屿的音符，不就是在无声地透出鼓浪屿历史人文乐章？其实鼓浪屿的美妙不仅在于幽静的环境、秀丽的景点，更在她深厚的文化氛围——那无声的建筑与有声的钢琴弹奏之中。

鼓浪屿也最适宜在月夜散步。到黄昏屿上一天的喧嚣散了，到月出的时光连地下三尺的烦琐也释放尽了。那时你漫步在大德记海滨或港仔后海滨或美华海滨，都可以尽心倾听海的潮声。"哗——""哗——""哗——"，月光倾泻在沙滩上，好像笼上了一层薄纱，整个海滨愈发显得静谧。这时候，那海潮声触发了你，什么都可以想，什么都可以不想。此时此刻，白日里忙碌的事，可以放下；白日里要想的事，可以懈怠。听着这鼓浪之声，我恍然大悟：不变的是这声，改变的是心灵。

住在鼓浪屿最好去尝试琴岛的风味。

琴岛的风味小吃就集中在龙头路前段。首推"原巷口鱼丸"，一碗端上：青花瓷碗，四只鱼丸，洁白细腻，汤澄葱绿，清香四溢。一口咬上：十足弹性，鱼香生齿，回环吞吐，味蕾滋精。游客还没上岛，鼓浪屿原住民本不多，你尽可细嚼慢品，定心定情地享用。四只是吃不饱的，且慢，你得留有胃量，还有好吃在后。

"叶氏麻糍"现买现包，每天只做 1 000 个，一元一个，卖完收摊，去留无意，一派古韵古风。味道甜而不腻，糯而不黏，若按闽南习俗食用，配以安溪乌龙热茶，两腋生风。

又如：畲族黑米烧卖做得精致，吃口糯软；黄胜记肉松粢饭，米粒如珍珠水晶，肉松似黄澄金沙，光形象外表就叫人爱不释手。北仔饼微焦干脆，酸辣卷脆生开胃，实在不可胜数。青菜萝卜各有所爱，在鼓浪屿你自己尝了，自己才知道。

于鼓浪屿的风情与风味中，你一定会感受到闽南的风俗。

湘西赶场

> 集上的骚动,吵吵闹闹,凡是到过南方(湖湘以西)乡下的人,是都会知道的。倘若你是由远远的另一处地方听着,那种喧嚣的起伏,你会疑心到是滩水流动的声音。
>
> ——沈从文《市集》

到凤凰的第二天正逢农历初七,在湘西历来都有"三省赶一场"之说,阿拉、腊尔山、江家坪都是农历初七的场,我们选择了腊尔山。腊尔山是苗族场,不光附近几个苗寨来此赶场,而且花垣、吉首、芦溪、麻阳、贵州的松桃、铜仁,四川重庆的秀山商贩也常来此交易。圩场上物品之多,价格之便宜,民族手工技艺之精湛都是有目共睹的。赶场的苗民当然要购物交易,他们都背着背篓,因为山路陡峭,挑担与提携都不便。赶场的日子,许多人突然出现把街道塞得满满的,人声鼎沸,即使出了赶场三五里都听得见。买卖各有市,牛、马、羊、鸡、狗、鸭六畜各归其类,各鸣其声,人们各有所取;哪怕猪配种,买小鹅也各有其地。工具、百货、蔬菜、吃食都有专位。这犹如点点的水滴在圩场汇拢聚集形成溪滩。

赶场的功效更在于会亲朋、谈恋爱。

圩场的巨大魅力还在于亲朋相会相聚。有苗族三姐妹分别嫁到三个村寨,自此以后她们每逢赶场必碰面,一起找个小饭馆唠嗑大半天。最初谈丈夫、而后谈子女、现在说孙子,各自家里的油盐柴米到鸡鸭生蛋无话不谈。而今几近六十,近四十年来每至圩场必如此。因为她们仨,面相相似,在圩场口谈话时,被我注意询问下得知情况。近亲如此,远亲朋友亦然。这句句话语也如同滴滴水珠,在圩场汇拢聚集形成河滩。

曾经碰到一位外婆拉着外孙女的手,外孙女羞涩的表情,已告诉我有戏。通过湘西的朋友了解到,这儿还有苗家的赶"边边场"。赶"边边场",译成汉语是追姑娘。现在苗族男青年一旦到了二十岁左右就开始谈情说爱,他们利用走亲访友的方式与姑娘接触,初步打听到对方的情况后,就可以进一步试探。试探的方式是利用赶场的机会主动去找姑娘,一般在圩场的地角场边,也有在行走的途中进行,故称赶"边边场"。那一位姑娘大约是被外婆看出了什么端倪,外婆在询问了。从历史上看,少数民族的婚姻要比汉族开放。这位外婆绝对不会棒打鸳鸯。"边边场"的情语悸言不也如晶莹的水珠在滴下汇聚?

圩场正午时分最热闹,下午两三点赶场的人陆陆续续离开。现在大多数的苗民赶场有各式车,也有要走几十里山路的。这时的背篓是塞得满满的了。

流动的滩水远去了。

醒也川腔，醉也川腔

  我第一次观川剧，是在武侯祠后的茶馆。以后又在老正兴茶馆、芙蓉国粹（以前的"悦来茶园"）观赏。"悦来茶园"是社会公认的"川剧窝子"。由此，我总感到川剧是草根的文化。

  一阵复杂多变的闹台锣鼓响亮地敲打起来后，台下的喧杂声也渐渐平息下来，茶客也不再添水了。俗话说"川人总是爱高腔"，一是指"摆龙门阵"，像上海人讲的"胖着喉咙"。二是指川剧的唱腔高，一如川江号子般高亢、激越，一如出川的长江之水，不可阻遏，浩浩荡荡而韵味悠长，这独特唱腔的表现手法散发着独特的艺术魅力。其实川剧的唱腔将多种声腔聚在一起，形成了高声多声腔的统一。有诗云："耕牧时无事，高腔唱往还"。这让人不难想象川剧高腔深广的渗透力。

  我在观剧时，不时有川人大声喝彩叫好。这更可看出川剧浓烈的世俗野性，怪不得川剧总在茶馆园子里或坪坝万年台落脚演出。因为有了这种野性，所以看川剧，都是不能正襟危坐、君子谦谦的。那样观赏，走不进川剧的世界。川剧是世俗的，是热烈而张扬的花朵，所以对这朵花的欣赏也应该热烈而张扬。看川剧，说的是一个"看"字，其实是不能只用眼睛和耳朵，还要用上激情和想象，让自己融入，甚至融化。这种大声吆喝是古人所道"一人唱，众人和"；这种大声吆喝是川剧演出不可剔除的一部分。你看茶馆坪坝里演出有好坐相吗？条凳，竹椅；或站，或坐，或倚；有跷二郎腿的，有岔着脚的，有托着腮的，有枕着脑的。一派随意，一派亲和。川剧本来就是一派世俗，是最现实的世俗。以世俗的姿态去观看，无疑是进入渗透川剧的一条路径了。

  说到川剧，很多人的印象只有变脸，其实是见椟不见珠。

  川剧的变脸是与剧情紧密相连的。但它梦幻一般，酒醉一样，是现实脸上表情的夸张、变形。《白蛇传》中的"紫金铙钵"，是法海和尚的法器。"紫金铙钵"刚出场时，是一张面带笑容的小白脸。但当他得了法海的指令去收服白蛇时，他发一次怒就变一次脸，而且一次比一次狰狞，最后回到法海身边，又还原成本来的面目。这样融在戏里，会发现变脸都是围绕剧情，为了形象地塑造角色，更好地揭示角色的内心世界。川剧的变脸是艺术与内容的统一，是表与里的和谐，是戏剧地方元素的展现。只有如此，才能更好地表现"紫金铙钵"的法力与凶狠。众目睽睽之下，不用披衫障眼，接连变脸五次，将"紫金铙钵"的性情变化，把"变脸"的绝技，淋漓尽致地展现了出来。也因此，才使川剧独具个性，独富魅力，成了一道精神大餐。

一趟四川之旅，如果不看川剧正像到成都不品尝川菜一样，是一种极大的遗憾了。品茶观剧实在是一大享受，让人击掌称好。当然，让人击掌称好的除川剧的唱腔与变脸之外，还有藏刀、吐火、缠水发、变胡须、踢慧眼、贴墙壁、耍蜡烛等特技。这都是表演中恰如其分的应用，这种震撼人心的艺术效果，是杂耍性的特技无法达到的。

可惜的是川剧川腔特技缺乏坚实的后继，缺乏懂巴蜀元素的大批观众。民族文化、地域文化、特色文化正面临着新的"整合"。"这般歹症天难治，醒也川腔，醉也川腔，唱到凄凉众人帮。"一曲《采桑子》，悠悠众人心。川剧也正这样一路走下去。

夜宿塔下

此时月挂中天，银光泻地，蛙声一片，我心中甚是释然，心中郁结，一扫而空。

早从网络与图书上知道，闽西南靖县塔下村被称为丛山中的"水乡周庄"。但我从图文照片中总找不到水乡的感觉，或者称为水乡有牵强附会之意。

假期有机会做了一次"闽西客家风俗"专题旅游，飞机到厦门后借车一路西去，下了高速公路后往南靖县的路愈发显得不好走了，过了南靖前往书洋路更难行，一路颠簸尚且不说，有些路段在翻修，大块的路石，磨蹭着本田的底盘发出"吱吱"声，刺心烦心，又让人痛心。又是雨后，一片泥浆，看不清泥浆下是否有"暗礁"。车犹如船左右摇晃，上下翻动，五脏折腾，六神不安，骨架要散。过了书洋，是上坡路，路面要好些。过了山口，前面视野忽然开朗，柳暗花明，郁郁葱葱，车在谷地走了。公路不甚宽敞，但路面洁净，黑色的柏油路，像缎子一样飘逸到远方，消逝在崇山峻岭中。路的两边全是杉树，刚经雨的洗涤淋漓，晚霞多彩，格外苍翠，前面河谷盆地已经看到了黄泥墙黑屋瓦的客家土楼，那是塔下村了。

船场溪过了俊峰楼河床开阔了，才有"河"的模样。溪水穿村而过，溪水清冽，水中游鱼历历可数，人一靠近，溪鱼敏捷地俶而远逝，人稍退步，往来翕忽，似与旅者相乐。冷冽的溪水犹如天然空调，带走燥热，抚去浮躁，给人以幽深平静之感，使人能心平气和，让人与自然和谐。公路伴溪河而行。公路狭窄，两辆小车，要有技术才能擦肩而过。临溪河，房屋高低错落，鳞次栉比，井然繁庶，别有情趣。溪河边有著名的围裙楼裕德楼，坡上有著名的张氏族庙。

我们与网络帖子上的张校长联系，他安排我们住俊峰楼两人一间，每床30元，房间铺盖洁净，也有卫生洁具。塔下村都姓张，俊峰楼楼主原为书洋乡干部，退休后自办家庭旅馆。老张一派读书人学者的风范，自己的书房纸墨笔砚一应俱全，写得一手好正楷，也画得几枝冬梅秋菊。我惊讶之余，老张却恬淡，因为塔下凡读书人皆然。

这是发自内心重教尊师的客家之地，文化是每人的向往。能让塔下村张氏族庙"德远堂"为其立杆竖旗的一定要贵重于富，万般皆下品，唯有读书高。所谓"立杆"，指为张氏家族建功立业或在外封吏升官有作为者，张氏家族就为其竖起石制的旗杆。德远堂前自明朝以来林立着十一根石旗杆，形制如倒竖着的毛笔。为此老张还陪我去了德远堂，详细讲解。其实族谱也好，宗庙也罢，都起了凝聚家庭家族的作用。晚餐当然在俊峰楼用，老张的妻，从南靖纺织厂退休，自当厨师。菜是溪鱼豆腐（20元）、梅干菜蒸肉（25元）、韭黄炒蛋（10元）、肉丝炒山笋（15元）、鸡汤（45元），饭每人1元。典型的客家菜，老张有利润，我们感到价廉物美。大家满意，双赢双利，不似今日周庄商业化过度，到处感到磨刀霍霍之声，血盆大口之形，令人不寒而栗。

饭后，老张工夫茶招待。茶叶出自自留山，自采自晒自制。开水泡下，茶香四溢，话语连连。老张说，退休办旅馆，一是为解退休之闷，二是有所益，有得即可，关键在于快乐。平时居深山老林，有旅者来不亦乐乎？有缘投机多谈，人生百味，共享共品，更是愉悦；君子爱财取之有道，为财而锱铢必较，伤性劳神，有此必要吗？乡里老者，话锋禅机，不令人感慨吗？此时月挂中天，银光泻地，蛙声一片，我心中甚是释然，心中郁结，一扫而空。

塔下就是塔下，周庄就是周庄，塔下没必要去挂"闽西的水乡周庄"的牌号。

龙门伊水之思

去洛阳旅游，龙门石窟是非去不可的，4月游龙门更是春光明媚，草长莺飞，连石窟的万佛都会感受到人间的温暖了。我不得不赞叹我们先人的思想宏博，技术精工，艺术巧思。斜阳逗留在石佛上，仿佛镀上了一层金，佛像显得异样辉煌、庄严、神圣；暮霭氤氲犹如香烟袅袅，佛像显得朦胧、神秘。

我在石佛面前久久端详，长长沉思。这是我们的祖先留给我们珍贵的遗产，也是留给全人类的珍贵遗产。但是龙门石窟却留下了太多的历史遗憾，太多的悠长回味：宗派之争，政治之斗，思想之别，私欲之使，外人之贪给石窟的佛像带来了不可还原的累累创伤。或断臂，或去首，或损鼻颜，或无盘莲。释家本来普度众生，可众生却诋毁释家；厚德原可载万物，可芸芸众生总有人以怨报德。世界本如此，历史亦如是。龙门石窟是文化艺术品而不是商品，龙门石窟是历史的遗迹而不是随人打扮的婢女。现今的我们是否应该更多一点反思，对历史，对自己，也对自然万象，不致"后人哀之而不鉴之，亦使后人而复哀后人也"。

伊水紧靠着龙门石窟，伊水从旁流过，看上去宛若门阙，故又称为伊阙。诗云"峥嵘两山门，共挹一秀水"。出了龙门，迎面春风，我的心被这伊水之景深深震撼。伊水浅浅地从石滩间散漫地淌过；两岸垂柳白杨绽出了嫩绿的新芽，芦苇丛丛，蒲叶青青；稍远是青山耸立，东西对峙，暮霭中起了薄雾，笼罩在伊水之上，迷蒙奇幻；夕阳在山，光淡线柔，心气平和。

看着此景，心中不禁感到"伊水无弦万古琴"，是伊水奏出了《诗经》中的"蒹葭"之句，"蒹葭苍苍，白露为霜，所谓伊人，在水一方"。你从这琴弦之声中难道没有体味到历史文化的厚重？河南中原每一砖、每一瓦、每一处、每一地都是历史，都是文化。官渡、孟津、渑池、关林、少林、王屋，哪一个地名不是一段历史、一则寓言、一个传说？更不消说眼前的伊水了。伊水流淌，流淌的是我们民族的历史；伊水缥缈，漂浮着我们对历史的沉思；伊水似真亦幻，憧憬着我们对文化之谜的解读与探究。伊水已流淌了千万年，千万年前的历史只有伊水知道，伊水清清，两山凝语。

　　看着此景，随即想到中原大地从斯繁衍了华夏子孙，炎黄民族，心中有深深的民族认同感。据考"百家姓"中绝大多数起源于河南，特别滋繁于伊水与洛河之间。笔者"程"姓即源于洛阳伊水下游，出自风姓，以国为氏，为重黎之后。据《通志氏族略》《广韵》等所载，相传上古时高阳氏委派其孙重为南正之官，掌管祭祀神灵；封重弟黎为火正之官，掌管民事。其子孙世袭该职。商时封重黎之裔孙于程（今河南洛阳市东），建立程国，称程伯。其子孙后以国为氏，称程氏。伊水浩浩，那水是姓氏萌起的灵秀；青山巍巍，那山是民族发源的风骨。我凝视着这伊水，似曾相识相熟，那是我梦萦所系的姓氏的归宿，或者是我真正的故乡？由此推演，散布在世界各处的华人，能没有民族的情结吗，能没有血裔的归属吗？

　　世人熙熙攘攘，在石佛前留影纪念。你能否回过头来望一望那就在后面的伊水，就在前面阙口的那山，那水，那树，那蒲苇？人生只是历史的一瞬，要好好地把握。

印象挑夫

从张家界黄石寨的后山下山，感到下山容易多了。刚才爬黄石寨时的艰难与劳苦，经过午餐与休息，此时已经恢复了不少。人们上下山已经习惯了坐索道，但丧失了欣赏沿途美景的感受体会。现在的旅游也变成时髦快餐式，那是无从细细品咂其中滋味的。下山路上的山景并不比上山差。山路几近无人，风儿呼啸在林间，啄木鸟在敲打树干，山溪轰然作响，一片天籁。不知名的鸟儿在面前窜过，留在我的眼帘是那鸟儿一身美丽的羽毛，蝴蝶翩翩，阳光透过树林的缝隙斑驳地洒满山路，今年出土的山竹，尽管粗大却还带着竹霜。

"噢——呵"，一声长啸打破了这山路的寂静，转过山崖，就看见了一帮挑夫。他们有的背着背篓装着米，有的挑着短扁担担着物品，都有百十斤的分量。沉重的担子压在他们的肩上，肩膀压红了、勒肿了。每走一步，小腿肚的青筋暴露凸显；每跨一阶，都要用全身强健的肌腱支撑；赤裸着上身，豆大的汗珠顺着褐色的皮肤往下淌。但是他们的每一步都必须坚实有力，否则一步踏空就会摔下山崖，葬身谷底。行路登山即使鸟语花香也心无旁骛，所谓"看景不走路，走路不看景"于他们更合适。湘西挑夫身体大多干练，此为生存之道。一身赘肉，肥头大肚者肯定是不宜的。生存法则铸就了劳作与肌体的平衡，心灵与物质的平衡，他们是体累心不累。一声"噢——呵"的长啸一吐心中积郁与肉体劳累。走乏了，累了，疲了，就用支架撑着背篓、扁担，歇口气，平平喘。然后再一步一阶往上登。他们全无苟且之态，只是努力向上。

挑夫从半山挑一次到山顶六元，一天从早到晚能挑六七次，他们一派自得自乐。其实人生存于世，一饭一床而已，自在才最要紧。

生活的法则有的时候就是如此简单，如此和谐，如此天人合一，这就是自然之道。人生本如此，仁者乐山，智者乐水，仁那是德，智那是才，山水相遇，萍水相逢，何计功与利？德才兼备，圣心具焉。从挑夫身上不有启迪？

与鹰相会

  三年前我在内蒙古乌兰察布市希拉穆仁草原的深处,望见蓝蓝的天宇中雄鹰在翱翔。翅膀一动也不动,悄无声息,盘旋着。但是鹰飞得太高,离得太远,望见的只是身影和远观的雄姿。近处也看过鹰,那是童年和少年时代。在西郊公园的笼子里,鹰站在铁杆上,满笼充满着尿粪的恶臭,鹰的羽翼无光,偶尔刚张开翅,就碰到笼壁,无奈收翅落停。于是神情奄拉,连眼神也幽幽的,透着哀怨与恶毒。

  此次川西北游,行走阿坝,海拔与荒野缩短了我与鹰的距离,我也在云雾山中,故而得与鹰不期相会。

  黑色的鹰悄然无声地张翅从天空划过,如同刀片一般把白云割裂,这一幕无论是在巴郎山,还是在海拔5 000米的四姑娘山,总是让人心中一颤。

  曾有游人在西藏的斑公湖边,发现那里的老鹰经常笔直地扎进湖水,然后历经艰辛地走上一个高坡,突然迎风而飞。这一幕固然刺激,但在阿坝的众多山岳和湖泊上空,鹰的身影就像玛尼堆,总能够不期而遇。在这儿,常会目睹巨大的鹰在头顶飞过,翼展总有两三米长,不停地发出尖厉的叫声,凄厉而悠长,在长空、峰巅、空谷回荡;目光炯炯,透出光亮,敏锐而深邃,洞察凡尘;羽翼啄得一尘不染,光洁而闪亮明丽;展翅翱翔,奋上九天,俯冲大地,自由自在;更多的时候,展张双翼,高凌云际,傲视天下;那种君临万物的气势,就像神的显现。难怪羌族尊鹰为神,藏族人天葬于鹰。

  人们总爱以笼中鸟作比,来喻说鸟失去自由的失意,其实笼中鹰更难受。陈涉曾叹"燕雀安知鸿鹄之志哉",从活动的空间而言,燕雀与鸿鹄不是一个级别,而鸿鹄又与鹰雕鲲鹏不是一个档次。"鲲鹏展翅九万里"呀,一只笼里关着的鸟儿与老鹰的感受能一样吗?英雄被囚,豪杰被困,真正是折杀了智慧与力量,磨灭了英气与才华。

  与鹰相期,特别理解鹰,特别感受于鹰。自然是鹰的去处,鹰搏击长空,天高云淡,大鹰舒展双翅,任意上下东西。物物活动都需要自己的舞台,不是总有人在提倡搭平台吗?那就是给你显示才能的空间,如同鹰击之长空,希望我们能珍惜这样的机会。

与鹰相会,特别敬仰鹰,特别感动于鹰。只要笼门打开,鹰自会振翅高飞,飞得高高的,远离小人的羁绊,囚笼的束缚。鹰会特别感受到自由自在的难能可贵,那种振翅的欢畅,翱翔时空气的呼啸,都是鹰的歌!鹰也要唱,尽管不悦耳,是锐利地叫,却令人心动,令人难忘。那么,我们有契机也应如同鹰一样。

行走在巴颜喀拉山与阿尼玛卿山间的阿坝,在金川、黑水、红原、马尔康、若尔盖会与鹰不期相会,你会看见鹰的姿态,你会理解"黑色的闪电"的内涵,那是有雄心抱负的神鸟啊。

雨中秋霞圃

初春，偷闲驾车去了次嘉定秋霞圃。

雨在淅淅沥沥地下着，秋霞圃寂寂无声，人影寥寥。刚从烦琐的节假日中脱出，走进秋霞圃，深深地呼吸着润湿的含有腊梅与青竹香味的气息，无论身体和心灵都仿佛清冽剔透了。看到"秋霞圃"三个字就想到王勃《滕王阁序》中"落霞与孤鹜齐飞，秋水共长天一色"的句子来。秋霞圃没有那种宏阔与寂寥，却别有一番景致情趣。她是富有层次的、细腻的、风情万种的深藏闺秀。你要慢慢地在其间踱，细细地在其间品，你要有思索，有触动，才会有滋有味有感有悟。

走进秋霞圃，首先看到的是南宋嘉定年间建造的城隍庙。门槛上的一副对联吸引了我，上联："做事如违天理半夜三更须防我铁链钢叉"；下联："为人固有良心初一月半何容你烧香点烛"。读后感触颇深，如果人人以此为鉴，以此为训，我们的社会定会清净许多，就如现在雨中的秋霞圃。做人要有健康的身心，按此联如此这般，便能坦然平静地生活工作，我们何乐而不为？贪欲往往会迷惑了人眼，堵塞了心灵。犯事者常常悔恨，建议倒不妨多走走宁静幽秘之处，多多地洗涤心灵。对楹联吟诵再三，觉得上联仄起平尾，下联平起平尾，应平起仄尾较好，感到音韵上总有点儿欠缺，但是也改不了，换不得；"半夜"与"月半"叠用"半"字，总有一丝不畅。天下凡山寺古庙名胜风景处颇多楹联，颇令人思索、回味、感叹。可惜的是人们在游乐之时缺乏一种对社会、对自己、对文化的沉思默想。

过城隍庙便是"觅句廊"与"洗句亭"。

觅句廊五折，有十六方碑置于其中。每折廊道之间，种桂植梅，移芭蕉栽兰草。太湖石似不经意地散落其中，疏密相间，隔离得当。每折廊道，一边置方碑，碑面罩着玻璃以防风吹雨淋，人为损坏；一边是景，步移景换，雨中的叶，格外润，雨中的桂与梅，分外清，有仙风道骨之感。也仿佛一边置的是人文，走过长廊，便是走过历史；一边置于自然境界，花香草绿鸟语。一边可以读碑沉吟深思；一边可以沐浴于自然之中。静心坐在廊道上，可以听到雨中传来鸟的鸣叫声，婉转而动听。鸟鸣伴和着润湿的如牛毛、如花针的雨丝，清人肺腑，馨人思想。完全有一种放松，一种解脱，一种回归。当然移步觅句廊，还是要从十六方碑中觅得佳句。更是要你在觅句廊五折中自己悟得警言，从自然与人文中寻得哲语。

觅句廊五折的尽头是"洗句亭"。洗句亭西壁嵌"柴侯德政去恩碑"，南接觅句廊，东连秋霞圃园中大道，北面圃的中心是轩榭池潭。

北望秋霞圃的主要景色，尽入眼帘。这是稔熟的江南园林风范，一派深藏的闺秀模样。最吸引我的倒是轩榭西侧的一大片茂密的竹林，漫步林下，感受着透过竹叶的雨丝，似是周身浸沐在竹子的凛冽透心的清香中，周身都弥漫着熏人欲醉的味儿。顿时觉得心灵升腾，肉身散发；与这竹，与这味，与这园林融为一体，混为一气，弥散开来，自然与人的融合莫过于此了。这，就是境界。这种境界，是艳阳日所无从体验的，是爱嘈杂繁纷的人所没法感受的。

万物自有其位，众人各有他心，自个儿的感受各不相同，说出一种感觉只不过是让大家了解知道罢了。

肇兴侗寨偶遇

肇兴景区位于贵州黎平县南。它以肇兴侗寨为中心，辐射周边七个侗寨一座圣山——萨岁山，构成约31平方公里的侗文化旅游区。行走于肇兴侗寨，你可以感受到此寨近二千年的文化精华。

肇兴侗寨民族风情浓郁。

寨子依山傍水，两条小河在寨中汇合后缓缓流过。沿河排列着干栏式（俗称美人靠）吊脚楼。寨中街巷纵横，木楼鳞次栉比。错落分布的鼓楼、花桥、戏台、萨坛（侗族女神为"萨"），集中展示了侗族的建筑符号与精神生活。其中，分别代表五个家族支系的五座鼓楼同处一寨，为整个侗乡所独有。

中午时分偶嗅到一吊脚楼飘香，隐隐约约侗歌声声，循香循音而往。见一店招，上书"媚娘饭店"。今日外出就为寻美，过后令人难忘的吃食是"牛羊瘪"与"血红"。此两道菜，听听名字就觉得古怪，烧煮也特别。"牛羊瘪"取牛羊胃或小肠中未消化的百草溶液，以棕片滤去其渣，加五香、薄荷、辣椒面或用盐浸过的苦黄瓜片等做作料拌和即成。食用时用铁锅烧滚，将牛肉切成片涮食。当然其味也独特。闻闻香，尝尝辣，嚼嚼清苦，品品入丝入扣，有滋有味。侗人说此菜生津滋阴，去火平肝养胃。"血红"制法更为人所鲜知。杀猪或牛后取新鲜槽血，加醋腌制片刻成醋血待用。然后将肝、心、肚抑或瘦肉烧熟后，切成薄片，以茱萸粉、辣椒粉、花椒粉、橘皮、大蒜、葱花、盐巴为作料，拌以适量的醋血即成。这菜在酸辣中透着葱蒜香，细嚼慢咽中感受橘子与茱萸的芬芳，似是夫妻肺片又不是夫妻肺片。

饭后穿街过巷，出西寨门，突然看见，在一吊脚楼下，古榕树边，一位侗民拿出镰刀向另一侗民头上割去，心中惊异。细看，原来他们是在用镰刀剃头。雪亮飞快的镰刀紧贴着头皮，齐刷刷地将头发削去，只留头壳中间一绺。一旁的我真担心一不小心刀刃划破头皮。但操手犹如是在割稻禾割韭菜，边说笑话，边动手，叼着烟，眯着眼，全神贯注。手掌虽大，手指虽粗，但手法熟练灵巧。此景此情令我感悟颇深：这种原生态的情感，侗民兄弟以诚相待，赤裸坦荡如斯，不正是今日纷扰争利的世俗所缺乏的吗？现时仿佛人人身边都潜伏着一个余则成而需要戒备谨慎，筑起高高厚厚的心的堤坝，这样活着不是太累了吗？

第三辑　味蕾之趣

外婆的汤团

小时候，年初一早上我家是非吃汤团不可的，为了这一顿汤团，要从腊月廿四开始忙乎起来。

外婆因是宁波人，对此特别讲究，也做得特别正宗地道。

先是馅心。非得买上好的猪板油不可。然后细心地将板油上的"衣"（薄膜）耐心地一一剥掉，将板油上的"筋筋攀攀"耐心地一一拉扯干净。再后，和炒熟碾碎成粉末状的芝麻糅合在一起，这叫"捏猪油馅"。最后，将此馅搓成一个个小小的圆圆的馅心备用。这活儿，从来就是外婆一个人亲手做的。母亲也最多是做她的下手，因为馅心要捏得透。多半是外婆和妈妈边做边聊，过年的气氛也便慢慢地从这馅心，从这谈话里滋生了。

做汤团最热闹的是磨粉。磨粉前三天先要将糯米淘洗干净，浸泡透。石磨要事先约好后再从邻家借来。舅舅是外婆家磨水磨粉最重要的角色。他一手推磨，另一手当磨，每转两三圈时，将放在石磨孔边的糯米拨拉下去。外婆总要不时走过来念叨："糯米少放一点，磨得慢一点，这样的粉才细腻。"舅舅总是不耐烦地说："晓得啦，晓得啦。"白白的糯米浆水从磨盘缺口慢慢地溢下、流出。缺口下放了一个铅皮桶，或搪瓷面盆，或大锅子。在这石磨与磨盘的磨压声中，溢出的全是融融的合家之欢，有着新春来临的快乐。我呢，静静地坐在一侧看着舅舅捋袖，换手。有时刚想上去帮他一把，舅舅总说："去，去，去玩去。"嘿，他嫌我碍手碍脚呢。他不知道，在我的眼里，这就是玩，这就是乐趣。有时舅舅要我拿个空搪瓷盆来更换，我高兴得撒腿就去，这过年也有我一份，这高兴、这欢欣也有我一份。

年三十晚上，外婆和妈妈做完了所有的家务，包括拖完了地板，我就看她们包汤团。外婆先是将吊着沥干的水磨粉取出，不断地放在手中捏，等到温度、柔度、湿度合适，才掰成一小块，一小块。然后，将馅心放入在手中不断地搓，直搓到光滑滚圆才罢手。这才放入用纱布垫着的盘子里。她们高兴了，也会让我搓一个，仅仅是让我高兴而已，让我玩玩罢了。可这对于孩童时期的我，却有无限的过年的乐趣。

我吃到年初一早上的汤团时的兴奋还在于咬破汤团，将汤团放在调羹上，看着油乎乎、黑亮亮的馅心慢慢地流出，然后慢慢地吮吸这白糖芝麻猪油馅心。真的，这甜，一直甜到心底的深处。

现在，超市到处有现成的汤团买，外婆和妈妈也不再如此操作，舅舅也不再磨水磨粉了。现在，年初一早上尽管我依然吃汤团，但吃汤团时再也体验不到那时的气氛、乐趣和欢快了。哦，我好想念那时外婆的汤圆。

阿娘的菜

宁波人将祖母叫作"阿娘",由于父母在外地工作,我从小由阿娘带大,也吃惯了阿娘烧的菜。而今阿娘已是耄耋之年了,过年去给她老人家拜年时,她仍要亲自上厨为儿子、孙子烧一两个从小爱吃的菜,以示她的爱心。阿娘烧的倒不是正宗的宁波菜,而是家常小菜,却是用心去烧,个中不仅是滋味,更是一片至情至爱。

阿娘烧的"红烧肉"最是值得称颂,口味全不亚于大饭店、酒馆的"毛家肉""东坡肉"。红烧肉是我们家过年必备的。阿娘选了上好的五花肉,然后将肉切得方正,宛如三国时吴郡陆绩其母"切肉未尝不方"。烹调更是精益求精,少着水,以料酒代水;慢着火,火候足。炖肉的时候,从锅盖细缝里偷偷钻出、散开的肉香足以使过年的气氛更浓、更厚。揭开锅盖时,香味四溢,仿佛过年的空气就该如此。邻里都知晓阿娘在烧红烧肉,他们也学过,但只得其形,不得其宗;只得其色,不得其味,更不得其神。细品,软烂有度,肥而不腻,不失其形,有滋有味。不仅是口感,更是心领;不仅是口福,更是幸福,令我们大快朵颐。二十多年前过年有那么一大碗红烧肉足以使邻里倾倒,使我们快乐,使阿娘心花怒放。如今与她说起过年的红烧肉,阿娘苍老、慈祥的脸上还是会露出依恋的、欣慰的笑容。

二十多年前,阿娘烧菜可谓巅峰期。她善于学习,每年过年的菜她都要推陈出新。在我的记忆中,她最拿手的是"芙蓉蛋""白果炒鸡丁"。"芙蓉蛋"可谓工夫菜:蛋清要加水淀粉、鸡汤去油,蛋清沸出、捞起,要细嫩而色佳,再加火腿、笋片、青椒翻炒。此菜得其真传的倒是我母亲。现在我母亲也只会在过年时献艺,烧给亲人和阿娘品尝。"白果炒鸡丁",除了白果、鸡丁外,还要辅以笋丁、胡萝卜丁,佐以"辣酱油",味道微酸带辣,口味独特,透出浓郁的香味。此菜得其真传的却是我的叔叔。看来阿娘菜烧得好,首先是她的心情好,特别是过年的菜,是喜悦的心情,烧出团聚的心境。

当然,我耳濡目染,也略知一二。阿娘教我煎鲳鱼,烧糖醋或茄汁,学着一两招拿手菜,至少是不亏自己的嘴。阿娘教我的首先是心境，她教我煎鱼的第一句话"心不能急"，我至今不忘。心急煎鱼一定粘底破皮，煎鱼如此，工作学习又何尝不是这样？心急做出的事情一定马虎粗糙。当然，"茄汁鲳鱼"是我过年孝敬阿娘、阿爷、父母亲人的节目了。

　　人间真情，以爱当先，爱是奉献，过新年春节正是真情挚爱的表演平台。

Coffee，咖啡

咖啡是一种时尚的饮料，雀巢咖啡的广告词不就是"味道好极了"而家喻户晓吗？过年过节大街小巷人们手上提的礼盒不少都是咖啡吗。做客人家，传统的递上一杯绿茶，时尚的不也是端上一杯甜甜的、腻腻的奶咖吗？

咖啡是一种时尚，还体现在坐在咖啡馆里，或是面对着硕大的落地玻璃，看着马路上人群车辆川流不息，光怪陆离的霓虹灯闪烁，而你却用长柄的匙勺，慢慢地搅动杯里的咖啡与方糖融合。你和匆匆的路人相比多了一份闲心，少了一份浮躁；多了一种情调，减了一份庸俗。或是坐在幽暗的灯光里，让烛光浴着身心，在轻轻柔柔的音乐中细细地啜品，你的心境也会悠扬轻曼。这是一种优雅，一种享受，是物质的更是精神的。

咖啡是一种永远的时尚。

六十年前，爷爷就爱上了这一时尚。他喜欢上咖啡厅，更喜欢在家中喝。下班回家煮一壶咖啡，咖啡壶盖在煤气炉上颤动着，看到壶盖顶上透明"圆球"中翻滚的褐色液体，嗅到弥漫在房间里的咖啡香味，心里自然会惬意。有一种温情、归属感，有一种摊开四肢的极度放松的欲望。家的气氛与咖啡的气味仿佛永远糅合在一起。四十年前，那是个物资极其匮乏的年代。爷爷就买上海咖啡厂出品的用纸包装的方块的"上海咖啡"，用开水冲着喝。咖啡味极淡，仅仅是聊以解馋，更是聊以自慰。他是借这一块"上海咖啡"来怀旧追忆，以此来给自己的心找个安息处，让自己的精神有个喘息的机会。

三十年前，爸爸也爱上这一时尚。那是一个拨乱反正的年代，那是一个需要知识的年代。为了追寻已逝的年华和渴求的知识，已婚的爸爸用喝咖啡来提神读书。因此，那时爷爷就把上海咖啡厂生产的听装咖啡粉寄给爸爸。妈妈烧煮咖啡，香气四溢，在江西山沟里的家也就有了气氛，有了温馨。那苦涩的咖啡犹如清苦的生活，那清苦的生活又犹如苦涩的咖啡。读书乏了喝一大口，读书累了慢慢地啜，读书困了牛饮一气。爸爸从来没有感到咖啡的苦，他耐得住苦痛，耐得住寂寞，因为有咖啡与他做伴，因为他坚信他会从苦中走出。那清苦的咖啡在他心里却是甘洌如饴，他早已习惯了那苦涩的咖啡，那艰涩的生活，那清净的岁月；他喝咖啡绝不是为了情调，为了享受，为了优雅，而是为了追求，为了不辜负如歌的青春，为了实现自己的梦。

三十年后，青年人喜欢坐在浦东滨江大道的星巴克，坐在太阳伞下，坐在藤靠椅上，喝着美式的拿铁。眺望着从上海大厦、外白渡桥、外滩源一直到天文台，灯光闪烁，船鸣阵阵，江风袭人，感慨万千。咖啡，coffee！她永远会给人一种感觉，永远会给人一份清醒。喝咖啡不同于喝酒，喝酒喝的是感情，而喝咖啡永远是理智的。

其实在喝咖啡中已经寄寓了一种人生，一种思想。

六十年整一个甲子，六十年来仅从喝咖啡上的变迁就看到了国家社会的变化，个人家庭的变化。

阿娘的鳗鲞

锉笔写了《阿娘的菜》，闻者彰。其实说我有吃福，不如说是因为有了爱，阿娘那种隔代爱，是细切而又亲近，绵长而又温暖的爱；这种爱，在日常生活的点点滴滴，分分秒秒中折射，你要用心去静静细吞慢咽，才能体验感受爱的真实滋味。接近春节，看到街市上吊着的鱼鲞，我又不由得想起阿娘的鳗鲞。

阿娘风制鳗鲞要挑新鲜的三到五斤重的青鳗，鳗太小了肉质太嫩，没嚼头；鳗太大了肉质粗糙，没鲜头。剖鳗一定要从背上剖开，肚腹要用竹筷撑开，这样风干的程度均匀。先抹的白酒一定要用上好的特曲，抹的盐一定要和花椒、八角炒过。腌制的时间一定是三天，然后一定要吊在北窗的通风处，让老北风来风干，吊的时间要看风干的程度而定。风得太干，失水过多，鳗鲞就老；风的时间太少，鳗鲞就会无味。此时已是接近年三十了。

然后是要蒸鳗、扒鳗。扒鳗是将蒸熟的鳗鲞趁热剥皮拆骨。关键是将鳗鲞肉顺着鳗鲞肉的肉纹扒成一寸左右长的鳗鲞肉条，摊开待凉后装盘。

装盘后的鳗鲞肉在洁净的盘中细嫩洁白，如脂如玉，晶光发亮，令人垂涎欲滴，不能不爱。用米醋蘸着佐酒，其味鲜美无比，应了俗话"打耳光都不肯放"，这是宁波的一道名菜，是甬帮的传统家常菜。

嘴里慢咽着阿娘做的鳗鲞，心中却细品着阿娘的爱，阿娘的情。一盘阿娘精心风制的鳗鲞，其实是阿娘的一份爱，一份情，一份我和阿娘的天伦之乐。

春茶之韵

一杯春茶能用春的气息将残存在心里的尘埃拂净。

过清明后,春茶陆续上市了。洞庭碧螺春也好,梅家坞龙井也罢,每种茶叶我都买了一点,来品尝新茶春茶。

茶真是天孕地育的灵物,经过一夏一秋一冬的风吹雨打,日晒月照,于是,天地之精华,四时之甘苦,自然之大成,尽在春萌的芽尖。口渴饮茶是一种随意;朋友促谈,写作思想,思索考虑是多了一份心境;春日融融,和风拂拂或者雨打芭蕉,淫雨霏霏,那更是增添了一丝禅意。那时香茗在手,决不为渴而喝,而是十足的达意。

曾在洞庭东山镇,远眺太湖风帆点点,悠悠地喝着碧螺春;也曾在梅家坞龙井村赏心悦目,满山新绿,慢慢品着龙井。喝春茶,我一定要用玻璃杯,非得清洗得洁净。冲水之前,细闻撮入杯中的茶叶:那清香不愠不躁,悠悠、淡淡散发着幽雅的味儿。细观那色那形:龙井片状,绿得温润可爱,闪着春的光泽;碧螺春蜷曲着,满叶白绒,娇嫩得令人爱怜。茶叶的翠绿香冷,闻后观后此生难忘,陶醉其间。就此,自古以来醉倒了多少文人画士、禅师道长、闾里众生呀。

茶叶在适宜的热水烫开的瞬间,似乎如同破土生长出来的嫩芽般可爱地舒展,无言也无语地,缓缓地,释放春的绿,析出四季的质。待到将水添满之后,鲜嫩的茶叶随着水气的氤氲而在杯里升腾起来,随着翠绿的颜色上下沉浮,茶的绿和质也渐渐渲晕开来。茶汤由淡转浓,香气也轻扬起来了。这时的茶叶茶汤甘而涩,犹如淑女端庄而不失仪态,文静而不失雅致,温柔而不失内涵。再想:茶叶之甘涩不一如人生之甘涩?茶叶之沉浮不一如人生之沉浮?渲晕的过程不就是发展舒展的经过?淡而浓,浓而淡不正揭示昭昭的哲理思考?

茶与酒完全不同。酒会使人血液沸腾,心情激动,行为不羁,端的是越发心形分离,头脑发热,思想膨胀。而春茶如诗如词,诗词能明心,春茶的清新淡雅能提神。慢慢饮上一杯,在甘苦中修炼身心,静心静神。心神形行凝聚,心行为一,苦涩中寻甘甜,甘甜中品苦涩。一杯春茶能平息心浮气躁,无论龙井还是碧螺春,抑或毛峰、云雾，只要你注入了韵味，就能品出最香最醇的茶味，既有现实，也有超越。那么你会更理智、更平静，耐得住寂寞。一杯春茶能用春的气息将残存在心里的尘埃拂净。

春茶自有其味，春茶自有其韵，春茶自有其理。

淡出大味

　　平时买了鱼总习惯下油锅或炸或煎。直等到弄出了焦黄的颜色来，再加上各种作料刺啦一烹，油烟之中将锅盖一扣，咕嘟咕嘟直熬到汤汁耗尽才算罢休。

　　周末晚上，友人买了几条活鲫鱼，本想养到明天再说，可又怕鱼会死掉，干脆收拾了吧。收拾完了才发现家里的酱油已用光。于是一懒，改做鱼汤，来了个"水煮鲫鱼"，煮着煮着，却飘出了一股鱼香。似乎很久没有闻到这样纯正的味道了。忍不住尝了一口鱼肉，哇，真的很鲜美，是那种天然的鱼的本味，胜过任何作料勾兑的味道。

　　于是便想起了一句话来：淡出大味。平常，我们过于迷恋作料的作用，过于追求感官的刺激，所以不惜煎炒炸烹，不惜变简单为复杂，把鲫鱼草鱼鲤鱼鲇鱼都弄成一个味儿，把鱼的本味弄成作料味儿，结果反而失去了自然赋予我们的丰富而本真的东西。

　　于是又想到了我们的生活，想到了生活中的一种大味：恬淡。一个人以恬淡的襟怀面对身边的世界的时候，他会放松很多，他会感受到活着原来并不需要那么复杂，他会把很多事情看得很轻很淡，他会以平静的心态去领略和品味平凡中蕴含的深邃的快乐。从养花到散步，到购物逛街；从读书到看戏，到聚会聊天；从柴米油盐，到含饴弄孙——一切都是那么真实、平朴、有趣。此中之快乐，被欲望的火焰燃烧的人，被名缰利锁缠绕的人，是不可能得到的。

　　所谓平淡乃绚烂至极，大概指的就是这样一种境界。

话广东凉茶

到广东广州一定会看见诸多的凉茶铺店，倒不太有我们熟知的"王老吉"专卖。但罐装与盒装的"王老吉"饮品随处可见。

走进凉茶店犹如走进了中药铺，各种名目的凉茶熬好后存放在小小的保温桶内，桶外都有一个龙头，桶上贴着红纸，用毛笔正楷写着"复方溪黄茶""汉果桑菊茶""八仙补肾茶""补气寒咳茶"等等，茶名后还标着价格，以碗或杯论，一般为两三元。凉茶名目繁多，一溜一溜地排开。店铺内充斥着甜甜的草药气息。凉茶小铺如同香港的甜品小店一样散落在广州的街头巷尾，散布在广东的小镇集圩。凉茶早已成为两广以及港澳人士日常保健饮料，经久不衰。

听"陈公福凉茶"的经理介绍，历史上岭南为瘴疠之地，多雨潮湿。先民们为保健养身，遂采集一些清热解毒、消暑祛湿的草药，经过长期的配制，创制出多种多样的"凉茶"。不同的凉茶，功效各异。"复方溪黄茶"功效为：清肝利胆，凉血解毒，于黄疸肝炎、胆囊炎症有益。"祛湿健胃茶"功效是：清热祛湿，消食开胃，专治腹胀厌食、肚痛泄泻。凉茶初创时的主要功效不外乎生津止渴，消暑解困，祛湿清热。"王老吉"的功效也在于此。

其实凉茶不凉，倒是温热异常。你去凉茶店铺喝茶，从保温桶上打开龙头，放出一碗温热的"凉茶"，不能牛饮，只能慢慢地啜喝，药理当如此呀。草药"凉茶"的药力徐徐渗入，渐渐发挥，于身不伤，于心不躁，才能起到作用，才能将凉茶的作用最大化。"凉茶"的凉关键在凉血凉性凉情。决不似冰砖冰霜，冰嘴冰心，看似"晶晶亮透心凉"的冰冻饮料，实则伤胃伤身伤神。老广"凉茶"要温热，才能发挥最好的药性，才能养身养心养神。

相传"凉茶王老吉"的名声与林则徐还有渊源。当年林则徐在广州禁烟，整日奔波劳累，结果中暑困热，咽痛咳嗽，病情日益加重，但随行医生却无良方，上下十分焦急。有人听说王老吉治暑感有方，就到十三行"王老吉"——王泽邦的药铺为林则徐求药，没想到果真药到病除，林则徐仅服了一包草药，感冒就痊愈了。原来，王泽邦熟谙医道药理，一般病人服下他开的三五味草药便可以药到病除。他不但医技高超，也重医德，不分贫富，一视同仁。开始大家都叫王泽邦的乳名——阿吉；后来阿吉年纪大了，自然就成了王老吉。林则徐对于用草药治病感慨异常："如能将药煮成茶，使人随到随饮，有病治病，无病防病，那就更是为大众造福啊。"没几天他如林则徐所言在药材铺里煲药卖茶。林则徐得知，即命人送去一个大铜葫芦壶，上面有"王老吉"三个大金字。此后王老吉的名声响彻羊城及珠三角一带。"王老吉"凉茶一传十，十传百，处处获赞，人人受益。

其实广东凉茶的止渴祛热清凉作用是可口可乐、雪碧、百事可乐与哈根达斯之类远远不及的。究其本，以王老吉为例，也无非是草本的仙草、蛋花、布渣叶、菊花、金银花、夏枯草、甘草而已。

谈 茶

"开门七件事，柴米油盐酱醋茶"，茶是生活的必需品。客来时，敬杯茶，是道理，是礼貌，能增进情谊；口干时，饮杯茶，能润喉生津，补充体液；疲劳时，吃杯茶，能舒筋解乏，使精力倍增；空暇时，品杯茶，能口鼻生香，品出闲趣悠情；心烦时，喝杯茶，能静心清神安经，意乱化为茶水雾气飘散；滞食时，用杯茶，能消食去腻，通体清爽适意。茶已经融入了我们生活的方方面面。

中国人喜好喝茶，有时到了走火入魔的地步。赵佶当皇帝时，放着许多大事要事急事不办，却写了本研究茶的专著《大观茶论》，从产地、种植、采摘，到制作与喝法都写得很地道。茶虽为大众饮品，但不同地位、不同信仰、不同文化层次的人对茶有不同的追求。历史上王公贵族爱茶，他们重在"茶之珍"，意在炫耀权势，夸示富贵；文人学士爱茶，他们重在"茶之韵"，意在托物寄怀，激扬文思；佛家高僧爱茶，他们重在"茶之德"，意在驱困提神，参禅悟道；普通百姓爱茶，他们重在"茶之味"，意在涤烦解渴享受人生。

据史料记载，茶叶的最早产地是四川，自从秦人取蜀以后，茶就被移植到全国各地了。晋陆羽遂成茶圣，唐朝人推崇宜兴阳羡茶，宋代人则重福建建瓯茶，明清以后黄山毛峰、苏州碧螺春等才始有其名。唐宋那时多用茶饼，需在锅里煮了喝。到了明代，发明了"烘青"技法，才开始用开水冲泡。清朝才有红茶和绿茶之分。

"文人七件宝，琴棋书画诗酒茶"，文人士大夫对茶情有独钟，喝茶不仅是他们相互交谈切磋的主要方式，也是他们享受生活，修身养性的乐趣之一。茶叶里浸润着唐诗的典雅浪漫，茶香里裹挟着宋词的灵润缠绵。唐韦应物称赞茶说："洁性不可污，为饮涤尘烦。"清代郑板桥说："从来名士能评水，自古高僧爱斗茶。"正因为有许多文人的吟诵咏叹，茶才拥有一层神秘的色彩，让人乐此不疲，品之不尽。

汀州吃饭

汀州地处荒僻，在闽西丛山之中，可也有她的媚人之处。譬如苏州似小家碧玉，扬州似大家闺秀，那么汀州就是山野村姑，质朴淳厚，浑然天成，健康俊朗。人如此，菜亦然。

说是吃饭，其实还是看菜下饭。

汀州吃饭，其实也就重点在品菜。同为州府，苏州、扬州要比汀州富庶繁盛；同为吃，苏州菜以精致细巧如松鹤楼"松鼠鳜鱼"之类名闻天下，扬州点心以味鲜美如富春社"三丁肉包"之类天下闻名。我在汀州三元阁中街"汀州饭店"品汀州美食，感客家情义。

到汀州饭店已是暮色霭霭，饭店座无虚席，承店主美意，我们一行五人就在廊台开席。四周深山幽谷的凉气由山风带出，暑气渐消，远眺群山，逐渐暮合。汀州历有客家首府之称，我们吃的当然是客家菜。菜由店主代点，没齿难忘的是"河田鸡""凫鸭汤""珍珠丸""红娘酒"。

河田鸡，产地在离汀州15里的河田镇，与"凫鸭"一样是当地的一个鸡种、一个鸭种，犹如上海浦东的"九斤黄"一样。河田鸡只能散养，平时农家放养在院里坡上，自行觅食，小虫草籽，谷粒秕糠，都是河田鸡腹中餐，囊中食。河田鸡鸡皮蜡黄，鸡肉白皙细嫩，因此此鸡最适合白斩、酒醉，口感好。说是白斩，也不是放在水中煮熟便可，而是在烧煮之前用盐抹姜擦，去其腥，除其膻，入其味，增其鲜。客家菜系源于中原，烹饪之法自然源于黄河之滨，悠久而考究，汀州客家菜历经千年发展，形成了古今结合，南北相济，兼容并蓄，自成一格，河田鸡需入滋入味入口入心，自是追求的终极。

"凫鸭"的"凫"，字典解为：水鸟名，俗叫"野鸭"，常群游湖泊中，能飞。闽西"凫鸭"在头部长有疣赘，是土鸭，地方鸭，好比"北京鸭"。"北京鸭"适于烤，而"凫鸭"适于汤；北京烤鸭浓油赤光，而"凫鸭"清汤光水。"凫鸭汤"没有作料辅菜，原色原汁原味，其汤味醇浓，肉鲜嫩，回味久长，堪比江南水乡木渎镇"石家饭店"的"鲅肺汤"。客食他乡想家乡，一花一叫一世界，其实一食一法亦为一世界,味得其滋,道得其真,理得其法。

"珍珠丸"有高贵的美名却用廉价的材料制成。先用鲫鱼、肉骨头熬成奶白色的高汤,然后用红薯粉与芋头粉调和做成奶白的丸子,最后放在锅里用旺火勾芡,装盘撒葱。观表:色润晶莹,犹如放大的珍珠一般。尝味:有鱼与肉之鲜之味却无鱼与肉之实之质;有弹性却不粘牙;爽口柔和,老少皆宜。此菜最能体现汀州客家菜的鲜香、清正、养生,此乃客家在闽粤赣之界,就地取材,将廉价的材料充分利用。此菜足见客家人的智慧与创造,聪明与才气。

"红娘酒"其实就是糯米水酒,但其色红。客家人的"娘酒"就是"酒娘",是水酒的基胚。酒酿(娘)如水酒之母,"红娘"之意可能是酒为媒之意?"红"不就指其色?"红娘酒"不烈,缠绵悠悠,易入口,微酸甜,醉后难醒。你想有"河田鸡""兔鸭汤""珍珠丸"佐以"红娘酒"能不醉吗?只能是"今宵酒醒何处?杨柳岸,晓风残月"了。

说是汀州吃饭,其实饭一口也没吃。

厦门小吃的大小早晚

闽粤小吃独具岭南风格,厦门小吃除岭南共性外,还有自己的特点。

"大"指的是"大排档"。厦门的大排档晚上出摊居多,特别是粥排档。凡商业街的侧马路,几乎都有这样的排档,如中山路侧。粥养胃消渴,生精滋肤,与厦门气候相宜相和。因此屡屡外出,就见粥铺排档人特别多。上海亦有粥店,如"振鼎鸡"就有鸡粥卖,近日也去了"粥天粥地"(谐作天作地之音)尝试,但其滋味与品种决不能与之相媲美。我看到一处粥排档品种几十。上至鲍鱼粥,下至白粥,凡能入菜的几乎都能入粥。所有煮粥的"汤水",全是骨头用文火慢慢熬出,决不加半点味精,其鲜自然,不会嘴干舌燥。价格最贵二三十元一碗,最便宜三五元,而且是用上海人的"大汤碗"盛。三口四口之家叫上一碗,完全可以用小碗分盛。如果胃口大些可要上两三个品种,分而食之,大快朵颐,不亦乐乎?我最喜海蟹粥,蟹螯之中丝丝结实的白肉,吮吸舔,用尽舌牙之功,其滋全入味蕾,其乐趣不仅仅在滋味而更在索取的过程,其意更在心中。况且厦门社区夏夜往往有纳凉会,闽南之声,丝竹洞箫,高歌夜弦,海涛阵阵,明月昊天,悠悠扬扬。此食此音此景此情,不在厦门,不在市井,不在排档,难以感受与体味。尽管人多嘈杂,额冒微汗,心中亦有人世平俗之感,放浪形骸,原形毕露,无拘无束,大声喊叫,好不自在。这与在五星级饭店正襟危坐,温文尔雅用餐敬酒相比,更显自由。大排档之流行缘由在此?

"小"是说"小摊贩"。在中山路与升平路、思明西路间的侧路巷口,有不少小摊贩。一部黄鱼车或一部手推车就是一个小摊。品种之多,价格之廉,口味之好难以忘怀。但我印象最深的是"香甜酸辣薄饼",2007年5月长假期间价格是"每卷一元"。饼皮犹如上海的春卷皮子,摊开,先放上用醋腌过的萝卜丝,再放上麦芽糖,加上辣椒酱,一卷即成。一口咬去,脆的是萝卜丝甘洌清香,酸酸的;黏的是麦芽糖醇厚浓郁,甜甜的;辣的当然是辣椒酱,但其是自制,辣口而不呛，鲜口而不麻。当时仅为尝试，每人一个，入口入味后，排队再买，只能是"且等明天"了。第二天我还是去，一口气吃了五个才过瘾。这小摊的经营者是一个婆婆，慈眉善目，菩萨化身，今生有幸相遇。观其做，吃其食，尝其味，阿弥陀佛。想觅此食一定要趁早。上午做完五百个之后，定然唱着闽南歌，推着小车，飒然而离。下午五百个你还是要趁早。

当然，厦门好吃的小吃远不止这两样。如鼓浪屿的叶氏麻糍现买现包，每天也只做一千个，一元一个，卖完收摊，去留无意，一派古韵古风。味道甜而不腻，糯而不黏，若按闽南习俗食用，配以安溪乌龙热茶，两腋生风。又如：黄胜记肉松、林记鱼丸汤、北仔饼等，不可胜数。青菜萝卜各有所爱，去厦门你自己尝了，自己才知道。

镛记烧鹅

香港镛记烧鹅，除闻名省港澳外，目下内地知晓其名者，也不在少数。

一盘烧鹅端上：青花瓷盘，洁白的盘底上，整齐地排码着顺溜斩下的烧鹅。烧鹅皮微焦黄，呈琥珀色，油光铮亮，透出阵阵焦香，空气中夹杂蜜汁般的甜美，老抽般的鲜咸。夹一块入口，细细慢慢咀嚼品尝，味蕾感觉舒坦，皮脆肉嫩，滋味入里，满口生津生香，欲罢不能。不少内地、外国旅客慕名前来品尝。回程时更特别订购包装，携作手信，馈赠亲友，因此，"镛记烧鹅"又名"飞天烧鹅"。

"镛记"开业已逾半个世纪。半个世纪前在香港广源西街还是一个烧味大排档，始创人甘穗辉先生炮制一手驰名的烧鹅，当时港澳码头一带，从外地抵港的旅客，及泊港轮船的海员，连群结队专程一尝美味。

1942年，甘穗辉先生将经营大排档积蓄的四千元，租入永乐街32号铺，是"镛记"第一段历史旅程的开始；其间经历香港沦陷，到1944年，迁往石板街32号继续经营。1964年，在威灵顿街购置铺位，号数恰巧也是32，并在十年内陆续购入与其相连的四个铺位分期拆卸重建，在1978年竣工，建成"镛记大厦"，管理现代化的"镛记酒家"。

该酒家早从20世纪60年代起，已是国际知名食府。1968年被美国权威财经刊物《财富杂志》（*fortune magazine*）选为世界十五家最佳食府之一，是唯一入选的中式食府。

莜麦诱语

一到包头，主人说："天热，咱们吃凉拌莜麦面。莜麦可是内蒙古的特产。"我在书上看到过山西产莜麦，殊不知内蒙古莜麦的产量占全国的 50%。

端上一大盘凉拌莜麦面，黄瓜丝土豆丝做作料。一尝莜麦面，口感柔韧、光滑、有嚼劲；一筷作料进口，清爽、脆朗、齿间生津。一大海碗的羊杂汤，上面撒着葱花，葱香肉香喷香扑鼻。素淡的凉拌莜麦面就荤醇的羊杂汤，一素一荤，一淡一浓，一清一醇，相得益彰，十分可口。谁说吃在广东？谁说川、淮、京、粤四大菜系名满天下？说到底，其实饮食文化就是一种心态。吃自己没有吃过的，吃地方特色，你带着品尝的心态去细嚼慢咽，去理解与了解一方文化风俗，那么其情也欢快，其乐也融融。西北的极普通的凉拌莜麦面与羊杂汤同样是不可多得的美味佳肴。

听主人介绍，莜麦的营养价值很高。蛋白质含量高达 21%，比小麦高 50%。将其磨成的面粉称莜面，早在南北朝时期呼和浩特一带就有农民种植莜麦，到清朝初期已享有"阴山莜麦甲天下"的美称，现在莜麦面是那里的上等主食。在内蒙古期间经过武川县，那里的莜面馆最多。

我们在包头固阳县一个小饭馆里也吃过一顿拌莜面，以现炒的茄子、西红柿为浇头作料。这莜面特别有柔劲，把面筋的感觉全显了出来。据炒菜做面的师傅讲：揉莜麦面要用热水或开水，而且要趁热揉，手腕要用软硬劲，面一定要揉透，揉好的莜面要放着"醒"两个小时。这样擀出来的莜面面条才柔，才有劲，才有筋。浇头作料要新鲜，这茄子、西红柿都是自己种的，不用化肥，而且现摘现炒。炖羊肉就把羊肉放在大锅里用水炖。浇头作料也好，炖羊肉也罢，只放了盐，其他什么也没有放，原汁原味。你说能不好吃吗？听了大师傅的一番话，真是感慨良多，煮菜烧饭如此，其他的事理呢？我们工作、生活、学习少一点味精花头，多一点原汁原味不是更好吗？口福的实惠不是更多些吗？于我们的健康不是更有益吗？由此我想起了刘基的《卖柑者言》。

莜麦面实在诱人，我还特意去商店买了两包莜麦面带回上海。隔了一段时间，在我特别想那莜面时，按固阳大师傅的方法做，但仍不得其真其正。是地，是时不同了？

噢，那诱人的内蒙古固阳莜麦面。

后跋：父亲深蕴的寓意

程 昊

搬过很多次家，一直有一个简陋的书架伴随着一路颠簸，从江西乐平到苏州黄桥，再到上海五角场。书架的最低一层，一直摆放着一套卷着毛边的连环画《东周列国志》。我清晰地记得，这套连环画是我五岁离开上海出发去江西生活的前一天，父亲带着我去四川北路的新华书店买的。第二天，看着连环画懵懂的我，踏上了去江西乐平的火车。那时候的我，白天是一个人被关在家里的，这套连环画看多了，就喜欢在画上添些武器和人物。直到现在，关于这套连环画的记忆还很清晰。

还有个场景记忆深刻。许是六七岁的样子，还是在江西，好像是病了。父亲那几天，总是利用午间休息，匆匆地赶回家中陪我，念一大段的《西游记》，白话古话混杂在一起，我听得津津有味。父亲一走，我就拿起留在床边的《西游记》，看插图，囫囵吞枣地看似懂非懂的下一个章节，然后乱涂乱画，直到晚上父亲回家一顿痛打后再给我"揭秘"。

辗转随父亲从江西乐平到了苏州吴县的一个小镇，父亲在中学教书，我在镇上的小学读四年级。第二年，班里转来了一个同学，一个从小在上海借读的上海人。所有她的细节，都是和这个小学那么格格不入。而最令我羡慕的是，在传达室居然有上海同学寄给她的信，每每学校高音喇叭让她去传达室的时候，总是那么让我妒忌。我想着江西乐平的那些小伙伴还光着脚丫在摸鱼，指望不上了。于是，我"涂鸦"了两篇作文，分别寄给了上海的《小主人报》《少年报》。当时，只是想着报社的回信也能让我的名字在高音喇叭里叫上一回，反正，传达室的大爷也不知道这是退稿信。意外的是，这次的涂鸦真的成了铅字。1987年5月的《小主人》报,刊登了我的那篇"涂鸦"。小学五年级的我,真的在学校的高音喇叭里连着三天朗诵了这篇《深深的小巷》。之后,学校班级的黑板报甚至学校班级宣传委员都包干在我的名下了。

  慢慢地,不敢再涂鸦了,对文字也越来越敬畏。觉得,只有时间的积累和沉淀,才敢让自己的一些想法和感情留在纸上。慢慢地,自己也到了父亲当年给我讲《西游记》的年龄,直到自己也在给女儿讲《西游记》的现在,才斗胆将这些年来的涂鸦变成铅字。

  那次搬家,瞒着父亲把已经发霉发脆而且画得乱七八糟的《东周列国志》连环画扔在了五角场的某个垃圾桶。现在想起,我是把我和我父亲的涂鸦都扔了。这一刻,我突然醒悟,父亲早年给我买的连环画,蕴含着深深寓意,浓浓父爱。这才有了今天,这些值得珍视的文字。

程昊于二〇一九年一月

图书在版编目(CIP)数据

父子两重奏 / 程康年，程昊著. —上海：文汇出版社，2019.1
ISBN 978-7-5496-2757-8

Ⅰ.①父… Ⅱ.①程… ②程… Ⅲ.①随笔—作品集—中国—当代 Ⅳ.①I267.1

中国版本图书馆 CIP 数据核字(2018)第 294471 号

父子两重奏

作　　者 / 程康年　程昊
责任编辑 / 吴　华
封面装帧 / 王　峥

出版发行 / 文汇出版社
　　　　　上海市威海路 755 号
　　　　　（邮政编码 200041）
经　　销 / 全国新华书店
排　　版 / 南京展望文化发展有限公司
印刷装订 / 启东市人民印刷有限公司
版　　次 / 2019 年 1 月第 1 版
印　　次 / 2019 年 1 月第 1 次印刷
开　　本 / 710×960　1/16
字　　数 / 320 千字
印　　张 / 21

ISBN 978-7-5496-2757-8
定　　价 / 48.00 元